김옥균을 죽여라

암살범 홍종우가 밝히는 김옥균 피살사건의 진실

김옥균을 죽여라

정명섭 역사소설

21세기북스

차 례

1부

암실자

1924년 4월 14일, 투서

"투서가 하나 들어왔네."

창가를 등진 자기 자리로 류경호를 부른 최남선 사장이 그에게 툭 내뱉었다. 편집부장 진학문의 닦달 속에 겨우 기사를 끝내고 원고를 넘겨주느라 숨 돌릴 틈도 없었던 류경호는 자기도 모르게 '그래서요?'라는 말을 내뱉을 뻔했다. 야심차게 시대일보를 창간했지만, 자금 압박을 받고 있던 사장은 보름 사이에 확 늙어버렸다.

"투서야 늘 들어오지 않습니까? 자기 남편이 아편을 피우다가 애를 잡아먹었다고 한 여자도 있었고, 자기가 정 도령이니까 인터뷰를 하자던 도사도 있었잖아요."

최남선 사장이 뜸을 들이는 것을 보다 못한 류경호가 대꾸했다. 스님처럼 빡빡 깎은 머리에 뿔테 안경을 쓴 최남선 사장이 책상 가득 놓여 있던 원고지 뭉치들을 헤치고 문제의 편지를 꺼내 들었다.

"그렇긴 하지만 말이야. 이번에는 좀 특이해. 냄새가 난다고 할까? 이리 와보게."

옆으로 오라는 손짓을 한 최남선 사장은 주변을 한번 살펴보고 나서 그에게 편지를 보여줬다.

"최남선 씨에게, 귀 신문사에 큰 도움이 될 만한 사실을 알려 드리겠습니다. 14일 오후 3시까지 본정 2정목(本町 二丁目:현 충무로 2가)에 있는 다리야 끽다점(ダリヤ喫茶店:다방을 일컫는 말)으로 직접 오시기 바랍니다. 다리야 끽다점이면………."

"맞아. 일본말을 못하면 조선 사람은 돈이 있어도 못 들어가는 곳이지. 그리고 말이야. 그 정도면 자넬 따로 부르지도 않았어. 편지지를 뒤집어보게."

최남선의 말대로 편지지를 뒤집자 흐릿한 꽃문양이 보였다.

"이게 뭡니까? 너무 흐려서……."

"오얏꽃일세."

편지지를 도로 낚아챈 최남선 사장이 아까보다 더 낮은 목소리로 덧붙였다.

"대한제국 황실 문장이지."

"정말요?"

"광무 8년(光武:대한제국의 연호, 광무 8년은 1904년에 해당한다)에 황실 유학생으로 뽑혀서 동경 부립 중학교에 입학했을 때 이런 문양이 든 봉투로 금일봉을 받은 적이 있지. 그러니까 지금 이런 문장이 찍힌 봉투를 가진 사람은 손에 꼽을 걸세."

10

"그러니까 옛날 제국 시절에 어느 정도 행세깨나 했다는 얘기군요."

"맞아. 나로서는 무시할 수도 없지만 그렇다고 덥석 물 수도 없는 노릇이지. 잘못했다가는 신문이 정간 당할지도 모르니까 말이야."

최남선 사장은 생각만 해도 끔찍하다는 표정으로 한숨을 쉬었다.

"자네는 동경 유학생 출신이니까 일본어를 곧잘 하잖아. 그러니까 나 대신 가서 얘기를 들어봐. 만약 기삿거리가 될 만하면 풀고, 안 그러면 그냥 무시해버리자고."

"하지만……."

"알아, 위험하다는 거. 근데 이 안에서 누굴 믿고 이 일을 시키겠나? 문밖을 나가자마자 종로경찰서로 직행할 수도 있겠지. 근데 자네라면 이 안에서 누굴 믿고 이 일을 맡기겠나?"

은근한 목소리로 마무리 지은 최남선 사장이 조선 물산장려회에서 기증한 큼지막한 괘종시계를 쳐다봤다. 벌써 2시 30분을 넘긴 상태였다.

"부탁하네. 그리고 자네도 사회부로 옮겨야지."

최남선 사장의 얘기에 류경호가 솔깃했다.

"제가 사회부로 갈 수 있겠습니까?"

"그럼, 대신 당분간은 자네와 나만의 비밀일세."

류경호는 뭔가에 끌린 것처럼 책상에 던져놓은 갈색 헌팅캡을 눌러쓰고 스틱을 챙겨든 채 밖으로 나왔다. 4월의 노곤한 햇빛이 길 위에 펼쳐졌다. 그가 일하는 시대일보사가 있는 명치정 2정목(明治町 二丁目:현 명동 2가)의 동순태(同順泰)빌딩에서 본정 2정목까지 걷기는 애매하고, 전차 노선도 없었다. 인력거를 타고 갈 요량으로 주변을 둘러봤지만, 사람들로 복잡한 아스팔트길에는 인력거꾼도 보이지 않았다.

헌팅캡을 고쳐 쓴 류경호는 툴툴대며 본정 쪽으로 걸어갔다. 조선이 일본에 합병된 지 15년 가까이 흘렀다. 청계천을 경계로 북쪽인 종로 쪽은 조선인들 천지였지만, 진고개라고 불리는 남쪽은 일본인들 세상이었다. 그가 걷는 거리도 기모노에 양산을 받쳐 쓴 일본 여인과 하얀 중절모에 양복 차림의 일본 남자들로 가득했다. 간판들도 일본어 천지였다.

10분쯤 걸었을까? 붉은색 벽돌 사이에 화강암을 끼워 넣어서 멋을 낸 시노사키 문구 빌딩과 미츠코시 오복점이 길 양쪽에 나란히 서 있는 게 보였다. 거리에는 '본정(本町)'이라는 글씨가 박힌 아치형 철 구조물이 세워져 있었다. 간판과 사람들로 빽빽한 안쪽으로 걸음을 옮기자 붉은색 벽돌과 하얀색 타일로 외관을 장식한 3층짜리 상가가 보였다. 일본 상인들이 돈을 모아 세운 혼이치(本一) 빌딩이었다. 아직은 대부분 목조건물이지만 군데군데 벽돌건물이 들어서기 시작했다. 땅에 뿌리를 내리는 나무처럼 바다를 건너온 일본인들은 이 땅에 단단하게 자리를 잡아가는 중이었다.

"온통 왜놈들 천지군."

푸념인지 한탄인지 알 수 없는 말을 내뱉은 류경호는 거리로 늘어진 상점들의 차양을 지나쳐 걸어갔다. 혼이치 빌딩에서 몇 걸음 더 안으로 들어가자 목적지인 다리야 끽다점의 간판이 보였다. 건물 사이에 끼인 것 같은 2층짜리 목조건물이지만 다른 상점들보다 훨씬 큰 유리창이 인상적이었다.

삐거덕거리는 나무계단을 밟고 2층 끽다점으로 들어서자 은은한 커피 향이 느껴졌다. 테이블에 앉은 사람들이 주고받는 얘기 사이로 유성기에서 흘러나오는 엔카가 희미하게 들려왔다. 기모노를 입은 여종업원이 종종걸음으로 다가와서는 일본어로 인사했다.

"이랏샤이마세(いらっしゃいませ:어서 오세요)!"

목덜미까지 하얗게 분을 칠한 일본인 여종업원은 애매한 표정으로 그를 쳐다봤다. 류경호는 회색 양복 안주머니에서 명함을 꺼내면서 유창한 일본어로 말했다.

"저는 시대일보사의 류경호 기자라고 합니다. 여기서 손님을 만나기로 했습니다만……."

"혼자 오신 손님은 저쪽 창가 쪽에 앉아 계신 노인 분뿐입니다."

무표정한 얼굴의 여종업원이 공손한 손 모양새로 창가 구석자리를 가리켰다.

"고맙습니다. 커피 한 잔 부탁드리겠습니다."

헌팅캡을 벗은 류경호는 여종업원이 가리킨 자리로 갔다. 뜻밖에도 감색 양복 차림의 덩치 큰 노인이 앉아 있었다. 유독 노인이 앉아 있는 쪽만 커튼을 치고 불을 끈 탓에 겨우 윤곽만 알아볼 정도였다. 눈을 감은 채 지팡이를 쥔 손으로 턱을 괴고 있던 노인이 중얼거렸다.

"12분 늦었군. 그리고 사장이 직접 오라고 했을 텐데?"

차갑고 냉담한 노인의 말투에 기분이 상했지만, 사회부로 옮겨준다는 최남선 사장의 말을 떠올리며 꾹 참았다. 자리에 앉은 그는 쾌활한 목소리로 대꾸했다.

"사장님께서는 너무 바쁘셔서 제가 대신 나왔습니다. 류경호 기자라고 합니다."

"그것도 연예부 기자를 보냈군."

애매한 웃음으로 마무리 지으려던 류경호는 목덜미를 한 대 맞은 것 같은 충격을 받았다.

"그걸 어떻게 아셨습니까?"

"자네가 쓴 기사를 몇 개 봤네. 토월회 기사는 괜찮더군."

눈을 뜬 노인은 반쯤 남은 커피를 마셨다. 어안이 벙벙해진 그는 60세 정도의 노인 중에 단발에 양복 차림을 하고 여기에 출입할 정도의 일본어까지 구사할 사람이 조선 천지에 대체 몇 명이나 될까 떠올려봤다.

"사실은 겁을 먹고 계십니다."

"왜?"

"오얏꽃 문장 때문이죠."

"흥! 독립선언서를 썼던 기개는 엿 바꿔 먹은 건가?"

노인이 코웃음을 치며 말했다.

"사장님께서 저에게 얘기를 듣고 오라고 하셨습니다."

"기삿거리가 될까 안 될까 판단하겠다 이거군."

때마침 종업원이 커피를 가져오는 바람에 두 사람 사이에서는 잠깐 침묵이 흘렀다.

"요즘 검열이다 뭐다 뒤숭숭해서요. 잘못했다간 신문 몰수에 정간 처분까지 받을 수 있으니 사장님 입장에서는 신중할 수밖에 없죠. 대신 제가 잘 말씀드리겠습니다."

류경호는 커피에 설탕을 한 스푼 찔러 넣고 천천히 저으며 말했다.

"자네 왼손잡이군."

노인의 말에 류경호는 커피를 젓던 손을 멈췄다. 의자 등받이에 몸을 기댄 노인이 덧붙였다.

"동경 유학생 출신이고, 경성 사람은 아니고 경상도 출신인 것 같군. 신문기자 경력도 얼마 안 됐고 말이야."

"대체 정체가 뭡니까?"

이죽거리는 노인의 말에 류경호는 목소리를 높였다. 카운터에 있던 여종업원이 종종걸음으로 다가와서는 조용히 해달라고 얘기하고 돌아갔다.

"흥분하지는 말게. 스틱을 왼손으로 쥐고 있었고, 커피 잔 손잡이를 왼쪽으로 돌려났다가 다시 오른쪽으로 돌린 걸 보고 왼손잡이라는 걸 알았지. 부모한테서 오른손을 쓰라고 혼이 많이 났겠지만, 습관까지는 못 버리는 법이니까. 경성 사람 말투긴 한데 경상도 사투리의 흔적이 남아 있어. 와이셔츠 소매에 잉크가 묻은 걸 보면 기자생활도 오래 한 것 같지 않고 말이야."

"동경 유학생 출신이라는 건 어떻게 아셨습니까?"

"아까 종업원한테 일본말로 대답할 때 눈치챘다네. 동경 말투는 다른 지방이랑 차이가 나거든. 그리고 그 헌팅캡 안감에 동경 모모리 모자점이라는 글씨가 쓰여 있는 게 결정적이었네. 그 모자 가게는 아직 경성에 분점을 내지 않았으니까 조선 사람이 그걸 손에 넣으려면 직접 가서 사는 수밖에 없어."

"선물로 받았을 수도 있잖습니까?"

"양복이나 모자같이 치수를 재야 하는 걸 선물로 받는다고?"

"직업이 점쟁이셨습니까?"

"아니, 혁명가였다네."

단호하게 대꾸한 노인은 남은 커피를 마시고는 탁자 밑에서 보따리를 하나 꺼냈다.

"뭡니까?"

"직접 나왔으면 애기를 하려고 했는데 혹시나 대리인을 보내면 증거를 보여 달라고 조를 게 뻔해서 말이야."

보따리 안에는 옛날식으로 만든 책이 들어 있었다. 책을 펼쳐보자 깨알 같은 한문들이 보였다.

"무슨 내용이죠?"

"읽어보고 흥미가 있으면 그때 얘기하지. 장담하지만 시대일보를 동아일보나 조선일보를 제치고 단숨에 일등신문으로 만들어줄 기삿거리야."

대충이라도 살펴보려고 했지만, 너무 어두운 탓에 글씨가 제대로 보이지 않았다. 생각보다 책이 얇아 보였다. 노인이 눈치를 챘는지 싱긋 웃으며 대꾸했다.

"제일 앞부분일세. 읽고 흥미가 있으면 나머지 얘기가 적혀 있는 책들을 보여주지."

"무슨 내용인지 대충이라도 알려주시면……."

류경호의 말을 무시한 노인은 지팡이 끝으로 커튼을 살짝 열어보고는 이마를 찡그리며 중얼거렸다.

"여기까지 쫓아왔군."

"네?"

무심코 창밖을 내다보려던 류경호를 노인이 제지했다.

"이제 자네가 날 좀 도와줘야겠군. 지금 나가서 계단에서 시간을 좀 끌어주게. 1분이면 되니까 무리하지 말고."

노인에게 등을 떠밀린 류경호는 책이 든 보따리를 옆에 끼고 끽다점 밖으로 나왔다. 좁은 계단 앞에서 우두커니 서 있는데 검은 양복 차림의 두 사내가 허겁지겁 올라오는 게 보였다. 터벅터벅 내려가던 류경호는 뛰어 올라오던 사내들과 어깨를 부딪쳤다.

"아니, 이 사람들이 눈을 어디다 달고 다니는 거야?"

눈을 부릅뜬 류경호가 일본어로 소리쳤다. 사내들은 아무 대답 없이 그를 밀치고 위로 올라가려고 했지만, 류경호는 어깨로 계단을 막아버렸다.

"어쭈, 미안하다는 말도 안 하고 가시려고?"

류경호가 계속 계단을 가로막고 시비를 걸자 앞에 선 땅딸막한 사내가 어깨를 으쓱거리더니 주먹으로 그의 아랫배를 쳤다. 짧고 간결한 동작이라 피할 틈이 없었다. 숨이 막힌 그가 아랫배를 움켜잡고 주저앉자 두 사내는 뒤도 안 돌아보고 안으로 들어갔다. 비틀거리며 계단을 내려온 류경호는 책 보따리를 옆에 끼고는 종로 쪽으로 걸어가면서 중얼거렸다.

"기분 나쁜 분위기를 풍기는 노인네와 정체불명의 사내들이라니, 특종감이군."

그리고 기자의 직감인지 아니면 본능적인 위기감 때문인지는 모르겠지만 바로 옆에 있는 양과자점으로 들어갔다. 진열창을 통해 밖을 내다보자 조금 전 끽다점으로 올라갔던 두 사내가 밖으로 나와서 주변을 둘러보는 모습이 보였다. 한참을 둘러보던 두 사내는 본정 입구 쪽으로 걸어갔다.

이상한 눈으로 쳐다보는 주인에게 가볍게 인사를 하고 밖으로 빠져나온 류경호는 다시 다리야 낏다점으로 올라갔다. 카운터에서 양장 차림의 여인과 얘기를 나누고 있던 여종업원을 지나쳐서 노인과 얘기를 나눴던 자리로 갔다. 하지만 이미 아무도 없었던 것처럼 깨끗하게 치워져 있었다.

"방금 여기서 저와 차를 마셨던 노인은 어디로 갔습니까?"

"뒷문으로 나가셨는데요."

여종업원은 카운터 옆의 커다란 화분에 가려진 문을 가리켰다. 문을 열고 아래로 이어지는 계단을 내려간 류경호는 거리를 둘러봤지만 노인은 보이지 않았다.

"귀신이 곡할 노릇이군. 대체 어디로 사라진 거지?"

· · ·

"그러니까 귀신처럼 사라졌다 이 말이군."

신문사로 돌아온 류경호의 설명을 들은 최남선 사장이 중얼거렸다.

"네, 이 책을 받아오지 않았으면 저도 못 믿었을 겁니다."

"책이라, 무슨 내용인지 살펴봤나?"

"순 한문투성이라 시간을 두고 봐야 할 것 같습니다."

"그럼 자네가 읽어보고 얘길해주게."

최남선 사장은 책상 위에 놓인 책을 밀어내며 말했다. 류경호가 뭐라고 얘기하려는 찰나 기자들에게 소리쳤다.

"다들 고생했어. 오늘은 일찍들 들어가지."

눈치만 보고 있던 기자들이 그가 마음을 바꿀까 봐 말이 끝나기가 무섭게 하나둘씩 의자에서 일어났다. 사회부 기자인 정수일이 자리로 돌아온 류경호에게 말을 건넸다.

"옥돌장으로 당구 치러 갈 건데 같이 갈래? 주인장 말로는 요즘 모껠(모던걸을 지칭함)이 제법 온데."

잠깐 고민하던 류경호는 고개를 저었다.

"일이 있어서 번서 들어가 봐야 할 것 같아요."

"알았어. 내일 보자."

양복 윗저고리를 어깨에 걸친 정수일 기자가 다른 기자들과 함께 밖으로 우르르 몰려나갔다. 책상을 대충 정리한 류경호도 노인에게 받은 책을 가방에 넣고 밖으로 나왔다.

장곡천정(長谷川町:현 소공동) 끝자락에 있는 조선은행 앞에서 전차를 타고 태평통(太平通:현 세종로) 쪽으로 나왔다. 비교적 정돈된 남촌 대신 허름하고 번잡한 북촌, 즉 조선인들의 거리가 나타났다. 멀리 경복궁 앞에는 몇 년째 공사 중인 조선총독부 건물이 보였다.

오른쪽으로 방향을 튼 전차에 사람들이 올라탔다. 5전을 받고 목에 건 통에서 차표를 꺼내준 차장이 출발이라고 외쳤다. 덜컹거리며 느릿하게 움직이는 전차 안은 사람들로 빼곡했다. 보신각 쪽에 가까워지자 하얀 두루마기에 갓을 쓴 조선 사람들의 모습이 압도적으로 많아졌다.

'전차주의(電車注意)'라는 표지판이 올려진 보신각 지붕 뒤로 철근과 콘크리트로 지어진 3층짜리 한일은행 본점이 보였다. 전차에 타고 있던 몇몇 시골 사람들이 건물 꼭대기의 돔을 손가락질하며 감탄사를 내뱉었다.

종로거리에는 과거와 현재가 뒤엉켜서 느릿하게 흘러갔다. 궤도 위를 움직이는 전차와 자동차들 사이로 손님을 태운 인력거와 장작을 가득 실은 우마차들이 끼어들었다. 거리를 걷는 사람들도 제각각이었다. 긴 장죽을 쥐고 양반걸음으로 걷는 노인 곁으로 뾰족구두에 종아리가 드러난 스커트를 입은 모던걸이 지나갔다. 옷고름이 뜯어진 낡은 두루마기에 책 보따리를 둘러멘 보통학교 학생들과 머리를 땋은 떠꺼머리 아이가 스쳐갔다. 자동차의 경적 소리에 놀란 말이 날뛰는 바람에 거리는 금방 혼잡해졌다.

"젠장, 왜놈들 땅은 전기에 도로에, 건물도 쭉쭉 올라가는구먼. 조선놈들 땅은 길도 이 모양에 건물들도 죄다 난쟁이야."

"어이구, 입 조심해! 이 사람아. 잡혀가고 싶어서 환장했어?"

불만에 가득 찬 목소리와 화들짝 놀라서 만류하는 목소리가 전차 안에서 울려 퍼졌다. 류경호도 못 들은 척 창밖을 내다봤다. 그의 말대로 종로는 YMCA 건물을 제외하고는 단층짜리 초가집이나 허름한 2층짜리 벽돌건물뿐이었다. 거리는 포장도 안 된 상태였고, 가로등도 없었다. 엉켜 있는 진흙처럼 심연의 어둠뿐이었다.

도무지 앞으로 나아갈 것 같지 않은 어둠들 앞에서 그는 익숙한 좌절감을 마음속으로 삼켰다. 종로경찰서 앞에서 내린 류경호는 이문 설렁탕에서 저녁을 해결했다. 그러고는 하숙집이 있는 교동공립보통학교 뒤편 익선동으로 향했다.

어둠이 내리기 시작한 골목길에는 까까머리 아이들이 뛰어다니며 웃어대는 소리가 들렸다. 좁은 골목길 중간의 하숙집에 도착한 류경호는 간단하게 씻고 곧장 책을 펼쳤다. 제일 앞 장에 '개화파와의 인연'이라는 제목이 보였다. 한문뿐이라 읽는 데 시간이 좀 걸리기는 했지만 차츰 속도가 붙었다.

개화파와의 인연

홍종우의 책 1

내가 환재(瓛齋:박규수의 호) 대감댁을 드나들 수 있었던 것은 먼 친척 뻘인 홍영식 군의 소개 때문이었다. 재동(齋洞)에 자리 잡은 홍영식 군의 집 근처에 있는 환재 대감댁 사랑방에는 늘 젊은 선비들이 가득했다.

흥선대원군이 면암 최익현의 상소 때문에 권좌에서 물러난 해(서기 1873년) 겨울, 환재 대감의 연락을 받고 댁에 갔을 때에도 그랬다. 눈에 띄게 병약해지신 환재 대감은 내 손을 잡고 다른 선비들을 소개해주셨다.

그중 가장 눈에 띈 선비가 바로 강릉부사를 지낸 김병기의 양아들인 고균(古筠) 김옥균이었다. 길게 찢어진 눈꼬리가 거슬리긴 했지만, 지난해에 성균관 유생들을 대상으로 하는 알성시(謁聖試)에 합격해서 정육품 성균관 전적(成均館典籍)에 임명된 어엿한 관리였다. 비슷한 나이였지만 생원시조차 합격하지 못한 나로서는 감히 올려다볼 수 없는 지경이었다.

어디 그뿐인가? 임금의 사위인 금릉위(錦陵尉) 박영효나 이조 참판 서상익의 아들 서광범도 한자리를 차지했다. 나를 소개해준 홍영식역시 과거에 급제한 처지였다. 환재 대감으로서는 호의를 베푼 셈이었지만 나로서는 좌불안석에 바늘방석이었다. 환재 대감은 젊은 선비들 사이에 흐르는 어색한 분위기를 풀어주려는 듯 손수 만든 물건을 우리에게 보여주셨다.

"이것이 바로 지구의라는 물건이라네."

둥근 공의 겉에는 난생처음 보는 나라들의 이름이 빼곡하게 적혀 있었다. 영길리(영국), 아라사(러시아), 불란서(프랑스), 덕국(독일)······.

"조선은 어디 있는 겁니까, 스승님."

귀티 나는 얼굴을 한 박영효가 묻자 빙그레 웃은 환재 대감이 지구의를 한 바퀴 돌려 구석에 처박혀 있는 조선을 보여주셨다. 호기심 어린 눈길로 바라보던 우리는 실망감을 감추지 못했다. 그런 우리들에게 대감이 말씀하셨다.

"우물 안 개구리라는 속담을 알고 있느냐? 지금 조선이 딱 그 꼴일세. 여기 영길리란 나라는 우리나라와 비슷한 땅덩어리를 가지고 있지만, 여기에 있는 인도라는 나라를 비롯한 많은 나라를 정복했지. 그 옆의 불란서 역시 청나라 남쪽에 있는 월남의 남쪽을 차지하고 나머지 땅을 호시탐탐 노리고 있지."

"영길리에서 인도라는 나라까지 거리가 꽤 되는 것 같은데 어찌 거기까지 병정들을 보내서 차지했다는 말씀이십니까?"

김옥균이 눈빛을 반짝거리며 물었다.

"그들이 만든 배는 바람 없이도 스스로 천 리를 간다네. 그뿐인가? 두꺼운 나무와 철판을 둘러서 포와 총을 쏴도 끄떡도 하지 않지."

"평양에 쳐들어왔던 그 이양선도 그랬습니까?"

아버지에게 들었던 이야기를 떠올리며 가까스로 그들 틈에 끼어들었다. 8년 전 대동강을 거슬러 평양까지 올라온 이양선을 화공으로 무찔렀던 환재 대감은 뜻밖의 말을 털어놓으셨다.

"그 배는 사실 군함이 아니라 장삿배였네. 거기 탄 양이들도 군인이 아니라 장사꾼들이었지. 그런데 그 장삿배에 상인들과 싸우느라 평양 부중의 군인들과 대포들을 모두 동원해야만 했어. 모래톱에 걸리지 않았다면 결국 이기지 못했을 걸세."

군함도 아니고 고작 장삿배 한 척 때문에 조선에서 두 번째로 큰 평양이 온 힘을 기울여야만 했다는 사실에 막막해졌다. 만약 양이들이 제대로 된 군함과 군인들을 보내온다면 조선은 과연 감당할 수 있을까?

"하긴 지난 병인년과 신미년에 강화도를 침략한 양이들도 불과 수백 명에 불과했습니다. 하지만 병인년에는 강화성이 함락돼서 귀중한 서적들이 약탈당했고, 신미년에도 손돌목 일대의 돈대들이 모두 무너지고 진무중군 어윤중을 비롯한 수백 명의 장졸도 희생당하고 말았습니다. 양이들 수천 명이 쳐들어온다면 지금 조선의 힘으로는 막을 수 없을 게 뻔합니다."

힘주어 말하는 김옥균의 말에 나도 모르게 고개를 끄덕이고 말았다. 물론 내가 느끼는 두려움은 만약 조선이 휘청거리거나 없어진다면 미관말직이나마 얻으려고 애쓴 노력이 물거품이 된다는 수준이었다. 하지만 옆에서 지구의를 뚫어져라 바라보는 김옥균은 머릿속에 분명히 다른 생각이 있는 것 같았다. 헛기침을 한 환재 대감이 조선 옆의 청나라를 손가락으로 가리키며 말씀하셨다.

"처음에는 우리처럼 양이들을 배척하던 청나라는 그들에게 두 차례나 패하고 나서 양무운동을 일으켰네. 공장을 세워서 양이들의 총과 대포, 배들을 만들어내고 있지. 왜국도 오랫동안 왕을 대신해서 통치하던 막부가 무너지고 양이들을 따라잡자는 운동을 펼치는 중일세. 하지만 우리 조선은 어떤가? 척화비를 세우고 문을 굳게 걸어 잠글 뿐, 아무것도 하지 않고 있지."

"양이들을 함부로 가까이했다가는 큰 화를 당할 겁니다. 천주학쟁이들을 보십시오. 조상도 모르고, 부모도 몰라보지 않습니까?"

금릉위 박영효의 반박에 환재 대감이 고개를 저었다.

"저들을 배척하는 것이 옳다고 해도 힘이 있어야 가능하네. 청국조차 저들 앞에 무릎을 꿇지 않았나."

사랑방에는 침묵이 흘렀다. 한참 동안 지구의를 쳐다보던 김옥균이 다시 입을 열었다.

"어떻게 해야만 합니까?"

"힘을 길러야 하네."

"청국처럼 저들의 문물을 받아들이자는 말씀이십니까?"

나의 반문에 환재 대감은 애매모호한 미소를 지어 보이셨다.

"그건 내가 결정할 문제는 아닌 듯싶네. 아마 자네들 같은 젊은 선비들 몫이겠지.”

“이제 겨우 조정에 출사하는 약관의 선비들입니다. 어찌 저희가 그런 중대한 문제를 결정지을 수 있겠습니까?”

김옥균이 손사래를 치며 말했다. 그렇지만 나는 똑똑히 보았다. 해내고야 말겠다는, 조선을 올바른 방향으로 이끌겠다는 속마음이 고스란히 드러난 눈빛을 말이다.

무언가 말씀을 하시려고 했던 환재 대감이 지구의를 한 손으로 잡고 허물어질 것 같은 기침을 하셨다. 그러자 김옥균이 대표로 말했다.

“저희가 너무 오래 붙잡고 있었던 모양입니다. 이만 물러갈 테니 몸조리를 하시지요.”

“아닐세. 잠깐만 내 얘기를 듣게. 우리는 청나라와 명나라를 대대로 중국(中國)이라고 부르며 섬겨왔네.”

청나라를 손가락으로 찍은 환재 대감이 지구의를 빙그르르 돌리셨다.

“하지만 지구는 이렇게 둥글다네. 이리 보면 영길리가 중국이 되고, 저렇게 놓으면 불란서가 중국이 되지. 그리고 이렇게 돌리면⋯⋯.”

환재 대감의 늙고 주름진 손가락이 천천히, 천천히 청나라를 지나 왜국으로 건너갔다가 다시 되돌아와서 조선에 멈췄다.

“조선이 중국이 된다네. 어느 나라든 가운데 있으면 그게 바로 중국이 아니겠나?”

잔기침을 콜록거린 환재 대감이 말을 이어가셨다.

“세상은 반드시 변할 걸세. 준비하고 있지 않으면 큰 환란을 겪고 말 것인즉, 자네들 같은 젊은 선비들이 정신을 바짝 차리고 있어야 하네."

어지러웠다. 시골에서 상경한 무명의 선비로서는 감당할 수도, 받아들이기도 어려운 얘기였다.

반면 김옥균을 비롯한 다른 선비들의 눈에는 주체할 수 없는 욕망이 흘러넘치는 것이 보였다. 다른 사람들을 지배할 능력을 갖춘 자들만이 보여줄 수 있는 그런 눈빛들 앞에서 나는 한없이 초라해졌다. 굳이 대문까지 마중을 나오신 환재 대감을 뒤로하고 선비들이 하인배들이 끌고 온 말에 올라타거나 가마에 몸을 싣고 하나둘씩 흩어졌다.

나는 홀로 진고개에 있는 주막으로 갔다. 오는 길에 함박눈이 쏟아졌다. 길가에는 갑자기 쏟아지는 눈을 피해 종종걸음을 걷는 사람들이 보였다. 그들 사이에 섞여 걸으면서 내내 환재 대감의 사랑방에서 들은 얘기들을 곱씹었다.

머리가 노랗고 피부가 하얀 양이들이 검은 연기를 내뿜는 커다란 배를 타고 해안가에 나타난다는 사실은 나도 잘 알고 있었다. 강화도에 두 번이나 쳐들어왔고, 흥선대원군의 아버지인 남연군의 묘를 파헤치는 만행도 저질렀다. 그들이 퍼트린 천주교라는 사악한 종교는 무지몽매한 백성과 미욱한 선비들을 잘못된 길로 빠트렸다.

그래서 선비들 중에는 그들의 물건 하나, 책 한 권 조선 땅에 들여놓을 수 없다는 이들이 대부분이었다. 하지만 환재 대감의 말이 사실이라면 살아남기 위해서, 조선을 지키기 위해서 문호를 개방하고 그들의 것을 받아들여야만 했다.

살아남기 위해 타협할 것이냐? 아니면 학처럼 고고하게 살다가 최후를 맞이해야 할 것이냐? 그러다 설사 양이들의 문물을 받아들인다고 해도 내가 무엇을 할 수 있을 것이냐? 여기까지 생각이 미치자 좌절감이 다시 엄습해왔다.

명문으로 손꼽히는 남양 홍 씨 집안이라고는 해도 가진 재산이나 연줄 하나 없는 처지였다. 고향에서 공부할 때 과거제도가 얼마나 엉터리인지 수도 없이 얘기를 들었지만, 막상 한양에 올라와서 직접 보니 어이가 없을 지경이었다. 일찌감치 과거 보는 걸 포기하고 남양 홍 씨 집안을 찾아다니며 미관말직이나마 얻어보려고 했지만 이 역시 돈이 없으면 어려웠다.

환재 대감이 힘주어 양이들의 문물을 받아들이지 않으면 망하고 말 것이라는 얘기를 하셨을 때, '그러면 벼슬자리는 어떻게 하지'라는 고민부터 해야만 했던 게 내 처지였다. 아직 어리다고 겸손을 떨긴 했지만 안동 김 씨라는 집안을 등에 업은 김옥균이나 박영효같이 조선을 움직일 힘을 가진 이들과는 근본적인 처지부터 다른 셈이었다.

이런저런 고민을 하면서 청계천을 가로지르는 광통교를 막 건너갈 무렵, 사람들이 갑자기 이리저리 뛰는 모습이 보였다. 어리둥절해하고 있는데 어떤 보부상 하나가 내 팔을 잡아끌었다. 그들에게 끌려 들어간 곳은 종로 옆으로 난 좁은 골목길이었다. 좁디좁은 그 골목 안에는 등짐을 진 보부상과 백성으로 가득했다. 날 잡아끈 보부상이 종로거리를 쳐다보면서 말했다.

"보아하니 시골에서 올라오신 모양인데 양반님들이 행차할 때는 일단 피맛골로 피하고 봐야지 안 그러면 봉변당하기 일쑤요, 일쑤."

그 보부상의 말에 다른 사람들이 모두 맞장구를 쳤다. 나는 호기심에 못 이겨 물었다.

"대체 누구 행차기에 이렇게 다들 피하는 거요?"

"중전의 오라비 병조판서 민승호요. 대원군께서 물러나시고 아주 제 세상을 만났지."

얼어붙은 길가에 가래침을 뱉은 보부상이 대꾸했다. 잠시 후 우렁찬 목소리로 물러나라고 외치는 호령꾼을 앞세운 민승호의 행렬이 보였다. 말 두 마리가 앞뒤에서 끄는 쌍가마에는 가마꾼과 몰이꾼들이 다닥다닥 달라붙었다. 한참이나 길게 이어지던 행렬이 끝나자 종로거리는 다시 백성으로 가득 찼다.

지배하는 자와 지배받는 자의 넘을 수 없는 장벽을 곱씹으며 주막으로 갔다. 그리고 다음 날 아침 일찍 짐을 꾸려서 고향으로 내려왔다. 한양에서는 내가 할 수 있는 일이 없었다. 조선을 변화시킨다는 얘기는 내게는 꿈처럼 느껴졌다. 고향으로 내려가는 길에 홍영식 군의 집에 그동안 고마웠다는 내용의 서찰을 남겼다.

. . .

병석에 누워 계시던 아버지께 가지고 갔던 돈으로는 벼슬자리를 얻기 어렵다는 얘기를 드렸다. 아버지는 아무 말 없이 돌아누우셨다.

고향으로 내려온 나는 과거시험을 포기하고 훈장 노릇을 했다. 하지만 세상을 향해 기울어진 마음만은 어쩔 수 없었다. 아이들을 가르치는 틈틈이 실학 서적들을 닥치는 대로 구해서 읽고 틈나는 대로 관아의 조보(朝報:조선시대 승정원에서 배포한 관보)를 보면서 세상일에 귀를 기울였다.

세상은 숨 가쁘게 돌아갔다. 피맛골에서 봤던 중전의 오라비 민승호는 다음 해 선물궤짝으로 위장한 폭탄이 터지는 바람에 일가족과 함께 죽고 말았다.

하지만 중전 민 씨 집안의 세도는 날이 갈수록 커져만 갔다. 왕께서 즉위하신 지 12년째 되던 해, 그러니까 민승호가 죽은 다음다음 해에는 강화도에 나타난 왜선이 영종진을 함락했다. 왜놈들의 기세에 놀란 조정에서는 서둘러 강화를 맺었다. 향교에 모인 유생들은 허약한 조정을 걱정했다.

환재 대감의 사랑채에서 봤던 선비들의 소식도 관보를 통해서 알 수 있었다. 성균관 전적이었던 김옥균은 홍문관 수찬을 거쳐 부교리에 올랐다. 홍영식 역시 규장각에서 계속 승진했다. 그러다 왜놈들과 조약을 맺던 그해 겨울, 환재 대감이 보낸 서찰을 받았다. 그동안 왕래가 없음을 힘껏 꾸짖으며 당장 올라오라는 내용이었다.

짧은 인연이었지만 스승처럼 생각했던 분이라 감히 명을 거역하지 못했다. 서둘러 행장을 꾸리고 한양으로 올라갔지만, 한발 늦고 말았다. 내가 도착하기 이틀 전 세상을 떠나신 것이다. 빈소에서 곡을 하며 짧은 인연을 아쉬워할 무렵 홍영식 군이 잠깐 자기 집으로 가자며 소매를 잡아끌었다. 그곳에는 김옥균을 비롯해 몇 해 전 환재 대감의 사랑채에서 만났던 선비들이 모여 있었다.

"오랜만입니다. 갑자기 낙향하셨다는 소식을 듣고 몹시 서운했습니다."

살이 조금 찌긴 했지만 두 눈의 총기는 여전한 김옥균이 농담인지 진담인지 알 수 없는 얘기를 꺼냈다. 어찌 대답할지 몰라 그냥 웃고만 있는데 홍영식 군이 옆에서 거들었다.

"환재 대감께서 돌아가시기 전에 우리를 불러 모으시고 힘을 합해서 나라를 이끌어가라는 유언을 남기셨습니다."

"과찬이십니다. 저 같은 백면서생이 무슨 힘이 있다고 나라를 이끈답니까?"

잠자코 듣고 있던 내가 점잖게 반박했다.

"왜국과 통상조약을 맺었다는 얘기는 들으셨습니까?"

"조보에서 봤습니다."

박영효의 물음에 고개를 끄덕거렸다.

"올해 4월에 예조참의 김기수를 정사로 하는 사절단이 왜국에 갔습니다. 사절단 이름이 수신사였답니다. 그게 무슨 의미인 줄 아시겠습니까?"

"주는 게 아니라 받는다는 뜻 아닙니까?"

질문을 던진 김옥균은 내 대답이 마음에 들었는지 흡족한 표정을 지었다.

"6월 1일에 돌아온 예조참의께서 왜국의 발전상을 임금께 고했습니다. 그때 저도 함께 들었답니다. 왜국은 위에서부터 아래까지 모두 합심해서 양이의 장점을 받아들이고 있답니다. 증기선은 물론이고, 양이들의 무기를 만드는 공장도 여럿 있다고 하더군요. 임금께서는 조만간 수신사를 더 보내서 저들을 염탐하신다 했습니다."

단숨에 말을 쏟아낸 김옥균이 칼날 같은 눈으로 나를 똑바로 바라봤다.

"우리도 그곳에 가서 직접 봐야 하지 않겠습니까?"

"그렇긴 하겠습니다만……."

"공께서 뜻이 있으시다면 왜국으로 가실 수 있도록 도와드리겠습니다."

뜻밖의 제안에 어안이 벙벙했다. 내가 머뭇거렸다고 생각한 걸까? 김옥균이 무릎을 조금 앞으로 당겼다.

"사실 이번에 수신사에 합류해서 왜국에 가보려고 했습니다만 실패하고 말았습니다. 해서 은밀하게 우리와 뜻을 함께하면서도 눈에 띄지 않는 사람을 보내기로 마음먹었습니다."

그 얘기를 듣는 순간 자리를 박차고 나왔다면 차라리 의기가 있다는 소릴 들었을까? 그 말은 결국 나를 자신과 같은 상대로 취급하지 않겠다는 뜻이자 염탐꾼 노릇을 해달라는 뜻이었다. 거절할 용기도 없었던 나는 아버지가 편찮으시다는 핑계를 대고 그 자리에서 물러났다. 그리고 스승님의 발인도 보지 않은 채 고향으로 내려왔다.

시간이 한참 흐른 뒤에야 그때 내가 느낀 감정이 분노가 아니라 자괴감이자 열등감이었다는 사실을 받아들였다. 실학자들이 쓴 책들을 읽는 내내 나 역시 우리가 뒤처져 있고, 양이들의 문물을 배우지 않으면 큰 어려움을 겪을 수도 있다는 점을 뼈저리게 느꼈다.

하지만 머릿속으로 생각하는 것과 가슴으로 받아들이는 것은 엄연히 달랐다. 듣기로는 양이들의 제도에는 과거 같은 것이 없다고 들었다. 생원이나 진사에 목숨을 걸어야 할 내 처지에 뭐가 어떻게 될지 모르는 일에 뛰어들 수는 없었다. 반면 저들은 과거에 이미 합격했거나 과거를 볼 필요가 없었다.

더 서글픈 것은 고작 그런 이유 때문에 망설여야 한다는 점이었다. 비루하고 또 비루한 내 신세를 한탄하며 집으로 돌아왔다. 그리고 다음 해에 아버지의 죽음과 맞닥뜨렸다. 아버지의 마지막 유언은 꼭 벼슬을 얻으라는 것이었다.

"현감까지는 바라지 않는다. 진사나 생원이라도 해야지 그나마 양반의 명맥을 잊지 않겠느냐."

아버지의 유언은 그 윗대부터 내려온 처절한 굴레이자 절박함이 담긴 얘기였다. 이제 나에게는 집안의 한을 풀기 위해 모든 것을 다 바쳐야 하는 의무만 남았다. 마지막 숨을 몰아쉬고 눈을 감으신 아버지의 얼굴에서 홀가분한 해방감을 엿봤다. 만약 내가 실패한다면 내 아들에게 죽을 때 유언으로 남겨서 이 짐을 후대에 떠넘겨야만 했다.

아버지의 죽음은 외롭고 쓸쓸했다. 3년 동안의 초막살이가 끝나자마자 아내와 어린 딸을 놔두고 한양으로 올라왔다. 뭘 해야겠다는 것보다는 도망치고 싶다는 생각이 더 컸다. 벼슬을 얻지 못하면 다시는 돌아가지 않겠다고 굳게 맹세하고 올라왔지만 나 같은 시골 무지렁이가 할 수 있는 일은 아무것도 없었다.

재동의 홍영식 군 집에 찾아가 볼까 하는 생각이 하루에도 열두 번씩 들었지만 끝끝내 그쪽으로는 발길을 돌리지 않았다. 대신 어찌어찌해서 의정부 좌참찬을 지낸 조존혁 대감의 식객으로 들어갔다. 나랑 비슷한 또래인 아들 조희연과도 가깝게 지냈다. 이렇게 미관말직이나마 얻기 위해 애쓰는 사이 조선은 하루가 다르게 변해갔다.

　과거시험을 출제하는 문정사관으로 뽑혔던 김옥균은 무슨 문제가 생겼는지 돌연 창성부로 유배되었다가 몇 달 만에 풀려났다. 그가 유배에서 돌아온 다음 해 조정에서는 젊은 관료들을 왜국으로 보냈다. 김홍집을 우두머리로 하는 두 번째 수신사가 돌아온 다음 해였다.

　조정 안팎에서는 왜국과 가깝게 지내면서 양이의 문물을 받아들이려는 움직임에 크게 반발했고, 이들을 무마하기 위해 여덟 명의 관료들을 암행어사로 임명해서 동래로 내려 보내는 편법을 썼다. 신사유람단이라는 엉뚱한 이름이 붙은 이 사절단에는 내 먼 친척인 홍영식 군이 포함되었다. 김옥균은 사절단에 정식으로 이름을 올리지는 못했고, 비공식적으로 합류했다.

　그들이 나에게 맡기려고 했던 역할은 이동인이라는 승려가 맡았다. 동래사의 승려였던 그는 환재 대감이 세상을 떠난 후 김옥균이 스승으로 모신 유홍규라는 중인 출신의 한의사와 가깝게 지낸 인연으로 서로 알게 되었다고 한다.

　왜국으로 몰래 밀항해서 신기한 물건들을 가져온 이동인은 고관댁을 드나들면서 총애를 받았다. 임금을 알현했다는 소문도 들렸다. 하지만 신사유람단의 출발 직전 갑자기 사라지면서 온갖 소문들이 분분했다. 어쨌든 그들은 나름대로의 꿈을 이루는 중이었다.

　세상도 급하게 변해갔다. 강화도에서 왜국과 맺은 조약에 따라 제물포에는 동래의 왜관처럼 왜인들이 건너와서 머물렀다. 한양에는 공사관이라는 게 설치되었고, 조정에서는 왜인 군관을 뽑아서 우리나라 병사들의 훈련을 맡겼다. 조정에서는 이들을 별기대라고 칭했지만 세상 사람들은 왜별기라고 불렀다.

지금 바깥세상은 하루가 다르게 변하고 있는데 오직 조선만은 탐학과 무지몽매함에서 벗어나지 못하고 있다. 왜놈들이 남만에서 얻은 조총을 가지고 쳐들어와서 7년 동안 분탕질을 했던 임진년의 왜란이 기억났다. 그러니 이들이 강화도에 쳐들어왔던 양이들의 총포와 배를 받아들여서 부강해지면 다시 조선을 노릴 것이 불 보듯 뻔하다. 그럼에도 불구하고 조정에서는 아무것도 하지 않으니 답답하고 두려웠다.

그러던 어느 날 사소한 일로 조존혁 대감의 청지기와 시비가 붙었다. 부나방처럼 붙어사는 처지에 굽혀 사는 게 맞았지만 양반이라는 자존심이 그걸 허락치 않았다. 그 길로 조존혁 대감에게 작별인사를 전하고 세상 밖으로 뛰쳐나왔다. 뭘 해야 할지, 어떻게 살아야 할지 알 수 없었다. 면목이 없어서 고향으로도 차마 발길을 돌리지 못했다.

종로통에 우두커니 앉아 있는데 누군가 어깨를 쳤다. 돌아보니 몇 년 전 민승호의 행차 때 피맛골로 끌어준 그 보부상이었다.

"엇다. 이 양반이 도포랑 갓은 어따 팔아먹고 그런 지지리 궁상으로 앉아 있는데?"

벌컥 화를 내는 대신 빙그레 웃으며 맞받아쳤다.

"끈 자리 떨어진 양반이 어디 양반이겠소? 비루먹은 강아지지."

"보아하니 과거 본답시고 가산 탈탈 털어서 올라왔다가 알거지 신세 된 것 같은데, 어디 노잣돈이라도 보태줄깝쇼?"

"옛 말씀에 먹을거리를 주는 것보다 그걸 얻는 법을 알려주라 했소. 거 노잣돈 보태줄 아량 있으면 나도 동패로 받아주시게."

"허허, 아무리 별 볼일 없다지만 양반이 갓 대신 패랭이 쓴다는 얘기는 처음 듣는구려."

"민 씨가 아니면 행세도 못하는 세상인데 양반이 다 무슨 소용인가."

"아이고, 이것 참. 정 그렇다면 일단 동무들한테 소개나 시켜줄 테니 따라오시구려. 참 이름이 뭐요?"

"그게, 이종만이라고 하오."

"난 배동서요. 구명동서 할 때 그 동서."

양반의 자존심을 지키기 위해 식객 노릇을 때려치우기까지 해놓고서는 정작 보부상이 되기를 결정한 내 마음은 대체 뭐란 말인가? 말과 글로 표현할 수 없는 그 복잡한 씁쓸함을 뒤로 하고 우리 둘은 십년지기처럼 어깨를 나란히 하고 걸어갔다. 그렇게 보부상들과 어울려 팔도를 떠돌아다니는 이종만의 삶이 시작되었다.

세상을 떠돌면서 정말 많이 배웠다. 보부상은 단순한 장사꾼이 아니었다. 그들만의 규칙이 있었고, 나름대로의 정보체계와 연락망도 있었다. 동료들이 부당한 일을 당하면 몰려가서 응징을 하기도 했다. 세상을 잊어버리고 싶어서 떠났지만 오히려 새로운 세상과 만난 셈이었다. 가끔 한번씩 한양에 올라오면 나도 모르게 재동으로 발걸음을 옮겼다가 못난 놈이라고 자책하면서 돌아오길 거듭했다.

그때도 그랬다. 하지만 인연은 우연히 만들어지는 법. 갑신년(서기 1884년)의 어느 여름날 피맛골의 단골 주막에서 장국밥을 퍼먹던 배동서가 그 말만 하지 않았다면 재동으로는 갈 엄두도 내지 않았을 것이다. 엉덩이를 유난히 실룩거리며 돌아다니는 주모를 곁눈질로 쳐다보던 배동서가 트림을 하면서 말했다.

"거, 소문 들었남?"

"무슨 소문?"

국물을 후루룩 마시던 내가 묻자 그는 턱으로 재동 쪽을 가리키며 얘기했다.

"젊은 선비들이 나라를 엎으려고 한데."

"공자 왈 맹자 왈밖에 모르는 선비들이 무슨 수로 나라를 엎는다고 그래. 혹시 저기 저 주모라면 모르겠지만 말이야."

"자네도 장마당에서 왜놈들이 양이들의 기술을 받아들여서 부강해졌다는 말을 심심찮게 들었지? 왜놈들이랑 손을 잡고 청나라 오랑캐들을 몰아낸다고 하더만."

"아니, 손을 잡을 놈이 없어서 왜놈이랑 손을 잡아? 어허, 자네 귀가 넓은 건 알겠는데 아무래도 헛소문인 것 같네."

대수롭지 않은 것처럼 대꾸하고 넘어갔지만 심장은 쿵쿵 뛰었다. 예전에 김옥균이 왜국으로 가달라고 했던 부탁이 떠올랐다.

"내 말 좀 들어보라고. 친군 후영사로 있는 윤태준 대감이 어느 날 집으로 찾아온 서재필이라는 조카한테 국수를 대접하면서 금릉위 박영효가 당여들을 모아서 역모를 꾀한다는데 들은 얘기 없냐고 물었다는 거야. 그랬더니 서재필이 말도 안 하고 자리를 뜨더니 줄행

랑을 쳤다지 뭔가. 서재필이 누구냐면 말이야. 개화당의 오른팔이야, 오른팔. 작년에 왜국으로 건너가서 군관학교를 졸업(서재필은 1883년 일본의 도야마 육군유년학교에 입학해서 교육을 받다가 다음 해인 1884년 5월에 귀국했다)하고 돌아와서는 왜검을 차고 돌아다닌데. 그 밖에도 장사패들을 끌어 모은다는 소문이 있어. 나도 이참에 거기 가담해볼까?"

"예끼, 이 사람아!"

웃으며 얘기를 마무리했지만 속이 쓰려왔다. 피맛골의 주막까지 소문이 퍼질 지경이면 대체 얼마나 많은 사람들이 이 일을 알고 있단 말인가? 걱정과 두려움에 식사를 마치고 담배를 피우는 배동서를 놔두고 재동으로 발걸음을 옮겼다. 막상 가기는 했지만 뭘 어떻게 해야 할지 갈피를 잡을 수 없었다. 홍영식 군을 붙잡고 헛된 망상을 버리라고 호통을 칠까? 아니면 김옥균을 만나서 당장 멈추지 않으면 고발하겠다고 협박을 할까?

해가 어두워질 때까지 홍영식 군의 집과 환재 대감의 집 주변을 돌아다니면서 고민해봤지만 딱히 묘안이 떠오르지 않았다. 할 수 없이 동료들이 있는 피맛골로 향했다. 지름길이라고 할 수 있는 재동 골목을 걸어가는데 뒤쪽에서 발자국 소리가 들려왔다. 무심코 뒤를 돌아보자 검정색 두루마기를 입은 젊은 남자가 황급히 몸을 숨기는 것이 보였다.

그때서야 주변에 아무도 없다는 사실을 눈치채고는 혀를 찼다. 사람들로 가득한 한양이라는 사실에 마음을 놓아버린 것이다. 허리춤에 찬 장도를 뽑아들고는 뛰기 시작했다. 중간 중간 뒤를 돌아봤지만 검은 두루마기는 보이지 않았다.

그런데 피맛골에 거의 도달했을 무렵, 눈에서 불이 번쩍하면서 앞으로 쓰러졌다. 미리 기다리고 있던 괴한이 휘두른 몽둥이에 뒤통수를 맞은 것이다. 쥐고 있던 장도를 마구잡이로 휘두르면서 몸을 일으키려는데 아까 봤던 검정색 두루마기를 입은 남자가 훌쩍 몸을 날리는 것이 보였다. 반쯤 몸을 일으킨 나는 그 남자가 내뻗은 발에 턱을 얻어맞고는 그대로 쓰러지고 말았다. 가물가물해져가는 의식이 닫히기 전에 마지막으로 몇 마디 얘기들이 토막토막 들렸다.

"어떻게 할까요?"

"일단 끌고 가야지."

"어디로……"

"일단……"

얼마나 시간이 흘렀을까? 목이 부러질 것 같은 통증에 눈을 떴다. 눈을 떠보니 대문간에 붙어 있는 창고 같았다. 몸을 움직이려고 해봤지만 뒤로 묶인 손이 기둥에 감겨 있고, 짚신이 벗겨진 발목도 꽁꽁 묶여 있어 꼼짝 할 수가 없었다. 문 앞에서 지켜보고 있던 남자가 내가 의식이 깨어나는 걸 보고는 밖으로 나갔다. 잠시 후 한 무리의 남자들이 들어왔다. 그중 한 명이 내 얼굴에 관솔불을 바짝 갖다 댔다.

"아는 얼굴이냐?"

"처음 보는 놈입니다."

자기들끼리 말을 주고받던 남자들은 제일 뒤에 서 있던 검은 두루마기 차림의 남자를 쳐다봤다. 스무 살 정도로 보이는 검은 두루마기는 왼손에 왜검 한 자루를 들고 있었다. 한쪽 무릎을 꿇고 내 얼굴을 쳐다봤다.

"누가 보냈느냐? 민태호냐? 민영익이냐?"

그때서야 비로소 오해가 생겨도 단단히 생겼다는 사실을 눈치챘다.

"아니오. 난 그저……"

말을 채 끝맺기도 전에 몽둥이가 어깨에 떨어졌다. 비명을 지르다가 혀끝을 깨물었는지 입안에서 핏물이 굴러다녔다.

"다시 묻겠다. 누가 보냈느냐?"

"난 그저 집 구경을 하느라고 그랬던 것뿐이오. 염탐이라니."

"아무래도 안 되겠다. 멍석말이를 좀 당해봐야 입을 열 것 같군."

검은 두루마기 차림의 사내가 명령하자 다른 사내들이 묶인 밧줄을 풀고 끌어내리려고 했다. 다급해진 나는 피로 범벅이 된 입을 움직였다.

"금석(琴石:홍영식의 호)을 불러주시오. 그러면 내가 누군지 알 거요."

"금석이라니? 그분이 네 친구라도 된 단 말이냐?"

나는 코웃음을 치며 돌아서는 검은 두루마기에게 있는 힘껏 소리쳤다.

"어차피 손해 볼 건 없잖소! 내가 거짓말을 하는 것이면 그때 물고를 내든 말든 알아서 하고 일단 불러나주시오."

검은 두루마기가 천천히 돌아섰다. 어린 나이지만 형형한 눈빛하며 주변을 압도하는 기세가 만만치 않았다. 잠깐 고민하던 검은 두루마기는 내게 말했다.

"좋다. 하지만 만약 허튼 소리라면 내가 직접 네 목을 베어버리겠다."

어느 틈에 뽑혀졌는지 모를 칼이 턱 끝에 닿았다. 차가운 쇠의 서늘함이 신경을 얼어붙게 만들었다.

"알겠소."

겨우 대답을 하고는 맥이 탁 풀렸다. 다시 문이 닫히고 어둠이 찾아왔다. 한숨 돌리게 되자 통증과 목마름이 찾아왔다. 당장이라도 검은 두루마기가 문을 박차고 들어와서는 거짓말쟁이라고 외치며 내 목을 뎅겅 잘라버릴 것 같은 공포에 목이 멨다.

얼마나 시간이 흘렀을까? 덜컹거리는 소리와 함께 문이 열렸다. 아까보다 더 깊은 어둠이 보였고, 어둠을 등진 몇몇 사내들이 보였다. 상투머리들 사이로 갓을 쓴 사내 한 명이 보였다. 갑자기 눈이 가물거리면서 눈물이 흘러나왔다. 다른 그림자를 헤치고 다가온 갓이 내 얼굴을 보고는 말했다.

"어, 왜 여기 있는 겁니까?"

살았다는 생각에 긴장감이 풀렸는지 스르륵 눈이 감기면서 의식이 다시 훨훨 날아가 버렸다.

다시 눈을 뜬 곳은 등잔불이 너울거리는 방 안이었다. 종이를 바른 천정이 눈에 들어오고도 한참 동안 내가 왜 이곳에 와 있는지 이해하지 못했다. 머리맡에서 부스럭거리는 소리와 함께 시야 한쪽에 불쑥 낯익은 얼굴이 잡혔다.

"괜찮으십니까?"

걱정스러워하는 목소리의 주인공은 홍영식 군이었다. 몇 년 동안 못 본 사이 몰라보게 의젓해진 그는 제법 무성한 턱수염과 관록이 붙은 몸가짐이었다. 뭔가 대답을 하려고 했지만 말소리 대신 이상한 울음소리만 났다. 그의 손이 떨리는 내 어깨에 닿았다.

"이런 옷차림으로 그동안 어디서 뭘 하신 겁니까? 어쨌든 오늘은 푹 주무시고 내일 얘기하십시다. 그리고 밖에 송재(松齋:서재필의 호) 있는가?"

홍영식 군의 물음에 잠시 미닫이문이 열리고 아까 그 검은 두루마기가 방 안으로 들어왔다.

홍영식 군이 대뜸 목청을 높였다.

"내가 조심하라고 그렇게 일렀거늘 자칫하다가는 엉뚱한 사람을 잡을 뻔하지 않았느냐!"

"하지만 이자는 참판 댁 주변을 얼쩡거렸습니다."

"그래서 이렇게 무작정 잡아서 물고를 내놓으면 그 뒷감당은 어찌하려고 했느냐? 지금 한양 안에 우리들이 역모를 꾀한다는 소문이 돌고 있단 말이다! 조심 또 조심하지 않으면 언제 민 씨 놈들에게 꼬투리가 잡힐지 모른다. 알겠느냐!"

"네, 참판 어르신!"

뭐라고 말을 하려고 하던 검은 두루마기가 고개를 숙이고는 공손하게 대답했다.

"이분께 정식으로 사과하고 물러가거라."

사과하라는 말에 검은 두루마기의 눈썹이 꿈틀거렸다. 주저하는 모습을 본 홍영식 군이 호통을 쳤다.

"어서 하지 않고 뭘 그리 서 있는 것이냐!"

이번에도 검은 두루마기가 굴복했다. 내 옆에 와서 무릎을 꿇은 그가 처연한 목소리로 말했다.

"함부로 몸을 상하게 한 점 진심으로 사죄드립니다."

무릎을 펴고 일어난 검은 두루마기가 밖으로 나가자 홍영식 군이 미안함이 가득 담긴 말투로 얘기했다.

"서재필이라는 아이입니다. 다 좋은데 성질이 너무 급한 게 흠이지요. 형님 얼굴을 몰라서 염탐꾼인줄 알고 손을 쓴 모양입니다. 내가 대신 사과드리겠습니다."

여전히 말이 나오지 않아서 고개를 끄덕거리는 것으로 대답을 대신했다.

"그럼 푹 쉬십시오. 내일 퇴궐하고 뵙겠습니다."

"이보게, 금석."

가냘픈 내 말소리가 몸을 일으키려던 홍영식 군을 붙잡았다.

"고균(김옥균의 호)을 만나보고 싶네. 자리를 마련해줄 수 있겠나?"

"물론입니다. 내일 당장 마련하도록 하지요."

"그리고 내 장도도 좀 찾아주게. 인연이 깊은 거라서 말이야."

• • •

홍영식 군의 손에 이끌려 간 곳은 가회동에 있는 김옥균의 집이었다. 안팎의 감시가 심해서 해 질 녘에 뒷문으로 살짝 들어갔다. 주안상이 차려진 사랑채로 들어가서 잠깐 기다리는데 밖에서 인기척이 들렸다. 무심코 열리는 문을 쳐다보던 나는 깜짝 놀라고 말았다. 방 안으로 들어온 김옥균이 활짝 웃으며 내 앞에 앉았다.

"올 초에 일본에 가면서 사 입은 서양인들 옷입니다. 어떻습니까? 움직이기 편하고 간편하지 않습니까?"

나는 들고 있던 술잔의 술을 쥐색 양복에 머리까지 깎은 김옥균의 얼굴에 뿌렸다. 밖에서 지켜보고 있었는지 미닫이문이 열리고 우락부락한 얼굴들이 당장이라도 뛰어 들어올 것처럼 굴었다. 한 손을 든 김옥균이 그들에게 호통을 쳤다.

"귀한 손님과 얘기 중인데 누가 끼어들라고 했느냐! 썩 물러가지 못할까!"

김옥균의 호통에 문이 닫혔다. 품 안에서 작은 천 조각을 꺼내서 얼굴을 닦은 그가 태연스럽게 말했다.

"손수건이라는 겁니다. 서양에서는 이런 걸 하나씩 가지고 다니면서 손을 닦거나 얼굴에 묻은 땀을 닦죠."

"왜국에 몇 번 갔다 오시더니 양이가 다 되셨구려. 아예 이름도 바꾸고 그곳에서 살지 그러십니까?"

"내가 범부라면 그렇게 살 겁니다. 아직도 모르시겠습니까?"

갑자기 김옥균의 눈빛이 소용돌이쳤다.

"우리가 지금 양이라고 비웃고 손가락질하는 자들은 이미 세상의 주인입니다."

"그래서 그들에게 머리를 조아리고 우리 것을 버리자는 말씀이십니까?"

"세상은 하루하루 변하고 있습니다. 이런 양복을 입고 머리를 깎는다고 내가 조선 사람이 아닙니까? 아니면 김옥균이 아닙니까? 입은 옷만 다를 뿐 똑같은 김옥균이라 이 말입니다!"

채 말을 잇지 못한 김옥균이 술을 벌컥벌컥 들이켰다.

"제가 일본에 갈 때마다 느낀 게 뭔 줄 아십니까? 저들이 하루가 다르게 힘을 키우고 있다는 겁니다. 하지만 우린 지금 뭘 하고 있습니까? 군인들의 반란 하나 진압하지 못해서 청나라군을 끌어들이지 않았습니까? 공도 그들이 어떤 행패를 벌이는지 똑똑히 보셨겠지요?"

"알고 있습니다."

임오년에 봉급이 밀린 군인들이 들고 일어났을 때 임금은 상국인 청나라에 파병을 요청했다. 덕분에 사태를 진정시키기는 했지만 한양에 주둔한 청나라 군인들의 행패가 만만치 않았다. 올 초에는 광통교에서 약국을 하는 최택영과 그의 아들이 밀린 외상값을 달라고 했다가 청군이 쏜 권총에 맞았다. 최택영은 크게 다치고 아들은 죽었지만 정작 청나라 쪽은 자기네 소행이 아니라고 잡아뗐다. 부녀자가 겁간을 당했다는 소식도 심심치 않게 들렸고, 도성을 드나들던 보부상들도 짐 보따리를 털린 경우가 몇 번 있었다.

"혹시 청상회관 사건이라고 들어보셨습니까?"

고민에 잠겨 있던 나에게 김옥균이 물었다. 내가 아무 대답도 하지 않자 그가 입을 열었다.

"올 5월에 원세개를 따라온 청나라 상인들이 회관을 세운답시고 형조판서와 어영대장을 지낸 이경하의 아들들 땅을 사들이려고 했습니다. 그런데 서자인 이범진이 땅을 팔기를 거절하자 제멋대로 담장을 허물고 문을 만들고 말았답니다. 이범진이 항의하자 다짜고짜 끌고 가서는 구타를 하고 땅을 넘기겠다는 각서까지 쓰게 만들었습니다. 아무리 서자라지만 명색이 정육품 사간원 정언이 일개 상인에게 끌려가서 그런 수치를 당하는 게 지금 이 나라의 현실입니다. 더 어이없는 일이 뭔 줄 아십니까? 조정에서는 오히려 이범진을 삭직해 버렸다는 겁니다. 업신여김을 당했다고 말입니다."

"저런……."

"그뿐이 아닙니다. 함께 끌려간 형조정랑 신학휴와 좌우포도청 종사관들도 함께 파직을 당했습니다. 소식을 듣자마자 조정에 가서 따졌습니다. 아예 청나라의 신하 노릇을 하라고 말이죠. 하지만 민가 놈들은 그냥 청나라 상인한테 사과를 받는 선에서 일을 마무리 지었습니다. 그리고 결국 그 땅은 청나라 놈들 손에 넘어갔고 말입니다. 지금 외국에서는 어떻게 하면 나라 힘을 더 키울까 전력을 다하고 있는데 우리는 청나라 놈들 손아귀에서 꼼짝도 못하고 있는 상황입니다. 하루가 늦으면 1년이 늦어버릴 것이고, 1년이 늦으면 10년이 뒤처질 겁니다."

"그래서 어떻게 하자는 말씀이십니까?"

내 물음에 김옥균은 기다렸다는 듯 말했다.

"개화를 해야 합니다."

"개화……."

나는 그의 말을 곱씹어보았다.

"양이들의 문물과 제도를 받아들여서 나라를 부강하게 하자는 겁니다. 민 씨들의 탐학이 극에 달해서 나라꼴이 말이 아니지 않습니까? 거기다 죄 없는 백성들은 무거운 세금과 학정에 시달린 지 오래입니다."

"하지만 그게 말처럼 쉽겠습니까?"

"쉽지 않으니까 해야지요. 양반들은 자신의 지위가 흔들릴까 반대하고, 아무것도 모르는 백성들은 외국 것이라면 덮어놓고 배격하고 봅니다. 하지만 우리가 상국으로 섬기는 청나라도 저들의 법과 제도를 받아들인 지 수십 년째입니다. 우리가 못할 이유가 뭐가 있습니까?"

김옥균은 가슴을 펴고 당당하게 말했다. 그의 열정과 자신감 앞에 나도 모르게 주눅이 들었다는 사실을 어쩔 수 없이 인정해야만 했다.

"그럼 임금께 고해서 우리도 저들의 문물을 받아들여야겠군요."

"그게 가장 좋은 방법입니다만……."

갑자기 표정이 어두워진 김옥균이 연거푸 술잔을 들이켰다.

"임금께서는 중전의 품 안에서 도무지 헤어나질 못하고 계시니 그게 문제입니다. 임금께서는 총명하시지만 성정이 곧지 못하셔서 곧잘 휘둘리십니다. 심지어는 임금의 나라가 아니라 민 씨들의 나라라고 하는 사람들도 적지 않습니다. 공도 눈이 있고 귀가 있다면 듣고 보셨을 것 아닙니까? 그들이 안동 김 씨보다 더한 권세를 부리면서 나라를 망치고 있다는 사실을요."

"말씀이 지나치십니다."

내가 점잖게 대꾸하자 김옥균은 답답하다는 듯 가슴을 쳤다.

"작년에 어떤 일이 벌어진 줄 아십니까? 제가 일본에 차관을 빌리기 위해 임금께 위임장을 받아서 건너갔었습니다. 그런데 제가 일본으로 건너간 뒤에 중전 민 씨가 임금을 움직여서 제가 가져간 위임장이 가짜라고 일본정부에 통보한 겁니다. 엄연히 옥새가 찍힌 위임장을 가짜라고 몰아붙이는 바람에 300만 원을 빌리려는 계획이 하루아침에 물거품이 됐습니다. 그 돈만 있었더라면 병사들을 양총으로 무장시키고, 철갑선을 사들여서 나라를 튼튼하게 할 수 있었는데 말입니다. 할 수 없이 미국 공사 빙험에게 부탁해서 그 나라 상인인 모스를 통해 돈을 빌리려고 했지만 그 역시 실패하고 말았습니다."

어느덧 말에서 밀린 나는 잠자코 그의 얘기를 듣고만 있었다.

"지금이 당파 싸움이나 할 때입니까? 하루가 다르게 세상이 변하고 있는데 말입니다. 지금도 늦은 판국인데 답답함 때문에 잠이 안 올 지경입니다."

"임금께 간언을 드려서 난국을 헤쳐나가시는 것은 어떻습니까?"

"아까 말씀드리지 않았습니까. 중전의 품속에서 헤어나실 줄 모른다고요. 민 씨들이 청나라를 등에 업고 있는 이상 임금께서도 함부로 어찌하실 수 없는 상황입니다. 여차하면 보정부에 유폐당한 흥선대원군을 귀국시킬 테니까요. 우리가 움직여야만 합니다."

그 얘기를 듣는 순간 김옥균의 말에 취해 있던 정신이 번쩍 들었다. 내가 눈을 들어 바라보자 그는 눈웃음을 지으며 말했다.

"지금이 적기입니다. 청나라가 불란서와 월남에서 싸우느라 한양에 있던 병력 절반을 빼내갔고, 일본이 적극적으로 나선다고 약조를 했으니까요."

"그러면 소문대로 역모를 꾀하실 겁니까?"

48

내 말에 그는 손바닥으로 무릎을 치면서 껄껄거렸다.

"역모라니요. 내가 아무리 그래도 명색이 조선의 신하인데 어찌 임금께 칼을 겨누겠습니까?"

"무슨 계획이라도 있으십니까?"

"두 가지가 필요합니다. 우선 임금의 마음을 움직여야 하고, 청나라를 견제해줄 세력이 필요합니다.

상당히 예리하고 정확한 분석이었다. 남들이 겉만 보고 있을 때 그는 본질까지 꿰뚫어봤다. 하지만 얘기를 들으면 들을수록 점점 그가 과연 신하로만 만족할까라는 점에 계속 의문이 들었다. 내 속마음을 아는지 모르는지 김옥균은 이야기를 계속했다.

"다행히 임금께서는 개화가 필요하다는 생각을 가지고 계시니 설득하는 데 별 어려움은 없습니다. 문제는 중전을 비롯한 민 씨 일파와 그들에게 아부하는 세력들이 들고 일어나서 임금의 마음을 다시 움직일 수도 있다는 겁니다. 거기다 청나라군이 개입할지 모르는 일이니까요. 사실 임금의 마음도 믿기 어렵습니다. 우리들을 단지 민 씨 세력을 견제할 또 다른 세력으로만 보고 계신다는 느낌을 지울 수가 없습니다. 그래서 나름대로 계획을 세웠습니다."

갑자기 목소리를 낮춘 김옥균이 심각한 표정으로 말했다.

"일단 임금께 우리 뜻을 고한 후에 윤허를 받을 생각입니다. 밀지를 받으면 금상첨화겠지만 말이죠."

"그다음은요?"

"일본을 움직여서 청을 견제할 생각입니다. 그럼 중전 민 씨도 가볍게 움직이지는 못할 겁니다."

"자칫 늑대를 몰아낸다고 호랑이를 불러들인 꼴이 아니겠습니까?"

"맞습니다. 그놈이 다 그놈이죠. 지금은 일본이 불리하니까 자신들의 세를 유지하기 위해 우리들과 손을 잡고 있는 것 아니겠습니까? 저도 그들을 끝까지 믿을 생각은 없습니다만 한양에는 아직 청군 1500명이 남아 있고, 민 씨와 그 패거리들이 장악하는 친군영이 있습니다. 이들과 대적하려면 일본 공사관의 경비중대를 반드시 움직여야만 합니다."

"고작 일개 중대 가지고 수천의 청군과 친군을 대적할 수 있겠습니까?"

"임금을 우리 손에 넣으면 됩니다. 청군이 아무리 생각이 없다고 해도 임금의 허락 없이 함부로 움직이지는 못할 겁니다. 친군 역시 왕명으로 지휘관을 교체하면 우리가 장악할 수 있죠. 그렇게 힘을 가진 다음에 하나씩 바꾸는 겁니다. 공과 우리의 인연이 적지 않으니 힘을 보태주시면 천군만마를 얻는 것이 아니겠습니까?"

"만약 임금께서 뜻을 받아들이지 않으시다면 어쩌시겠습니까? 아니면 중전께서 반대하신다면요?"

신나게 떠들던 김옥균은 나의 질문에 차가운 침묵에 빠져들었다.

"아까 무지몽매한 백성들이라고 하셨습니까? 지금 저자에 모이는 백성들 사이에서는 젊은 선비들이 개화를 핑계로 역모를 꾸민다는 소문이 파다합니다. 이들이 공의 앞길을 가로막는다면 어쩌시겠습니까?"

오랜 침묵 후에 그가 간신히 입을 열었다.

"저들이 어찌 그러겠습니까?"

"공은 이 일을 나라를 위한다고 하셨는데, 제가 보기에는 반대파를 밀어내고 정권을 장악하려는 것으로밖에는 안 보입니다. 그리고 백성을 위한다고 하시면서 정작 백성들은 안중에도 없지 않습니까?"

"백성들은 천천히 가르치면 됩니다. 시간이 없는데 어찌 일일이 설득하고 따라오길 기다리겠습니까?"

"그럼 그들이 앞길을 가로막으면 어쩌시겠습니까?"

"모두 없애버릴 겁니다. 왕이든 백성이든."

가면을 모두 벗어버린 것처럼 차가워진 얼굴의 김옥균이 대꾸했다. 나는 더 들을 것도 없다는 생각에 소매에 넣어두었던 장도를 뽑아서 주안상에 꽂았다. 꽝하고 칼이 꽂히자 주안상에 놓인 술잔과 안주 그릇들이 춤을 췄다. 바깥에서 인기척이 들렸지만 안으로 들어오지는 않았다. 나는 부르르 떨리는 칼에서 손을 떼며 물었다.

"그다음에는 스스로 왕위에 오르시게요? 그게 공이 개화를 하는 목적입니까?"

"전 이대로 눈을 감고 살면 그만입니다."

화를 내면서 주안상을 엎어버리거나 밖에서 지켜보는 수하들을 부를 줄 알았지만 뜻밖에도 그는 다시 차분함을 되찾았다.

"미국에 보빙사로 갔다가 세계 일주를 하고도 사대당이 된 민영익처럼 말입니다. 하지만 난 세상을 봤고, 그 세상이 어떻게 돌아가는지 그리고 우리 조선이 어마어마하게 뒤처졌다는 사실을 알고 있습니다. 장님이 아닌 이상, 정신이 올바로 박혀 있는 선비인 이상 저 하나 편하자고 시류에 영합할 생각은 없습니다. 그 칼로 날 찌르시겠다면 막지 않겠습니다. 어차피 뜻을 이루지 못한다면 오래 살 생각도 없으니까요."

기나긴 눈싸움과 침묵이 계속되었다. 하지만 난 그를 찌를 명분을 찾을 수 없다는 사실을 뼈저리게 인정해야만 했다. 내가 쓴웃음을 짓자 김옥균도 따라서 웃었다.

"제 진심을 이해해주실거라 믿었습니다. 이제 저를 도와주시겠습니까?"

"조건이 있소이다. 임금을 기만하지 않고 백성들을 위한다는 그 명분을 잊지 않았으면 합니다. 만약 저를 설득하기 위한 사탕발림이 었다면 다음번에는 이 칼이 공의 목을 노릴 것이외다."

"얼마든지. 전 한 점 부끄러움이 없는 사람입니다. 이왕 날붙이를 봤으니 삼국지 흉내를 내보는 건 어떻습니까?"

싱긋 웃은 그는 비스듬하게 박힌 칼을 뽑아들고는 새끼손가락 끝을 살짝 찔렀다. 그런 다음 뚝뚝 떨어지는 피를 술잔에 떨어뜨렸다. 맑은 술에 스며든 피가 살아 있는 것처럼 천천히 꿈틀거렸다.

"만약 내가 대의를 어긴다면 가차 없이 목숨을 거둬가도 좋습니다."

두 손으로 술잔을 받쳐 든 김옥균이 말했다. 나도 따라서 술잔을 높이 들고 화답했다.

"나라와 백성을 위한다는 뜻에 기꺼이 따르겠소."

호탕하게 웃은 우리 둘은 술을 들이켰다. 비릿한 피비린내가 가득한 술잔을 내려놓고 김옥균이 말했다.

"우리 쪽 사람들은 민 씨 일파에게 일거수일투족이 감시당하고 있는 상태입니다. 특히 궁궐 쪽과 은밀한 연락을 책임질 적임자가 없는 상태죠."

"하지만 저 역시 곧 정체가 들통 나지 않겠습니까?"

나의 물음에 김옥균은 비단 보따리를 하나 내밀었다.

"이게 뭡니까?"

"일본에는 가부키라는 유희가 있습니다. 거기 나오는 배우들은 우리나라처럼 가면을 쓰는 대신 얼굴에 직접 분장을 합니다. 지난번에 갔을 때 그 배우들의 분장법을 적은 책을 구해왔습니다. 한자로 해석을 달아놨고 혹시나 해서 통역관들의 교습서인 《첩해신어(捷解新語)》도 한 권 넣어뒀습니다."

"저보고 분장을 하라 이 말이군요."

"그렇습니다. 제가 광통방(廣通坊) 다동(茶洞)에 작은 집을 하나 얻어드리겠습니다. 궁궐 쪽 사람들이 직접 찾아오거나 연통을 넣으면 저에게 전달해주시면 됩니다. 암호는 차후에 알려드리죠. 대부분 직접 말로 얘기하겠지만 중요한 내용은 언문(言文:한글)으로 주고받을 것인 즉 가급적 언문도 익혀두시면 고맙겠습니다."

"좋습니다. 그럼 공과의 연락은 어찌 하면 됩니까?"

"윤경순이라는 장사패나 내 몸종인 점돌이가 하루나 이틀에 한 번씩 찾아갈 겁니다. 만약 화급을 다투는 연락이 온다면 변장을 한 채 집으로 찾아오시면 됩니다. 암호는 주문하신 약을 가져왔다고 하시면 아랫것들이 알아들을 겁니다."

"명심하겠습니다."

그렇게 나는 뜻하지 않게 역사의 소용돌이 한복판으로 뛰어들었다. 갑신년 늦여름 8월의 일이었다.

．．．

　그녀가 찾아온 것은 추위가 기승을 부리기 시작하던 겨울 초입이었다. 노인 분장을 하고 수염을 잔뜩 붙인 채 하루 종일 대청에 나가 앉아서 연락을 기다리는 게 내 일이었다. 초가지붕 끝에 매달린 고드름이 한낮의 햇살에 조금씩 녹아내렸다. 지루함을 이기기 위해 《첩해신어》를 읽다 보니 제법 일본어가 늘어났다.

　그날도 백지에 히라가나를 하나씩 써가면서 시간을 보내는 중이었다. 바로 옆 유기전에서는 김옥균이 부리는 장사패들 중 한 명이 점원으로 변장한 채 이쪽을 곁눈질하는 중이었다. 전달부터 궁궐로 오가는 연락들이 적지 않았다. 어제는 서광범으로부터 궁에서 누군가 오면 건네주라는 물건을 받았다. 대나무 광주리에 청나라에서 건너온 비단이 차곡차곡 들어 있지만 제일 밑바닥에는 앞뒤가 막힌 굵은 대나무 한 토막과 명주실로 꽁꽁 묶인 천 주머니가 들어 있었다.

　추위를 막기 위해 갖다 놓은 화로의 불에 몸을 녹이고 있을 즈음 싸리문을 열고 그녀가 들어왔다. 장옷을 뒤집어쓴 그녀는 대청 앞에 서서 내게 물었다.

　"좋은 유기그릇이 있다고 해서 왔습니다만……."

　"유기전은 옆이외다."

　나이가 든 것처럼 콜록거리며 대답하자 장옷을 쓴 그녀가 고개를 저으며 말했다.

　"좋은 유기그릇이 필요합니다."

"그거요? 여기 있소이다."

궁에서 왔다는 암호를 확인한 나는 장지문을 열고 안으로 들어가서 대나무 광주리를 가지고 나왔다. 대청 끝에 서 있는 그녀 쪽으로 훌쩍 밀었다. 그녀가 광주리에 막 손을 대려는 찰나 유기전 쪽에서 왁자지껄한 목소리가 들려왔다.

"아이구, 어제 오시고 오늘 또 웬일이십니까? 유기그릇 사시게요?"

미행이 있으니 숨으라는 암호였지만 막상 그 애길 듣는 순간 머릿속이 멍해졌다. 내가 우두커니 서 있자 장옷을 쓴 여인이 신을 벗고 내 손목을 잡아채고는 방 안으로 끌고 들어갔다.

잠시 후 남자 둘이 싸리문 안으로 밀어닥쳤다. 구멍 뚫린 문풍지 사이로 보니까 앞장선 남자는 회색 솜두루마기 차림의 왈패처럼 보였지만 뒤따르던 남자는 당하관 무관들이 입는 붉은색 철릭(天翼:무관이 입던 복식)에 푸른색 허리띠 차림이었다. 손에는 두 척쯤 되는 술 달린 등채를 움켜쥐고 있는 게 보였다. 아까 경고를 해준 점원이 목청껏 소리쳤다.

"아이구, 뉘신데 남의 집에 함부로 들어가는 거요!"

"입 닥치지 못할까? 무예별감(武藝別監:왕과 궁궐의 호위를 맡은 관리, 무감이나 무예청이라고도 부른다) 나리시다."

앞장선 남자가 그렇게 대꾸하자 점원은 꿀 먹은 벙어리처럼 입을 다물었다. 왈패 같은 남자가 집 주변을 한 바퀴 둘러보는지 시야에서 사라졌다. 그 사이 무예별감이라고 신분을 밝힌 남자가 유기전 점원에게 물었다.

"여기 원래 사는 사람이 누구냐?"

"점을 치는 노인네 한 명이 살고 있습죠."

"드나드는 사람들은?"

"가끔 점 보러오는 사람들뿐이죠. 들리는 말로는 화적패한테 가족을 모두 잃고 한양으로 왔다던가 그랬습니다요. 그런데 그 노인이 무슨 죄라도 지은 겁니까?"

"그건 알거 없고, 요새 이상한 사람이 찾아온 적은 없더냐?"

"쇤네 같은 놈들한테야 그릇을 사는 손님만 보이지, 누가 누군지 어찌 알겠습니까요."

그 사이 집을 한 바퀴 둘러본 왈패가 무예별감 옆으로 돌아왔다. 왈패가 이쪽을 보면서 귓속말을 건네자 무예별감이 헛기침과 함께 목소리를 높였다.

"안에 아무도 없느냐?"

심장이 털컹 내려앉는 것 같았다. 인기척을 내지 않으려고 손으로 입을 막았지만 댓돌에 올려둔 신이나 대청에서 활활 타고 있는 화로를 보면 안에 누가 있으리라고 짐작하는 건 어렵지 않았다. 무예별감이 손에 쥐고 있던 등채를 살짝 뽑자 시퍼런 칼날이 보였다. 왈패도 두루마기 옷섶 안에서 짧은 쇠도리깨를 꺼내 들었다. 방 안을 황망히 쳐다봤지만 무기가 될 만한 게 보이지 않았다.

그때 내 손목을 잡고 있던 여인이 별안간 비녀를 뽑아 머리를 풀어헤치고 벽을 긁어서 황토 흙을 얼굴 여기저기에 묻혔다. 그것도 모자라 장옷과 저고리까지 벗어던졌다. 나에게 문 옆에 붙어 있으라는 손짓을 한 그녀는 문고리를 잡고 심호흡을 하더니 그대로 열어젖혔다. 대청에 발을 디디던 두 사람은 깜짝 놀란 표정을 지었다. 그녀가 나

른한 목소리로 말했다.

"영감 찾아 왔수? 오늘은 좀 피곤해서서 점을 못 볼 거요."

"넌 누구냐?"

무예별감의 호통에 그녀는 노곤한 표정으로 대꾸했다.

"보면 몰라요? 신세 고단한 여편네지. 암튼 나중에 와요. 나중에."

짜증스러운 목소리로 대꾸한 그녀가 문고리를 꽝 잡아당겼다. 문풍지에 난 구멍으로 보니 난처한 얼굴의 두 사람은 뭐라고 얘기를 주고받더니 그대로 돌아갔다.

"그대로 있어요. 가는 척하고 근처에서 지켜볼 수도 있으니까요."

그녀가 침착한 목소리로 내게 말했다. 그러고는 나를 쳐다보다가 픗 하고 웃고 말았다. 한 손으로 입을 가린 그녀가 내 턱을 가리켰다. 구석에 놓인 화장대 거울을 보니까 풀로 붙인 수염이 절반쯤 떨어져 나가 있었다. 황급히 돌아앉아서 수염을 붙이는데 그녀의 웃음소리가 귀에 들려왔다.

"변장한 거라고 들었는데 맨얼굴이 어떤지 궁금해요."

나는 애매하게 웃었다. 위험한 순간에 기지를 발휘했던 그녀는 저고리를 챙겨 입고는 계속 바깥을 쳐다봤다. 이제 유기전 점원이 건너와서는 다 갔다고 말할 때까지 우리 둘은 방 안에 그대로 기다리고 있어야만 했다. 임금과 중전을 모시는 궁녀라는 선입견 때문에 똑바로 얼굴을 쳐다보기도 어려웠지만 차츰 그녀를 엿보는 용기를 발휘했다. 여자치고는 큰 키에 흙을 얼굴에 묻히긴 했지만 백옥 같은 피부를 가졌다. 그녀도 자신에게 향한 내 시선을 느꼈는지 입 꼬리를 말아 올리며 웃음을 지었다.

"제 키가 좀 크죠. 그래서 남들은 고대수라고 불러요."

"고대수요?"

"수호지에 나오는 여자 두령이잖아요. 암튼 그 무예별감 녀석이 계속 따라다니는 건 눈치챘는데 수하에게 미행을 시킬 줄은 몰랐어요."

"누구 지시를 받은 걸까요?"

"그거야 당연히 중전 마마죠. 그분은 아무도 안 믿어요."

"그런데 어찌 여자의 몸으로 이렇게 위험한 일에 뛰어든 겁니까?"

"여자는 이런 일 하면 안 되나요?"

그녀는 정색을 하면서 되물었다. 나는 황급히 사과하면서 그런 뜻이 아니라고 변명했다. 그녀는 그런 내 모습을 보고는 웃는 표정을 지었다.

"왠지 귀여운 얼굴일 것 같아요."

그러고는 두 손으로 내 얼굴을 붙잡고 가볍게 입맞춤을 했다. 얼굴에 바른 분꽃 가루 냄새가 코끝을 간지럽혔다.

"좋은 세상이 뭔지는 모르겠지만 분명 나 같은 여자가 없어지는 세상이지 않겠어요? 아무튼 중전 마마를 조심하라고 얘기해주세요. 호랑이 같은 대원군 합하도 두 번이나 누른 분이에요. 임금님은 사람이 좋으셔서 누가 뭐라고 하면 오냐오냐하고 넘어가지만 언제나 중전 마마한테는 꼼짝도 못하세요. 알았죠?"

싸리문을 열고 마당으로 어슬렁대며 들어온 유기전 점원이 두 사람이 보이지 않는다는 손짓을 하고는 돌아갔다. 광주리를 챙긴 그녀도 사라졌지만 온 방 안을 가득 채운 분꽃 가루 냄새는 없어지지 않았다.

갑신년(1884년) 12월 2일 새벽, 니동(泥洞)에 있는 금릉위 박영효의 사랑채에 개화당들이 모였다. 아궁이에 불을 뜨끈하게 넣어서 바깥의 추위가 느껴지지 않았다. 옥색 도포에 갓을 쓴 선비들부터 솜을 넣은 두루마기에 두건을 쓴 장사패들까지 하나같이 무거운 표정으로 입을 다물었다.

노인으로 분장한 채 제일 뒷자리에 앉아서 방 안의 사람들을 뜯어보던 나는 문득 한 줌밖에 안 되는 이들이 과연 조선을 변화시킬 수 있을지 의문이 들었다. 불안감이나 두려움보다는 궁금증이었다.

지난 몇 달간 스쳐 지나간 백성들은 하나같이 아무것도 모르고 있거나 개화파에 대해 부정적이었다. 만약 개화파가 왜놈들과 손을 잡고 정변을 일으킨다면 열이면 열 반대할 게 뻔했다. 하지만 김옥균을 비롯한 개화파 우두머리들의 계획에는 여전히 백성이 빠져 있었다.

이번 일에 가담하면서 찾을 줄 알았던 답은 더더욱 멀어져가는 느낌이었다. 하지만 이제 와서 발을 뺄 수도 없는 노릇이었다. 이런저런 고민에 빠져 있는 가운데 양복 차림의 김옥균이 들어왔다. 영국 영사 애스턴(William G. Aston)과 일본 공사 다케조에 신이치로(竹添進一郎)를 연달아 만나고 오느라 많이 피곤해 보였지만 눈빛만큼은 그 어느 때보다 강렬해 보였다.

"어찌 되었습니까? 그건……."

자리에 앉자마자 박영효가 대뜸 질문을 던졌다. 김옥균은 양복 안주머니에서 서찰 하나를 꺼내서 건네주었다. 서찰의 내용을 천천히 읽은 박영효는 흡족한 표정으로 홍영식 군에게 건네줬다. 문가에 앉아 있던 장사패들 사이로 '밀칙'이라는 속삭임이 오고갔다.

"재주도 좋으시군요. 중전이 가만있던가요?"

박영효가 너털웃음을 지으며 묻자 김옥균이 느긋하게 대답했다.

"도끼눈을 하고 째려봤지만 별 수 있겠나? 민 씨 일가 때문에 못 살겠다는 백성들의 아우성이 하늘을 찌르고 있다네."

"하긴 임오년의 군란 때도 겨우 살아났으니 불안하기도 하겠죠."

"강화도로 어가를 옮기시는 문제는 어찌 되었습니까?"

잠자코 듣고 있던 홍영식 군이 끼어들었다.

"일본 공사가 워낙 완강하게 나와서 설사 임금께서 결심하신다고 해도 어렵다네. 내가 거듭 권하니까 하는 말이 북악을 차지하면 2주는 버티고, 남산을 점거하면 두 달은 버틸 수 있다고 큰소리치더군."

"하긴 임금만 거동하시면 모르겠지만 중전이 따라나선다고 할 게 뻔하고, 궁인들까지 포함하면 오히려 복잡해질 수도 있겠습니다."

홍영식 군이 이해가 간다는 표정으로 고개를 끄덕거렸다.

"해서 일단 경우궁으로 모시는 쪽으로 결론을 냈다네. 그러면 일본 공사가 일본 공사관 경비중대를 보내준다고 하니까 그들로 하여금 안팎을 지키게 하고, 임금 곁은 서재필 군을 비롯한 사관생도들이 시위하면 아무 문제 없을 걸세."

"민 씨 일족과 그 패거리들은 어찌 처치하실 겁니까?"

"일단 저쪽이 우리를 잔뜩 의심하고 있는 처지라 웬만하면 움직이려고 들지 않을 걸세. 하지만 공식적인 행사에는 반드시 나와야겠지?"

김옥균이 질문한 홍영식 군을 쳐다보며 은근한 목소리로 말했다.

　"견평방에 세워질 우정국(郵征局) 개국연회 때 거사를 하시자는 말씀이십니까?"

　"중전이 일단 수긍하긴 했지만 무슨 수작을 부릴지 모르는 일이네. 거기다 일본도 완전히 믿을 수가 없고. 그래서 이달 20일 이전에는 무조건 거사를 벌여야 해."

　"너무 급한 것 아닌가?"

　김옥균보다 두 살 많지만 늘 침묵만을 지키던 박영효의 형 박영교가 떨리는 목소리로 물었다.

　"하루가 늦으면 1년이 뒤처지고, 1년이 지체되면 10년이 허비됩니다. 매달 20일이면 일본에서 천세환(千歲丸)이라는 기선이 제물포에 오지 않습니까? 다케조에 공사는 이전에도 외채를 빌릴 때 저를 배신한 적이 있었습니다. 필경 본국에서 다른 얘기가 나오면 딴 마음을 품을 것이니까 그 이전에 일을 벌여야만 합니다."

　"살얼음판을 걷는 기분이군."

　박영교가 무거운 숨소리와 함께 얘기했다. 김옥균이 곧바로 대답했다.

　"민영익과 원세개의 움직임이 심상치 않습니다. 지난달 17일 민영익과 원세개가 은밀히 만난 후에 청군은 밤에 잠을 잘 때도 군복을 벗지 않는답니다. 20일에는 목인덕(穆麟德:청나라 이홍장의 추천으로 관료가 된 묄렌도르프의 조선식 이름)이 들여와서 궁궐에 보관하고 있던 대포 두 문을 민영익이 수리할 곳이 있다는 핑계를 대고 하도감(下都監:훈련도감의 분영으로 현 동대문 역사박물관)에 자리 잡은 청군 진영으로 보냈답니다. 어차피 결행할 일이라면 올해를 넘기지 않는 게 좋습니다. 당장 불란서와 청나라의 전쟁이 끝나버리면 철수했던 청군이 돌아올 수도 있지 않겠습니까?"

"알겠네. 구체적인 계획은 짜놓았는가?"

박영교의 물음에 김옥균이 기다렸다는 듯 술술 털어놓았다.

"일단 우정국 연회에 민 씨 일가와 친군영의 영사들을 모두 초대할 겁니다."

"거기서 제거할 생각인가?"

"아닙니다. 애스턴과 후트 같은 외국 영사들도 오는데 피를 볼 수는 없습니다. 대신 한 마장(馬丈:약 1리, 400미터를 뜻함) 조금 못 되는 곳에 있는 별궁에 불을 지를 생각입니다. 그럼 친군의 영사들은 그곳에 가봐야 하지 않겠습니까?"

"옳거니, 그때 우정국 밖으로 나오면 처치하겠다는 얘기군."

"네. 단검과 단총 한 자루씩을 휴대한 두 명을 짝지어서 친군 영사를 한 명씩 처치할 계획입니다. 혹시나 해서 다케조에 공사에게 부탁해서 칼을 잘 쓰는 일본인 네 명을 별도로 한 명씩 붙일 생각입니다. 일단 불을 끄기 위해 밖으로 나오자마자 없앨 계획이지만, 혹시 실패하면 불을 끄는 현장이 혼잡할 것인즉 그때 손을 쓸 겁니다."

"왜인들이 왔다 갔다 하면 눈에 띄지 않겠습니까?"

말석에 앉아서 가만히 듣고 있던 서재필이 끼어들었다.

"당연히 우리 옷으로 바꿔 입혀야지. 별궁에 불을 지르는 것은 이 인종의 책임 하에 이규완, 윤경순, 임은명, 최은동, 그리고 이종만이 맡는다."

내 이름이 들리자 사람들의 시선이 나에게 모아졌다가 다시 흩어졌다. 헛기침을 한 김옥균이 계속 말했다.

"윤경순과 이은종이 민영익을 맡고 윤태준은 박삼룡과 황용택이 처치한다. 이조연은 최은동과 신중모가, 한규직은 이규완과 임은명이 맡는다. 절대 실수가 있어서는 안 된다. 알겠느냐?"

김옥균에게 이름이 호명된 장사패들과 사관생도들이 고개를 끄덕거렸다.

"이인종과 이희정이 전체적인 현장 지휘를 맡아서 일을 차질 없이 진행시킨다. 사관생도 출신인 신복모는 창덕궁 밖 금호문에 대기하고 있다가 친군 전영에서 합세한 대원들과 함께 금호문을 장악하고 민태호, 민영목, 조영하가 대궐로 들어오려고 하면 즉시 살해한다. 전영 소대장인 윤경완은 병을 핑계로 며칠 동안 숙직을 하지 않다가 이날 나가서 궁궐의 침전을 지키고 있다가 혹시라도 거기까지 들어오는 자가 있으면 처치한다. 마지막으로 오래전부터 뜻을 같이한 궁녀 한 명이 통명전에 화약을 넣은 대나무 통을 터트려서 호응을 할 것이다. 실패할 때를 대비해서 내 몸종인 김봉균도 화약을 가지고 인정전 행랑채에서 터트리기로 했으니 놀라지 말고, 계획에 차질 없이 진행토록 한다."

"네."

장사패들과 사관생도들이 한목소리로 대답했다. 흡족한 표정으로 그들을 바라본 김옥균이 홍영식 군을 쳐다보면서 말했다.

"가급적 다른 일정과 겹치지 않도록 해서 거절할 핑계를 주지 말아야 하네. 그리고 혹시나 비가 올 것 같으면 하루 늦추기는 하겠지만 가급적 약속된 날짜에 진행해야 하니 그 점도 유의하게나."

"명심하겠습니다."

"그리고 금릉께서는 무슨 일이 있어도 임금께 일군의 출병을 허락한다는 칙서를 받아내야만 하오."

김옥균의 말에 박영효는 고개를 끄덕거렸다.

"알겠습니다."

"왜인들이 임금을 호위하는 사실을 안다면 백성들이 좋게 보지는 않을 겁니다."

불쑥 내가 끼어들자 김옥균이 헛기침을 했다.

"생각 같아서는 강화도의 행궁이나 일본 공사관으로 모시고 싶지만 상황이 여의치 않아서 일단 경우궁으로 모시기로 했습니다. 하지만 경우궁도 우리 힘만으로는 지킬 수 없으니 일본 공사관의 경비중대가 움직여야만 합니다. 그러기 위해서 칙서를 받아내는 겁니다."

"만약 임금께서 허락해주시지 않으면요?"

"허락을 받을 겁니다. 그리고 허락을 받기 전에는 왜인들을 부르지 않을 테니 너무 염려하지 않으셔도 됩니다."

단호한 김옥균의 말에 나는 불안감을 그대로 누른 채 고개를 끄덕거렸다. 개화의 필요성이나 이유는 절실하게 느꼈지만 그 일에 외세, 특히 왜인들을 끌어들인다는 점은 마땅찮았다. 다른 장사패들과 사관생도들은 말석에 앉은 나에게 높임말을 쓰는 김옥균을 의아한 눈으로 쳐다봤다. 그런 분위기를 다잡으려는 듯 김옥균이 다시 입을 뗐다.

"그리고 일본인들과 서로 말이 통하지 않으니 암호를 정해서 같은

편인지 확인하도록 한다. 우리 쪽 암호는 천(天)이고 일본 쪽 암호는 요로시(よろしい:좋다 혹은 괜찮다는 뜻)로 정했으니 다들 잘 외워두도록 해라. 날짜는 이틀 후다."

여기저기서 침을 꿀꺽 삼키는 소리가 들렸다. 다들 제각각의 이유로 이번 일에 참여했겠지만 한 가지는 똑같았다. 만약 실패한다면 자신은 물론 가족들까지 생사를 장담할 수 없게 되는 것이다.

김옥균의 얘기가 끝나고 주안상이 들어왔다. 푸짐하게 차려진 주안상의 음식과 술이 들어가자 분위기가 조금 부드러워졌다. 장사패들과 사관생도들은 제각각 몰려 앉아서 술잔을 주거니 받거니 했고, 김옥균을 비롯한 선비들도 목소리를 낮춰가면서 얘기를 주고받았다.

외톨이가 된 나는 뒷간에 간다는 핑계로 밖으로 나왔다. 소금릉(小錦陵)이라는 별명이 붙을 정도로 주인에게 충직한 최영식이 사랑채 주변을 빈틈없이 감시하는 중이었다. 얼어붙은 새벽달을 바라보며 복잡한 마음을 정리하려고 했지만 쉽지 않았다. 뒤에서 인기척이 들려서 돌아보니 술을 몇 잔 걸쳤는지 불과해진 얼굴의 김옥균이 보였다.

"따끈한 술을 안에 놔두고 웬 달구경이랍니까?"

"생각을 정리 중입니다."

"아직도 저를 못 믿으십니까?"

"지금 와서 발을 뺀다는 건 사내답지 못한 짓이겠죠."

"감사합니다. 공이 함께해주신다면 천군만마를 얻는 것과 다를 바가 없을 겁니다."

"그럼 저는 이만 돌아가겠습니다."

"안에 들어가서 함께 어울리시지 그러십니까?"

"말 없는 노인네였으니까 그냥 이대로 남겠습니다."

"이런, 멀리 못 나갑니다. 성공한 후에 꼭 회포를 풀도록 합시다."

나는 그와 두 손을 맞잡고 인사를 나누고 밖으로 나왔다. 지난번 무예별감이 찾아온 후 거처를 진고개로 옮겼다. 순라군(조선시대에 도둑·화재 따위를 경계하기 위해 밤에 궁중과 장안 안팎을 순찰하던 군졸)들을 피해 좁은 골목길 사이를 지나가면서 중얼거렸다.

"길을 가야 할 것인가? 아니면 길이 아닌 곳으로 가야 할 것인가?"

몇 달 동안 보고 느낀 길거리 민심은 두말할 것도 없고, 나라를 통째로 들었다 놓을 정도의 개혁을 하려면 왕권이 튼튼해야만 한다는 것은 변함없는 내 신념이었다. 왕권이 흔들리면 개화니 사대니 하는 것들은 권력을 잡기 위한 수단이 될 뿐이었다. 김옥균의 신념에 찬 말을 들으면 뜻을 따르기로 기울어졌다가도 몇 발자국 떨어지면 묘하게도 거리감이 생겼다. 비슷한 나이임에도 나라의 운명을 바꾸려는 그의 능력에 대한 질투일까?

청계천이 멀리 보일 즈음 등 뒤에서 눈을 밟는 소리가 들려왔다. 몇 달 동안 쌓인 경험 탓에 걸음을 멈추거나 뒤돌아보지 않고 그대로 걸어갔다. 어디서부터 따라왔을까? 곰곰이 생각해봤다. 아마 박영효의 집을 감시하던 민 씨 쪽 사람인 것 같았다. 아직 갈피를 잡지 못하긴 했지만 배신자가 되고 싶지는 않았다.

순라꾼의 딱딱이 소리를 확인하고는 곧장 청계천 다리 쪽으로 뛰어갔다. 헐레벌떡 돌다리를 건너서 건너편 초가집들 사이로 몸을 숨기고 뒤를 살펴봤다. 상대방 역시 노련한지 쉽사리 모습을 드러내지 않았다. 이대로 꼬리를 밟혔다가는 진고개의 거처가 탄로 날지도 모른다는 생각에 멀리 돌아가기로 했다. 청계천을 따라 쭉 세워진 허름한 집들을 따라 걸어갔다.

하지만 얼마 가기도 전에 이쪽에도 누군가 나를 따라 움직이고 있다는 사실을 눈치챘다. 쌓인 눈 위로 길게 드리워진 다른 그림자가 거리를 좁혀왔다. 나는 몰이꾼에게 쫓기는 사냥감처럼 다시 광통교 다리 위로 몰려갔다. 중간쯤에 도착할 무렵 건너편에서도 누군가 모습을 드러냈다. 마침 구름 밖으로 빠져나온 달빛 탓에 상대방을 알아볼 수 있었다.

"당신은?"

그 무예별감은 천천히 다리 쪽으로 다가왔다. 두툼한 솜두루마기 아래 칼집이 살짝 삐져나온 게 보였다. 반대쪽으로 몸을 돌려 피하려고 했지만 그쪽에서도 등불을 든 왈패가 모습을 드러냈다. 본능적으로 허리춤에 차고 다니는 장도를 움켜쥐었지만 별 소용이 없을 것 같았다. 왈패가 다리 초입에 등불을 내려놓고는 두루마기 소매에서 쇠도리깨를 꺼내 들었다.

"쓸데없는 생각하지 말고 순순히 따라와."

"무슨 일인지는 모르겠지만 돈은 여기 있소."

나는 허리춤에 달린 주머니를 꺼내서 왈패에게 던졌지만 거들떠도 보지 않았다. 대신 손바닥에 침을 퉤 뱉고는 쇠도리깨를 단단히 움켜잡았다.

"이 쇠도리깨에 머리통이 깨져야 말귀를 알아먹겠냐? 우선 한쪽 다리부터 부수고 얘기해야겠네."

왈패를 피해 뒷걸음질 쳤지만 그쪽에 선 무예별감도 두루마기 안에서 환도를 뽑아들었다. 서늘한 칼끝으로 달빛이 모여들었다. 예전이었다면 이런 상황에서 질끈 눈을 감고 살려달라고 빌었겠지만 지난 몇 달 동안의 긴장감이 나에게 알 수 없는 용기를 주었다.

허리춤에 찬 장도를 슬쩍 손바닥 안에 감추고 거리를 쟀다. 환도를 든 무예별감은 자세부터가 달라서 힘들 것 같았지만 쇠도리깨를 든 왈패는 해볼만 하다는 생각이 들었다. 슬금슬금 옆걸음으로 왈패 쪽으로 가서는 무릎을 꿇고 두 손을 머리 위로 마주잡았다. 물론 손바닥에 장도를 감춘 상태였다. 내가 겁에 질렸다고 믿었는지 왈패가 쇠도리깨를 늘어뜨리고 내 상투를 움켜잡았다.

"요거, 요거 드디어 잡았네. 가서 나랑 얘기 좀 하자."

썩은 이빨을 드러낸 왈패가 침을 튀기며 얘기하는 사이 빈 틈이 보였다. 한 손으로 상투를 잡고 있던 손을 비틀어버리고 다른 손에 쥐고 있던 장도를 가슴팍에 꽂았다. 퍽 하는 소리와 함께 장도는 손잡이만 남기고 왈패의 가슴에 박혀버렸다. 놀란 표정의 왈패가 욕설을 퍼부으면서 쇠도리깨를 휘둘렀다. 바닥에 납작 엎드리자 머리 위로 쇠도리깨가 지나가는 바람소리가 들렸다. 균형을 잃고 비틀거리는 왈패를 밀치고 도망가려고 했지만 무예별감의 호통에 발목이 잡히고 말았다.

"네 이놈!"

무심코 돌아보자 머리 위로 환도를 치켜든 무예별감의 모습이 달빛 아래 보였다. 기겁을 하면서 몸을 피했지만 오른쪽 어깨부터 배꼽까지가 불이 붙은 것처럼 화끈거렸다. 칼날에 찢겨진 몸이 제멋대로 움직이면서 광통교 다리 끝까지 밀려났다. 다리 아래로 떨어지기 직전 무예별감이 다시 환도를 휘둘렀지만 몸이 더 빨리 떨어져버렸다.

깊은 어둠으로 떨어진 몸이 물속으로 빠지면서 오히려 의식이 환해졌다. 상처조차 얼어붙게 만드는 찬물 속에서 허우적거리면서 아래로 떠내려갔다. 왈패가 다리 초입에 내려놓은 등불을 집어든 무예별감이 따라왔지만 차츰 멀어졌다. 술에 취한 것처럼 깜빡깜빡 졸음이 찾아왔지만 얼음 같은 강물이 꺼져가려는 의식을 붙잡았다.

어떻게 강물에서 빠져나왔는지는 기억이 가물거렸다. 오간수문 옆에서 굴을 파고 살던 거지들이 나를 끌어내지 않았다면 내 삶도 그대로 끝났을 터였다. 겨우 의식을 차리고 몸을 움직일 수 있을 때에는 이미 우정국에서 일이 치러진 다음이었다.

다시 나타난 홍종우

밤늦게까지 한문으로 된 책을 읽은 탓인지 다음 날 늦게 눈을 뜬 류경호는 허겁지겁 옷걸이에 걸어둔 양복을 챙겨 입었다. 단성사 앞에 있는 전차 정거장에서 사람들로 꽉 찬 전차에 겨우 올라타는 데 성공했다.

겨우 출근 시간에 맞춰 출근하자마자 최남선 사장이 그를 바로 불렀다. 류경호는 책상 옆에 의자를 갖다 놓고 어젯밤에 봤던 내용들을 그대로 얘기했다. 최남선 사장은 바로 얼굴을 찡그리며 실망한 기색을 드러냈다.

"별 내용이 없었단 말이지?"

"네, 갑신정변 얘기야 이미 잘 알려져 있지 않습니까. 거기다 유명한 사람도 아닌 것 같았습니다. 그냥 어느 촌부가 자기 공을 크게 과장한 것처럼 보이던데요."

"그런가?"

최남선 사장이 고민스럽다는 듯 머리를 긁자 류경호는 털컥 겁이 났다. 이러다 사회부 기자로 옮겨준다는 약속도 허공에 떠버릴 수도 있다는 생각에 서둘러 덧붙였다.

"그래도 일단 더 지켜보는 게 좋겠습니다."

"그렇긴 하지. 근데 다음 책은?"

"어, 그게."

그러고 보니까 다음 책을 어떻게 전달받을지에 대해서는 얘기를 들은 바가 없었다. 머뭇거리던 류경호를 바라보던 최남선 사장이 퍼뜩 고개를 들었다. 사장을 따라 고개를 든 류경호는 사무실이 있는 2층으로 올라오는 좁은 문이 열리고 낯선 이들이 들어오는 모습을 봤다.

신문사 특성상 별의별 사람들이 다 오기 때문에 출입문 근처에 있는 사환 권동이가 이들을 막는 역할을 했다. 이번에도 눈치 빠르게 일어난 권동이가 그들 앞을 막아섰다. 하지만 그들은 가볍게 권동이를 제치고 이쪽으로 다가왔다. 가까이 다가온 그들을 본 류경호는 저도 모르게 중얼거렸다.

"당신들은……."

"잠깐 얘기 좀 합시다. 조용한 데서……."

어제 다리야 끽다점의 좁은 계단에서 그의 아랫배를 후려쳤던 땅딸막한 사내가 약간 어눌한 조선말로 얘기했다.

2층 끝 교정실 옆에 있는 작은 응접실로 두 사람을 안내한 최남선 사장이 조심스럽게 물었다.

"어디서 나오셨습니까?"

주눅이 잔뜩 든 목소리였다.

"이분은 종로경찰서 고등계 하야시 곤스케 경부님이시다. 지금부터 몇 가지 물어볼 테니 똑바로 대답해라. 아니면 둘 다 큰일 날 줄 알아!"

조선 사람인지 제법 능숙하게 말을 뱉어낸 키 큰 사내는 주먹으로 탁자를 쾅 내리치며 말했다.

"어허, 목소리 좀 낮추게."

하야시 곤스케가 양복 안주머니에서 신분증을 꺼내 보이며 키 큰 사내를 나무랐다.

"죄송합니다. 우리 박 군이 너무 의욕이 앞서다 보니까 종종 결례를 저지릅니다. 내가 찾아온 것은 다름이 아니라 이 사람 때문입니다."

하야시 곤스케가 꺼낸 것은 옛 조선 관복 차림의 사내가 그려진 종이였다. 최남선과 류경호는 거의 동시에 종이 속 사내를 들여다보느라 이마를 부딪치고 말았다. 고집스러워 보이는 얼굴을 한 종이 속 사내를 바라보며 이마를 쓰다듬은 류경호가 물었다.

"누굽니까?"

"홍종우요."

"홍종우라면…… 김옥균을 암살한 그 자객 말씀이십니까?"

최남선 사장이 한발 빠르게 물었다. 하야시 곤스케가 고개를 끄덕거렸다.

"그렇소. 민비의 사주를 받고 상해에서 김옥균 선생을 암살한 놈이오."

"그런데 이자의 행방을 왜 우리들에게 물으시는 겁니까?"

최남선의 물음에 하야시 곤스케는 사진을 류경호 쪽으로 돌렸다.

"본 적 없습니까? 이 사람."

"없는데요."

선뜻 대답했다가 박이라는 사내에게 뒤통수를 한 대 맞았다. 점잖게 만류한 하야시 곤스케가 다시 말했다.

"어제 다리야 끽다점에서 만났잖소."

"그 노인이 홍종우라고요?"

"맞소. 10여 년 전에 목포에서 행방을 감춘 이후 한동안 세상에 나타나지 않았다가 얼마 전에 경성에 나타났소."

"이자를 왜 찾고 있는 겁니까?"

"그건 자네가 이자를 만난 일과 연관이 있네. 최남선 사장의 지시로 만난 것으로 알고 있네만 그자가 무슨 얘기를 하던가?"

하야시 곤스케의 말에 류경호는 잠시 고민에 빠졌다. 옆자리의 최남선을 슬쩍 쳐다봤지만 이맛살을 찌푸린 그의 옆모습만 보일 뿐이었다.

"뭐라고 얘기할 틈도 없었습니다. 앉자마자 바로 두 분이 밀어닥쳤으니까요."

"숨만 쉬지는 않았을 거 아냐? 바른대로 말 못해?"

박이라는 사내가 또 목소리를 높였다. 짜증이 난 류경호가 뭐라고 한마디 하려고 했지만 최남선 사장이 발을 꾹 밟는 바람에 참아야 했다.

"자기 얘기를 해줄 테니 신문에 실리게 해달라고 했습니다. 그래서 장담은 못 하지만 일단 얘기를 들려달라고 했죠. 그게 전부입니다. 얘기를 막 시작하려는 찰나 두 분이 오는 걸 보고는 저에게 막아달라고 하고는 감쪽같이 사라진 겁니다."

"어떤 얘기를 해준다고 하던가?"

하야시 곤스케가 흥미로운 눈길로 물었다.

"전혀요. 사실 사장님이 가보라고 해서 간 거지 누군지도 몰랐습니다."

시선은 자연스럽게 최남선 사장에게 흘러갔다. 최남선 사장이 차분한 목소리로 말했다.

"제가 〈동명〉이라는 잡지를 할 때부터 연락을 했던 사람입니다. 자기가 옛날에 어떤 일을 겪었는데 그 얘기를 실어달라고 떼를 썼습니다. 별로 믿음이 안 가서 계속 거절했는데 하도 졸라서 얘기나 한번 들어보라고 해서 기자를 보냈던 겁니다. 정말 무슨 문제가 있을 거라고는 생각도 못했습니다."

"그자가 무슨 죄를 저질렀습니까? 김옥균을 죽인 건 30년이나 지난 일인데요."

가만히 듣고 있던 류경호가 불쑥 끼어들었다.

"업무상 기밀이라 밝힐 수 없소. 극히 위험한 자이니 보는 즉시 체포해야 되고, 그를 숨겨주거나 도와주는 자 역시 큰 처벌을 받게 될 것이오."

하야시 곤스케는 처벌이라는 단어를 힘주어 말하며 덧붙였다.

"그자가 또 연락을 취할 것 같소?"

"잘 모르겠습니다만 혹시나 연락이 오면 바로 알려드리겠습니다."

최남선 사장이 고개를 조아리며 대답했다.

"그럼 협조 부탁드립니다."

두 사람이 나간 후 류경호는 한숨을 쉬고 있는 최남선 사장에게 말했다.

"이 일에서 손 떼겠습니다. 사장님."

"아직, 그럴 때가 아냐."

뜻밖의 대답을 한 최남선 사장이 뒷짐을 지고 창가로 갔다. 창밖에는 코르덴 양복에 파나마모자를 쓴 모던보이와 하이힐에 검정색 원피스를 입은 모던걸이 팔짱을 낀 채 걷는 모습이 보였다.

"특고라고요. 이번에 걸리면 진짜 콩밥을 먹을지도 모른다니까요."

"무슨 명목으로? 아까 저 두 사람이 무슨 죄냐고 물었을 때 어물쩍 넘어가는 거 봤잖아. 일단 더 캐봐."

최남선 사장이 류경호의 어깨를 토닥거렸다. 그리고 결정적인 한마디를 던졌다.

"자네도 이제 슬슬 연예부에서 사회부로 옮겨야지."

"정말 책임져주실 겁니까?"

"김옥균 얘기라면 대박은 아니라고 해도 나쁘진 않아. 더군다나 홍종우라니, 아직도 그 사람이 왜 김옥균을 쐈는지에 대해서는 알려진 게 하나도 없잖아."

"그거야 민비가……."

"중전 민 씨일세. 그리고 홍종우가 조선 최초의 불란서 유학생이라는 사실을 알고 있나?"

"네? 불란서요?"

"그래. 불란서 유학을 갔다 올 정도면 개화파로 봐도 무방하잖아. 그런데 갑자기 김옥균을 상해에서 암살해버렸지. 당사자가 직접 암살을 결심한 경위와 과정을 우리에게만 털어놓는다면 특종감이라고."

생각만 해도 기분이 좋은지 최남선 사장이 껄껄거리며 웃었다.

"경찰에 자수하는 형식을 취하면서 고백수기로 내보내면 되잖아. 그 정도는 경찰과 협상할 수 있으니까 자넨 염려 말고 홍종우와 만나서 나머지 얘기나 들어보게. 나머지는 나중에 결정해보자고."

"알겠습니다."

면담을 마치고 자리로 돌아온 류경호는 책상 위에 낯선 소포가 하나 놓여 있는 걸 봤다. 화들짝 놀란 그는 사환 권동이를 불렀다.

"이거 누가 갖다 놨니?"

"어! 이게 언제 여기 와 있었지?"

류경호는 황급히 가위로 소포를 뜯었다. 역시 책이 들어 있었다. 포장지에는 경성우체국 소인이 찍혀 있었다. 우체부는 항상 소포를 권동이한테 맡기기 때문에 권동이가 모를 리 없었다. 자리에서 벌떡 일어난 류경호가 책을 높이 들고 소리쳤다.

"내 자리에 이거 갖다 놓은 사람 없습니까?"

원고지에 열심히 기사를 쓰던 기자들은 아무 대꾸도 하지 않았다.

사회부장 염상섭만 조용히 하라는 눈빛을 던질 뿐이었다. 류경호는 뒤통수를 긁는 권동이에게 물었다.

"이거 누가 내 자리에 갖다 놨니?"

"잘 모르겠어요. 그리고 우체부 아저씨는 오늘 안 왔어요."

"젠장!"

농락당했다는 기분이 든 류경호는 있는 힘껏 책을 내동댕이쳤다.

• • •

"고균 선생의 죽음은 조선의 야만성을 낱낱이 드러내는 무지와 야만의 발로였습니다. 아! 흉적 홍종우의 총탄이 고균 선생의 심장을 꿰뚫었을 때 조선은 죽고 조선 민족은 영원한 암흑에 빠져들었습니다. 저 야만적인 지나(중국)와 조선은 비겁하게도 손님으로 초대해놓고 암살을 저지른 것도 모자라 시신에 끔찍한 만행을 저질렀습니다."

짧은 머리에 두루마기를 입은 사내는 단상에서 열변을 토했지만 조선호텔 연회장에 모인 사람들은 별다른 관심을 보이지 않고 자기들끼리 얘기를 주고받았다. 사내의 뒤에는 '고균 김옥균 선생 서거 30주년 기념 강연회'라는 글씨가 쓰인 플랜카드가 걸려 있었다.

"그자가 다시 나타났다고 합니다."

연회장 가운데 놓인 둥근 테이블에 앉아 있던 참석자들 중 한 명인 마루야마 쓰루키치 조선총독부 경무국장이 입을 뗐다. 그 얘기를 들은 아리요시 주이치 조선총독부 정무총감이 샴페인 잔을 테이블에 내려놓고 깍지를 끼며 옆자리에 앉은 참석자에게 물었다.

"조용히 살다가 왜 세상에 나왔을까요?"

질문을 받은 미노베 도시키치 경성일보 고문은 양쪽 끝이 올라간 카이저수염을 손끝으로 비비 꼬면서 생각에 잠겼다.

"글쎄요. 어쨌든 그자는 이제 이빨 빠진 호랑이에 불과하지 않겠습니까?"

"맞는 말씀이긴 합니다만 그자가 그걸 가지고 있다면 얘기가 달라집니다."

"그걸 가지고 있다는 거야 풍문이지 않겠습니까?"

맨 처음 얘기를 꺼냈던 마루야마 쓰루키치 경무국장이 끼어들었다. 그러자 그때까지 잠자코 듣고 있던 초로의 노인네가 신경질적인 기침과 함께 주먹으로 탁자를 내리쳤다. 테이블에 앉은 다른 참석자들이 양복이나 제복 차림인데 반해 그 노인만 유일하게 일본 전통의 상인 유카타에 하오리를 걸쳤다.

"조선인들에게 예전의 기억들을 잊어버리게 만들어야만 하네. 아주 예전부터 우리들의 노예였다는 사실을 머릿속에 인식시키지 않으면 3·1폭동 같은 걸 또 일으킨단 말이야. 난 김옥균을 가지고 이렇게 떠드는 것도 마음에 들지 않아. 그자가 우리 일본에 충성했다고 해도 말이야."

거침없는 노인의 말에 테이블에 앉은 참석자들의 표정이 무거워졌다. 자그마한 잔에 담긴 사케를 꿀꺽 마신 노인이 다시 입을 열었다.

"그자가 가지고 있다는 것에 대한 소문은 나도 들었네. 진위 여부는 모르겠지만 통치를 하는 입장에서는 손톱만큼의 위험성도 간과해서는 안 되네. 나는 조선총독부의 모든 힘을 기울여서 그자를 찾아서 그것의 존재 여부를 확인해야 한다고 믿네."

"하지만 소문만 가지고 움직일 수는 없지 않겠습니까?"

아리요시 주이치 정무총감이 불편한 기색을 숨기지 않고 대답했다. 노인은 그럴 줄 알았다는 듯 뒤에 서 있던 사내를 손가락으로 불렀다. 당꼬바지에 발목까지 오는 가죽장화를 신은 사내는 성큼성큼 걸어왔다.

"도쿄에 계시는 도야마 미쓰루(頭山滿:일본의 극우단체인 현양사의 설립자) 선생께서도 이 일에 대해서 관심이 깊다고 들었네. 안 그런가? 박 회장."

박 회장이라고 불린 사내는 굽실거리면서 대답했다.

"회장이라니 당치도 않으십니다. 도쿠토미 소호(德富蘇峰:일본의 언론인으로 최남선, 이광수와 가까웠다) 의원님. 도야마 선생님께서는 생전에 친우이신 고균 선생의 불운한 죽음을 매우 안타까워하시고 계십니다. 더불어 일본에게 있어서 조선을 지배하는 것은 그 어떤 것과도 바꿀 수 없는 중차대한 문제이니 잘 처리했으면 한다는 뜻을 제게 전하셨습니다."

박 회장을 통해 도야마 미쓰루의 얘기를 전해들은 참석자들은 모두들 수긍하는 표정을 지어보였다.

"총독부에서 나서기 곤란하다면 여기 박춘금(일본 중의원까지 역임한 친일파) 회장이 노동상애회(박춘금이 설립한 폭력조직)를 움직여서 은밀히 찾을 겁니다. 힘을 좀 써줄 텐가?"

"여부가 있겠습니까. 전력을 다하겠습니다."

"이미 경찰이 움직이고 있습니다. 자칫하다가는 혼선만 빚을 수 있습니다.”

마루야마 쓰루키치 경무국장이 노골적으로 불쾌함을 표시했지만 박춘금도 지지 않고 맞받아쳤다.

“경찰보다는 우리 노동상애회가 더 빨리 찾을 겁니다.”

두 사람의 말싸움이 분위기를 어색하게 만들어버렸지만 도쿠토미 소호는 오히려 재미있다는 듯 웃었다.

“잘됐군. 경찰과 박 회장이 함께 찾으면 조선천지에서 못 찾을 사람이 없을 테니까 말이야. 내게 좋은 계획이 있소. 다음 주 화요일 정례회의 때 총독부 2층 사무실에서 얘기를 더 나누도록 합시다.”

잠시 휴식을 취하고 왔는지 다시 단상에 올라온 짧은 머리가 일장 연설을 토해내기 시작했다.

“하늘은 조선에게 영웅을 선사해줬지만 조선 사람들은 그를 알아보지 못하고 제 손으로 죽이고 말았으니. 아! 이 슬픔을 어찌 표현할 수 있겠습니까! 다행히 고균 선생의 죽음에 분격한 일본이 지나를 쳐서 물리치고, 조선을 개화시켰으니 이는 선생의 큰 뜻이 그나마 이뤄진 것이 아니고 뭐겠습니까! 이제 우리가 그 뜻을 이어받아야 합니다. 수백, 수천의 고균 김옥균을 만들어 아시아인을 위한 아시아를 만들어야 할 것입니다!”

잠시 연설에 귀를 기울이던 도쿠토미 소호는 웨이터가 다가와 귓속말을 하자 고개를 끄덕거리고는 밝은 표정으로 참석자들을 돌아봤다.

“제 아들을 소개해드리죠.”

어리둥절해하던 참석자들을 향해 멀리서 다가오는 남자를 소개

80

했다.

"육당 최남선 군입니다. 〈해에게서 소년에게〉라는 시를 써서 조선의 고루한 옛 시조의 틀을 무너트린 천재죠. 지금은 시대일보사 사장으로 있습니다. 이 친구도 이번 일에 많은 도움을 줄 겁니다."

굳은 표정의 최남선이 테이블에 앉아 있는 참석자들을 향해 고개를 숙여 인사를 했다.

• • •

"그러니까 곤란한 일에 끼어들었다 이 말이지?"

류경호의 얘기를 들은 선배 기자 정수일이 되물었다. 그가 고개를 끄덕거리자 피식 웃으며 말했다.

"뭔지는 고민을 상담하고 있는 나한테도 얘기 못 할 정도고?"

"네."

힘없이 대답한 류경호가 턱없는 한숨을 내쉬었다. 최남선 사장과 상의해보려고 했지만 퇴근시간 전에 총독부에 들어가 봐야 한다며 나가버렸다. 사회부장을 맡고 있는 염상섭은 류경호를 애초부터 낙하산으로 들어왔다며 경원시했던 터라 말도 붙이지 못했다. 결국 당구 중독자인 정수일을 붙잡고 상의할 일이 있다며 조용한 곳으로 가자고 얘기했다.

정수일이 그를 끌고 간 곳은 견지동 지성주 병원 맞은편에 있는 공중식당이라는 정체불명의 식당이었다. 유리문에는 우동과 삐루(맥주)라는 메뉴가 붙어 있었지만 전혀 어울리지 않는 짧은 치마저고리에 붉은 립스틱을 칠한 여종업원이 그들을 빈 방으로 안내했다.

류경호가 사겠다는 말을 다시 확인한 정수일은 곧장 과일 한 접시와 스키야키(쇠고기와 파 등 여러 가지 재료를 냄비에 끓여서 먹는 음식), 맥주를 주문했다. 여종업원이 밖으로 나가자 류경호는 오늘까지 있었던 일들을 얘기했다. 물론 노인의 정체가 홍종우라는 사실과 책을 건네줬다는 얘기는 빼놨다. 잠시 후 여종업원이 맥주를 가지고 들어왔다. 옆자리에 앉으려는 그녀를 쫓아낸 정수일은 류경호의 얘기를 듣고는 고민스러운 표정을 지었다.

"잘 처신하지 않으면 힘들겠다. 듣고 보니까 최남선 사장이 무슨 꿍꿍이속이 있는 것 같긴 한데……. 틀어져도 널 지켜줄 것 같진 않아. 가뜩이나 신문사 사정도 어려운 눈치던데 말이야. 조만간 평안도 금광 부자인 최창학이 금광 매각 교섭을 하러 경성에 오는데 어떻든 다리를 놓을 생각인가 봐."

"최창학이면 올해 평안도 구성에서 황금을 캐면서 일약 조선 최고의 금광왕이 된 사람이잖아요. 설마 금광을 팔겠어요?"

"나도 그럴 것 같지는 않은데 아무래도 큰돈을 한꺼번에 쥐려면 금광을 파는 게 좋지. 거기다 독립군이 군자금을 내놓으라고 요구했다는 소문도 돌고 있으니까."

"그렇다고 해도 우리 사장님이 거간꾼 노릇을 할까요?"

"한 번에 큰돈을 쥘 수 있잖아. 그리고 다리를 놔주면 거래 금액의 1할이 떨어져. 그러니까 체면이고 뭐고가 어딨어. 요즘 신문사 사정이 어려워서 보천교 쪽에 넘긴다는 소문이 있던데 말이야."

다른 때라면 귀가 솔깃한 기삿거리겠지만 지금은 그런 데 신경 쓸

겨를이 없었다. 풀이 죽은 류경호가 술잔을 기울였다.

"발을 빼고 싶은데 사장은 절대 안 된다고 하고 정말 고민입니다. 선배."

"그러게 말이다. 근데 사장이 너한테 시킨 일이 뭔데 그러냐?"

은근슬쩍 물어보는 말에 하마터면 입을 열 뻔했던 류경호는 고개를 절레절레 저었다.

"하긴 고등계 형사가 들락거리는 걸 보면 좀 어려운 일이긴 하겠다. 혹시 상해 임시정부나 의열단 일이냐?"

"아이구, 무슨 말도 안 되는 소리를……."

류경호가 펄쩍 뛰자 정수일이 농담이라고 얘기하며 맥주를 잔에 가득 따랐다.

"그러면 방법은 한 가지뿐이네. 계속 밀고 나가되 너대로 따로 조사를 하는 거지."

"제가 무슨 순사도 아니고 어떻게 조사를 해요."

그나마 기대를 하고 있던 정수일에게서 뾰족한 대답을 듣지 못한 류경호는 낙담했다. 여종업원이 과일이 든 접시를 가지고 오느라 다시 대화가 끊겼다. 작은 포크로 사과를 꾹 찌른 정수일이 종아리를 일부러 드러낸 여종업원에게 윙크를 했다.

"그래도 손 놓고 있는 것보다야 낫겠지. 일단 관련된 사람들 뒷조사만 해봐도 도움이 되지 않겠어?"

"하긴……."

"가만있자. 어디 있더라……."

지갑을 뒤적거리던 정수일이 명함 한 장을 꺼내서 건네줬다.

"이게 뭡니까?"

"명치정에 있는 인사사무소야. 지난번에 취재하느라고 갔다 왔는데 별의별 사람이 다 있더라. 여기서 돈을 주고 사람을 사는 거야."

"그다음에는요?"

"미행을 시키든, 뒷조사를 하든 수족이 필요할 거 아냐. 그리고 지난번에 봤더니 이런 쪽에 쓸 만한 사람도 제법 있던 것 같았어. 그러니까 전직 순사보조원이라든지 이런 쪽에 능통한 사람들 말이야."

"에이, 설마 순사보조원 하던 사람이 거기서 일자리를 구하겠어요?"

"왜 없겠어? 돈이 좀 들더라도 캐보면 진상을 알 수 있잖아. 그럼 발 뺄 타이밍도 잡을 수 있지 않겠어?"

"그렇긴 하네요."

"자, 이제 머리 아픈 얘기는 끝났으니까 술이나 마시자. 어이! 스키야키 안 줘?"

옆방에서 질탕하게 떠드는 소리를 뚫고 정수일의 목소리가 이상한 우동집 안에 울려 퍼졌다.

다음 날 서둘러 퇴근한 류경호는 명치정에 있다는 인사사무소로 향했다. 길 왼편의 낡은 2층 벽돌집으로 허름한 차림의 사내들이 끊임없이 들어갔다. 후끈한 땀 냄새와 부대끼는 몸 냄새가 풍겨왔다. 삐걱대는 나무계단을 밟고 2층 사무실로 들어서자 두 개의 출입문으로 나뉘어졌다. 한쪽은 남자 구직자용 출입구, 다른 한쪽은 여자 구직자용 출입구라는 팻말이 붙어 있었다.

남자 구직자용 출입구를 열고 들어서자 방 안에 가득 찬 사람들의 시선이 일제히 쏠렸다. 뒤늦게 나타난 경쟁자에 대한 경계 어린 눈길이었다. 구직자들은 대부분 10대 후반에서 20대 중후반의 젊은 이들이었다. 허름한 양복에 캡을 쓴 청년도 보이고, 두루마기에 중절모를 쓴 제법 나이 든 축도 보였다. 모표를 뗀 학생모를 쓴 소년에 하오리에 게다를 신은 청년까지 가세한 탓에 사무실 안은 전차 정거장처럼 어수선했다.

칸막이 건너편에는 사무원들이 탁자에 엎드려서 뭔가를 열심히 쓰거나 전화를 받는 중이었다. 전화기를 내려놓은 사무원이 유카타에 캡을 쓰고 게다를 신은 젊은 남자에게 일본어와 조선어를 섞어가면서 얘기했다.

"일자리를 구하려면 일본 사람 상점으로 가야지 조선 사람 상점으로 가면 안 좋아. 일단 월급 차이가 나잖아."

일본옷 차림의 젊은 남자는 한숨을 쉬면서 일본어로 대답했다.

"거기도 있는 사람이나 그렇지. 죄다 그렇지는 않아요."

"이봐. 자네는 일본말도 할 줄 알고 경력도 제법 되잖아. 내가 일본 사람 상점에 꼭 넣어줄 테니까 며칠만 참아봐."

"아휴, 당장 입에 풀칠을 못하는데 무슨 수로 기다립니까? 종자 베고 굶어죽은 농부 꼴 나게요?"

이런저런 얘기들이 오가는 가운데 벽시계가 정확히 6시를 가리켰다. 무리지어 웅성대던 사람들이 일제히 칸막이 쪽으로 몰려갔다. 영문도 모른 채 휩쓸린 류경호가 같이 쓸려 들어간 제법 나이 든 사내에게 물었다.

"왜 몰려가는 겁니까?"

"왜긴, 일자리가 공개될 시간이잖아."

몇 분쯤 그렇게 기묘한 대치 끝에 사무원 한 명이 벌떡 일어나서 일본어로 소리쳤다.

"자! 일자리를 공개하겠습니다. 먼저 영락정의 서일상점에서 일본어에 능통하고 보통학교 이상을 졸업한 20대 남자점원을 구합니다."

사무원의 말을 알아들은 대여섯 명이 손을 번쩍 들었다. 서류를 든 사무원은 그들 중에 나이가 어린 젊은이를 찍어서 일본어로 물었다.

"나이?"

"스무 살이요."

"보증인 있어?"

"네."

"어디 졸업했어?"

"교동 보통학교 졸업했습니다!"

"이리 와서 구직표 써!"

당사자는 기쁨에 겨워했고, 나머지 사람들은 착잡한 심정으로 쳐다봤다. 그런 식으로 양복점과 여관에서 일할 사람들이 뽑혔다. 족히 50명은 돼 보이는 구직자들 중 그런 식으로 일자리를 찾은 사람은 다섯 손가락으로 꼽을 정도였다. 사무원이 끝났다고 몇 차례나 얘기해도 미련이 남은 사람들은 여전히 떠날 줄을 몰랐다. 류경호는 한가해진 틈을 타서 칸막이 쪽으로 다가갔다. 서류를 적던 사무원이 짜증나는 얼굴로 말했다.

"다 끝났으니까 내일 오세요."

"저, 일자리를 구하러 온 게 아니고 사람을 구하러 왔습니다."

기자증을 슬쩍 보여주자 사무원의 태도가 대번에 변했다. 류경호는 굽실거리는 사무원을 끌고 근처 끽다점으로 갔다. 그러고는 적당히 둘러대면서 순사보조원 출신이나 보험회사 조사원 출신의 구직자가 있는지 물어봤다. 사무원은 대번에 고개를 갸우뚱거렸다.

　"온갖 작자들이 다 오는 곳이긴 하지만 그 정도 인텔리면 굳이 여기 오지 않아도 일자리 찾는 데는 별 어려움이 없죠."

　"그렇기는 합니다만 아무래도 공신력 있는 곳에서 추천을 받고 싶어서요."

　"하긴 인사사무소 하면 우리 사무소죠."

　활짝 웃은 사무원이 선심 쓴다는 표정으로 말했다.

　"좋습니다. 제가 한번 알아보겠습니다. 보증인이나 학력 같은 건 어떻게 할까요?"

　"그런 건 필요 없고 대신 입이 좀 무거운 사람이면 좋겠습니다. 신문사 일이라는 게 원래 조용조용 처리해야 하거든요."

　몇 번이고 다짐한 류경호는 명함을 건네주고 자리를 떴다. 사무실에 들렀다가 퇴근한 류경호는 곧장 어제 받은 책을 펼쳤다. '갑신정변의 전말과 나의 방황'이라는 한자가 제일 처음 눈에 들어왔다.

갑신정변의 전말과 나의 방황

홍종우의 책 2

사실 내 눈으로 본 것은 꿈의 종말에 불과했다. 12월 5일 저녁 무렵, 경우궁으로 옮겼던 어가가 창덕궁으로 돌아오는 광경을 먼발치서 바라보는 내 심정은 복잡했다.

다친 몸을 이끌고 거리에 나가보니 흥분한 백성들 사이로 온갖 소문들이 떠돌았다. 개화파들이 팔도를 나눠서 통치한다느니, 번갈아가면서 대통령에 오른다느니. 금릉위 박영효를 새로운 왕으로 즉위시킨다는 얘기부터, 임금을 왜국으로 납치하려고 공사관에 큰 관을 갖다 놨다는 소문까지 들렸다. 애초 목표로 삼았던 민 씨 일족들과 측근들을 제거하는 데는 성공한 것 같았지만 민심은 완전히 돌아서 버리고 말았다.

흥분한 채 떠드는 백성들을 바라보면서 절망과 안도감을 동시에 느꼈다. 염려했던 대로 왜국을 끌어들인 일이 패착이 되고 말았다. 해가 질 무렵 하도감에 주둔 중인 청군이 왜군을 몰아내고 임금을 구한다는 소문이 돌았다.

창덕궁의 남문인 선인문에 청국 병사들이 나타났다는 소식에 백성들이 우르르 몰려갔다. 실제로 선인문 앞에서는 청국 병사들과 친군영 병사들이 서로 대치 중이었다. 자물쇠를 든 친군영 병사가 문을 닫으려고 했지만 청국 병사가 손짓을 하면서 막아섰고, 그러다가 결국 서로 총을 겨눴다. 멀리서 지켜보던 백성들은 주먹을 불끈 쥐고 왜놈들은 물러가라고 목소리를 높였다.

결국 문을 잠그는 걸 포기한 친군영 병사들이 물러났다. 청군도 더 이상 움직임을 보이지 않았다. 해가 떨어졌지만 자리를 뜨는 백성들은 없었다. 군데군데 모닥불을 피우고 창경궁을 둘러쌌다. 김옥균이나 홍영식 군과 접촉하고 싶었지만 넓디넓은 궁전 안에서 그들을 찾을 방도가 보이지 않았다.

백성들과 함께 밤을 새우는데 새벽녘에 대포를 끌고 온 청군이 선인문 밖에 진을 쳤다. 관복을 입은 조정 대신과 청나라 장수들이 병사들에게 둘러싸여 얘기를 주고받는 것이 보였다. 이들이 밀고 들어간다면 개화파 쪽에서는 한 시간도 버티지 못할 게 뻔했다.

밤새 궁궐 주변을 돌면서 안으로 들어갈 방법을 찾았지만 허사였다. 그렇게 밤을 새우는 동안 청군과 친군 좌우영까지 가세한 병력들이 선인문 앞에 집결했다. 해가 밝아오자 궁 안에서는 아무것도 모르는 듯 밥 짓는 연기가 피어올랐다.

궁궐 근처를 서성거리던 나는 선인문 북쪽의 통인문으로 누가 나오는 게 보였다. 고균의 집에서 일하는 하인 같았다. 종로 쪽으로 걸어가던 그를 뒤쫓아 육조거리 앞에서 따라잡았다. 어깨를 탁 치자 뒤를 돌아본 그는 대뜸 '누구슈'라고 물었다.

"기억 안 나느냐? 금석과 함께 몇 번 간 적이 있었는데."

"아이구, 몰라봐서 죄송합니다. 근데 어쩐 일이십니까?"

"사정이 좀 복잡해서 말이야. 궁으로 돌아갈 거면 나도 좀 데리고 들어가 주게."

내 부탁을 들은 그는 잠깐 생각에 빠진 눈치였다. 아마 안면이 있는 것을 빌미로 한자리 얻으려는 속셈인 것으로 본 모양이다.

"일이 잘 되면 자네 은혜는 잊지 않음세."

주인과 왕래하던 자가 자기에게 굽실거린다는 사실에 들떴던 것일까. 그는 은혜를 잊지 말라며 동행을 허락했다.

"주인 나리 심부름으로 종로에 있는 은방에 가서 돈을 찾아오는 길입니다요. 들렀다가 곧장 궁으로 갈 터이니 함께 가시죠."

이점돌이라는 자기 이름을 알려준 그와 같이 가면서 내가 쓰러져 있는 동안 무슨 일이 벌어졌는지 대략 들었다.

"어이구, 말도 마세요. 제가 우정국 연회 때 음식을 준비했잖습니까? 시간이 지나도 계속 불이 안 나니까 주인 나리랑 금릉위께서 초조해하시면서 몇 번이고 밖을 드나들지 뭡니까. 그러다 연회가 다 끝나고 다과가 나올 때 쯤 우정국 근처 민가에 불을 내는 데 성공했습죠."

이점돌은 생각만 해도 신이 난다는 듯 어깨를 들썩거리며 말했다.

"그 누구냐. 전주 이 씨 집안이라고 얘기하고 다녔던 이규완이가 나중에 말하는데 자물쇠로 잠긴 별궁 문을 부수고 애써 불을 붙였는데 임은명이가 화약을 들이붓는 바람에 불이 꺼져버렸다고 하던데요. 뭐 자기는 그 와중에 옷소매로 얼굴을 가리고 처마 위로 날아올랐다고 뻥을 치지 뭡니까. 아무튼 우여곡절 끝에 불을 붙이는 데는 성공했는데 아, 연회에 참석한 대감들이 무슨 낌새를 챘는지 다들 밖으로 나갈 생각을 하지 않지 뭡니까요. 그러다가 민영익 대감이 슬그머니 밖으로 나갔다가 그 동대문에서 배추 장사하던 윤경순이랑 쇼시마란 왜놈 자객이 휘두른 칼에 맞고 다시 안으로 기어들어왔습죠. 하! 그러면서 다들 안에서 꼼짝도 안 하니까 주인 나리께서 동료 분들과 함께 우정국 담장을 넘어서 왜국 공사관으로 가셨습지요."

"거긴 왜 간 것이냐?"

"왜놈들을 믿지 못하겠으니까 다짐을 받아둔다고 가신 거죠. 거기서 확답을 들으셨는지 금호문으로 들어가셔서 임금님을 알현하셨죠. 중간 중간에 대포가 터지는지 폭음이 장난 아니었습니다요. 경우궁으로 가셨죠."

"왜국 병정들은 금방 왔더냐?"

"가니까 벌써 자리를 잡고 문을 지키고 있던뎁쇼."

"먼저 와 있었다고?"

"네, 왜놈들이 바깥을 지키고 장사패들이 담을 타고 넘어가서 문을 열었습니다요."

임금의 허락을 받고 왜군을 들이겠다던 김옥균의 말이 거짓이었음을 깨달았다. 답답함을 누르고 이점돌에게 다시 물었다.

"경우궁에서 왜 다시 환궁한 것이냐?"

"그걸 쇤네가 어찌 알겠습니까? 무슨 얘기가 오갔는지 이보국 어르신의 집으로 갔다가 어제 저녁에 궁으로 돌아오신 겁니다."

"원래 경우궁으로 옮긴 것은 적은 숫자로 지키려고 그랬던 것 아닌가? 그런데 왜 다시 환궁한 것인가?"

"중전께서 임금을 채근해서 그렇게 되었다는데 저 같은 아랫것들이야 뭘 알겠습니까?"

"죽은 사람들은 누구누구냐?"

"경우궁으로 입궐했던 후영사 윤태준, 전영사 한규직, 후영사 이조연이 장사패랑 생도들 손에 죽었고, 들어가려던 민태호, 조영하, 민영목도 죽었습니다. 그리고 금릉위 대감의 겸종 김봉균이 환관 유재현도 죽였습지요."

"일은 잘 돌아가고 있던가?"

"그게 말입니다. 왜국 공사랑 주인 나리랑 좀 티격태격합니다요. 왜국 공사는 경비대 병력을 빼겠다고 하고, 주인 나리는 절대 안 된다고 하고요."

애기를 듣던 나는 설상가상이라는 생각에 할 말을 잊었다. 궁 밖에서는 청군과 조선군이 공격준비를 마친 상태였다. 아마 흥분한 백성들도 이에 가담할 게 뻔했다. 반면 궁 안에는 지금 임금과 김옥균과 왜국 공사의 뜻이 맞지 않아서 삐걱거리는 중이었다.

사실, 나는 개화라는 것에 대해서 뚜렷한 기준을 갖지 못했다. 단지 환재 대감을 통해 뒤처지지 않으려면 양이들의 문물을 받아들여야 한다는 것만 어렴풋하게 느낄 정도였다. 김옥균을 비롯한 일단의 선비들은 아마 그걸 더 절실하게 받아들인 모양이었다. 가만히 있어도 호의호식할 수 있음에도 불구하고 위험을 무릅쓴 점은 나도 높이 평가했다.

하지만 임금서부터 백성 그 누구도 받아들일 준비가 되어 있지 않은 개화를 왜국의 힘을 빌어서 완성시키려고 했던 점은 내내 마음에 걸렸고, 결국 실패를 향해 달려가는 중이었다.

"어이쿠, 여기니까 잠깐만 기다리고 계십시오."

육조거리와 이어진 종로거리의 한 상점으로 들어갔던 이점돌은 잠시 후 전대를 허리에 차고 나왔다.

"어서 가시죠. 주인 나리께서 눈이 빠지게 기다리고 계실 겁니다."

앞장서서 걷는 이점돌을 따라 창덕궁으로 들어갔다. 통화문을 지키던 친군 전영의 병사들은 이점돌이 내민 문표를 보고는 별말 없이 통과시켜줬다.

"주인 나리와 동료 분들은 관물헌에 계십니다. 따라오시죠."

연희당을 거쳐 함인정과 중희당을 지나자 관물헌이 보였다. 소총을 어깨에 멘 왜군들의 모습이 중간 중간 보였고, 돌계단 앞에는 서재필을 비롯한 사관생도들이 칼을 차고 경계를 서는 중이었다. 나를 알아본 서재필이 무슨 일이냐고 물었다. 금석을 불러달라는 말에 예전 일에 대한 미안함 때문인지 안에 있다고 들어가 보라며 옆으로 비켜줬다. 관물헌 안으로 들어가자 조보를 들고 바쁘게 움직이는 홍영식 군이 보였다. 피곤에 지친 표정이었지만 날 보자 와락 안기며 기뻐했다.

"괜찮으십니까? 안 보이셔서 걱정했습니다."

나는 그동안의 사정을 짤막하게 들려주었다. 고개를 끄덕거린 홍영식 군이 나에게 조보를 보여줬다.

"보세요. 정령이 발표됐습니다."

눈앞에서 조보를 흔들어대는 홍영식 군을 붙잡아서 구석으로 끌고 갔다.

"바깥이 지금 어떻게 돌아가는지 알고 있는가?"

대번에 풀이 죽은 홍영식이 조보를 든 팔을 늘어뜨렸다.

"왜 모르고 있겠습니까? 안 그래도 고균 형님이 원세개에게 선인 문을 닫지 못하게 방해한 것에 대해서 항의하는 서찰을 보냈습니다."

"지금 상황에서 항의만 한다고 될 일인가? 지금 밖에는 대포까지 끌어다 놓고 있는 판국일세."

"안 그래도 금릉위께서 무기고로 가셔서 무기를 점검하고 있습니다."

"왜국 병정들은 믿을 만한가?"

"아직까지는 괜찮습니다. 그나저나 그 옷차림으로는 궁중에 있기 애매하실 것 같습니다. 이쪽으로 오시죠."

병풍 뒤에는 붉은색 철릭이 한 벌 놓여 있었다.

"제가 입으려고 준비한 건데 형님이 더 어울리실 것 같습니다. 갈아입고 나오시면 고균 형님께 함께 가시죠."

병풍 뒤에서 철릭으로 갈아입을 무렵 밖에서 고함이 터져 나왔다. 옷고름을 매고 밖으로 나와 보니 관물헌 뜰에서 김옥균과 홍영식 군이 양복 차림의 사내와 핏대를 세우며 얘기를 나누는 중이었다. 김옥균이 핏대를 올리며 말하는 소리가 들렸다.

"공사! 오늘 중에 군대를 철수하겠다니 그게 무슨 얘기요? 우리가 자립할 수 있으면 먼저 철수해달라고 요청할 겁니다. 하지만 지금은, 방금 무기고에 가보니 총과 칼이 모두 녹슬어서 아무짝에도 쓸모가 없습니다. 지금 철수하면 모든 일이 허사가 되고 말 겁니다."

난생처음으로 김옥균이 당황하는 모습을 봤다. 옆에 선 홍영식 군도 사색이 된 얼굴로 상대방을 설득했다.

"군대를 철수시키더라도 지금은 때가 아닙니다. 그러니 3일만 말미를 주십시오."

문간에 기대서서 서글픔과 역겨움을 느꼈다. 당장이라도 뛰쳐나가 이런 식으로 할 거면 당장 그만두라고 외치고 싶었다. 두 사람의 만류에 왜국 공사가 누그러진 표정을 짓고는 한참 동안 얘기를 나누고는 돌아섰다. 겨우 한숨을 돌리는 모습을 보고는 뒷문으로 슬쩍 나와버렸다. 뒤죽박죽이 된 조선의 운명에 눈물이 났다. 그렇게 서 있는데 홍영식 군이 슬며시 나타났다.

"어디 계셨습니까? 가시죠. 고균 형님께서도 반가워하실 겁니다."

"난 가지 않겠네."

"왜요?"

"고작 왜국 공사에게 애걸하려고 정변을 일으킨 겐가?"

"상황이 급하니까 그런 겁니다. 뜻을 이루기 위해서라면 무릎을 꿇으라고 해도 꿇을 겁니다."

"아까 들으니 경우궁에 이미 왜군이 와 있었다고 하더군. 어째서 임금의 허락을 받기도 전에 왜군이 경우궁에 진을 치고 있었던 겐가? 고균은 분명 내게 임금의 허락을 받기 전에는 왜군을 움직이지 않겠다고 했는데 말이야."

홍영식이 반박하려던 찰나 사관생도 한 명이 달려와서는 그를 불렀다.

"도부승지(都副承旨:갑신정변 때 김옥균이 받은 관직)께서 급하게 찾으십니다."

"무슨 일이냐?"

"그게, 방금 전 청국 사관이 찾아와서 주상전하를 알현하고자 해서 도부승지께서 원세개나 오조유(당시 청군의 총대장)면 몰라도 일개 사관이 어찌 그리 무례하냐고 쫓아버렸습니다. 아무래도 청군이 곧 움직일 것 같다고 급히 오시라고 하십니다."

"알겠다. 형님, 그럼 있다 뵙겠습니다."

홍영식 군이 헐레벌떡 뛰어가고 잠깐 고요함이 찾아왔다. 너무나 고요하고 평화로워서 모든 것이 꿈이 아닐까 하는 엉뚱한 상상을 할 무렵 남쪽과 동쪽에서 총성이 들려왔다. 간헐적으로 들리던 총성은 차츰 가까워지면서 비명소리를 동반했다. 칼을 찬 사관생도가 관물헌 쪽으로 뛰어와서는 비통한 목소리로 고했다.

"청군이 몰려옵니다. 문을 지키던 전영과 후영의 병사들이 죄다 도망쳐버리고 말았습니다."

총성과 포성까지 겹쳐서 들리자 관물헌 주변은 아수라장이 되어버렸다. 김옥균을 비롯한 개화파들은 임금이 있는 내전으로 뛰어갔다. 잠시 후 옷을 벗어던진 친군 전영 병사들 한 무리가 북쪽으로 도망치는 모습이 보였다. 나인들과 환관들도 우왕좌왕하면서 흩어졌다. 늙은 환관 하나가 구부정한 허리로 지나가면서 "임오년 군란 때와 똑같군, 똑같아"라고 중얼거렸다.

관물헌 뜰 앞에 모인 사관생도들과 장사패들도 어찌할 바를 몰랐다. 인정하긴 싫었지만 제대로 일을 한 것은 왜국 병사들뿐이었다. 관물헌 담장에 일렬로 서서 중대장의 호령에 따라 사격과 장전을 거듭했다. 청국 병사들은 누각에 불을 지르고 허공에 공포만 쐈다. 관물헌 담장에 기대서서 그 광경을 지켜보던 나는 헛웃음만 지었다.

조선을 기필코 개화시키겠다는 김옥균의 야심은 3일 만에 막을 내렸다. 불길이 치솟는 가운데 임금의 어가가 북묘로 향하고 있다는 말이 들리자 몇 명이 그쪽으로 뛰어갔다. 그 무리들 중에 홍영식 군의 모습이 얼핏 보였다. 그리고 그것으로 끝이었다.

나는 다행히 얼굴을 아는 사람이 없었고, 철릭을 입고 있던 상태라 무사히 빠져나올 수 있었다. 흥분한 백성들은 김옥균의 집을 부수고, 교동에 있는 왜국 공사관에 돌을 던졌다. 북묘에서 내려온 임금의 어가는 하도감에 있는 청군의 진영으로 들어가서 사흘 동안 머물렀다. 그동안 정변에 가담했던 이들의 체포와 처형이 이어졌다.

나중에 들리는 소문으로는 김옥균과 서재필, 박영효는 왜국 공사관으로 몸을 피했다가 제물포에서 배를 타고 왜국으로 도망쳤다고 한다. 홍영식과 박영효의 형 박영교는 북묘로 피신한 임금을 따라갔다가 무예별감들과 호위 군졸들에게 참살당했다. 그리고 며칠 동안 도성 안은 개화파 사냥이 벌어졌다. 조금이라도 연관이 있는 사람들은 줄줄이 체포되었고, 온갖 소문들이 떠돌았다. 교동의 왜국 공사관 역시 백성들의 손에 파괴되었다.

그러던 어느 날 군기시 앞에서 처형이 있다는 소식에 그쪽으로 갔다. 그리고 뜻밖의 광경에 할 말을 잊었다. 속곳 차림으로 끌려와서 처형을 기다리고 있는 여인은 다름 아닌 고대수였다. 피멍이 든 얼굴은 뜻밖에도 평온했다.

망나니 대신 온 백정이 언월도처럼 생긴 참수도를 숫돌로 가는 사이 옥졸들이 꽁꽁 묶인 그녀의 몸을 거적 위에 엎어놓고 목에 나무 목침을 받쳐놨다. 주변에 모여든 백성들은 작은 목침에 목을 올려놓은 그녀에게 돌을 던지며 욕설을 퍼부었다. 어찌할 바를 모르고 있는 와중에 그녀와 눈이 마주쳤다. 혹시 나를 알아볼까 봐 다른 사람들 뒤로 숨어버렸다.

어쩔 줄 몰라서 등을 돌리고 있는 사이 서걱대는 소리와 함께 함성이 터졌다. 뭔가에 끌린 것처럼 돌아서자 방금 전까지 목침 위에 있던 그녀의 머리가 온데간데없이 사라져버렸다. 옆에 선 늙은 보부상이 동료에게 투덜대는 소리가 들렸다.

"관이(貫耳:사형수의 두 귀에 화살을 꿰어서 사형수임을 알리는 짓)도 안 하고 재미없구먼."

"망나니가 아니라 반촌의 백정이잖아. 뭘 바라겠어."

"그나저나 얼굴 반반하던데 옥졸 놈들이 재미 좀 봤으려나?"

"어이구, 사람 모가지가 떨어져나갔는데 그런 생각이 들어?"

그녀와의 짧았던 기억이 머리를 스쳐 지나갔다. 봄바람 같은 입맞춤과 따스한 눈길을 떠올리자 더는 견딜 수 없었다. 한걸음에 주막으로 달려가서 취할 정도로 술을 마셨다. 다음 날 골방에서 눈을 뜨고 다시 술을 찾았다.

갈피를 잡지 못한 나는 방황을 거듭했다. 어떤 때는 불타버린 홍영식 군의 집 앞을 어슬렁거렸다가, 또 어떤 때는 그녀와 만났던 광통방의 다동으로 발걸음을 옮기기도 했다. 보부상 동료들을 찾는답시고 피맛골의 주막들을 살펴보다가 괜히 시비가 붙어서 주먹다짐을 하기도 했다. 그것이 잠깐 스쳐 지나간 여인에 대한 사랑 때문이었는지, 아니면 그녀의 마지막을 외면했다는 죄책감 때문인지는 가늠할 수 없었다.

고향으로 내려가서 잠깐 있기도 했지만 답답함을 이기지 못해 다시 한양으로 올라와서 조존혁 대감댁에 몸을 의탁했다. 다행히 아들인 조희연과는 뜻이 맞았다. 무과에 급제해서 기기국에서 일하는 그는 가끔 일본어로 된 책을 나에게 주고 번역을 부탁했다.

갑신정변이 벌어진 지 3년 후인 정해년(丁亥年:서기 1887년) 여름, 조희연이 나를 안채로 불렀다.

"이번에 기기국 총판 어르신께서 나에게 청나라 상해와 홍콩을 거쳐 일본을 둘러보라는 지시를 내렸네. 대포에 관련된 것들을 집중적으로 살펴보라고 하시는 걸 보면 포병을 육성하실 계획인 것 같더군. 청나라야 필담으로 나누면 되지만 일본에서가 문제라네. 갑신년의 역변 이후 일본어를 공부하는 사람도 드물어서 통역을 구하기가 이만저만 힘든 게 아닐세. 듣자하니 자네가 제법 일본어를 할 줄 안다고 하니 동행해줬으면 하네."

그 얘기를 듣는 순간 제일 먼저 떠오른 생각은 우습게도 김옥균이었다. 고대수를 죽인 김옥균. 나는 대뜸 고개를 끄덕거렸다.

"좋네. 그럼 일정을 알려줄 테니까 일본에서 합류하도록 하지."

그렇게 뜻하게 않게 일본으로 떠날 기회가 왔다. 조희연이 상해로 떠나고 나는 제물포에서 배를 타고 일본 오사카로 향했다. 배를 타고 가면서 김옥균을 만나야겠다는 생각만 들었다. 그가 나와의 약속을 지켰는지 꼭 물어보고 싶었다. 만약 대답이 시원치 않을 경우에는 내가 품고 가는 장도로 그의 목을 베어버릴 작정이었다.

뒷조사

"이 사람이란 말입니까?"

이틀 만에 인사사무소 사무원의 전화를 받고 약속 장소로 나간 류경호는 당사자가 눈앞에 있는 것도 잊어버리고 실망감이 가득한 말투로 물었다. 사무원이 달짝지근한 말투로 얘기했다.

"그게, 보기엔 이래도 경력이 장난이 아닙니다. 3·1운동 전까진 양구에서 순사보조원을 했습죠."

다 헤진 두루마기에 고무신을 신은 사내는 서캐(이의 알)가 하얗게 오른 머리를 긁적거리며 바닥만 내려다봤다. 마구잡이로 자란 콧수염하며 아무리 봐도 그가 부탁한 사람과는 거리가 멀어보였다. 그가 조용하게 있자 사무원이 답답한지 채근했다.

"어이, 최 씨. 가만있지만 말고, 얘기 좀 해봐."

최 씨라고 불린 중년 사내는 대답 대신 오른손 팔목을 뚝 꺾었다. 그러고는 의수로 된 오른손을 뽑아서 탁자 위에 올려놨다. 마침 옆 테이블로 커피를 가져가던 끽다점의 여종업원이 "에구머니!" 하고 비명을 질렀다. 고개를 든 최 씨가 입을 열었다.

"강원도 양구에서 순사보 노릇 하다가 3·1운동 때 뭐에 씌었는지 만세를 불렀지 뭡니까. 순사들이 쏘는 총에 맞아서 한쪽 손 잃고 직업 잃고 거렁뱅이 신세가 된 겁니다."

"순사보 하기 전에는 뭘 했습니까?"

최 씨라는 사내 눈에 고통스러운 빛이 떠올랐다. 주저하던 사내는 두루마기 소매에서 작은 꽃이 새겨진 금속 배지를 꺼내 탁자에 내려놓았다.

"이게 뭡니까?"

"대한제국군 원주 진위대 출신이외다. 동료들이 군대 해산에 반대해서 봉기했을 때 혼자 제자리를 지켰죠. 덕분에 왜놈들 눈에 들어서 순사보가 되었고, 한동안 잘 지냈습니다. 그러다 고종 황제께서 승하하시고 만세운동이 일어났을 때 더 이상 참지 못하고 가담했죠. 앞장서서 만세를 부르면서 주재소로 쳐들어갔다가 총에 맞았죠."

"왜 만세운동에 가담한 겁니까?"

"두 번씩이나 외면하기 민망해서요."

담담하게 대꾸한 최 씨는 썩은 이빨을 드러내며 웃었다. 류경호는 인사사무소 사무원에게 봉투를 건넸다.

"제가 찾던 사람인 것 같군요. 고맙습니다."

조마조마한 표정으로 쳐다보던 사무원은 류경호의 마음이라도 바뀔까 봐 얼른 봉투를 챙겨 넣고는 자리에서 일어났다. 사무원이 끽다점 밖으로 나간 걸 확인한 류경호는 양복 안주머니에서 돈 봉투를 꺼내서 최 씨에게 밀었다.

"착수금 30원입니다. 이걸로 이발하시고 옷도 깨끗하게 사 입으세요. 내일 아침에 시대일보사로 오시면 무슨 일을 하실지 알려드리겠습니다."

"누굴 미행하거나 잠복하는 거라면 지금 이 차림새가 훨씬 낫습니다. 대부분 오래 지켜보질 않거든요."

진지한 얼굴로 대답한 최 씨가 갑자기 커피를 손가락으로 휘휘 저었다. 무슨 짓이냐고 물으려는 찰나 최 씨가 커피 잔에서 꺼낸 손가락으로 탁자에 '미행'이라고 썼다. 무심코 주변을 돌아보려던 류경호는 그러지 말라는 최 씨의 말에 멈칫했다.

"탑골공원이 여기서 가깝다죠?"

커피로 쓴 글씨를 손바닥으로 지워버린 최가 의수를 집어 들고 일어났다.

낮 시간임에도 불구하고 탑골공원 안은 사람들로 가득했다. 하얀 두루마기에 갓을 쓴 노인부터 색동저고리를 입은 아이, 일거리를 못잡은 실업자나 빈 지게를 들고 서성거리는 지게꾼과 쭈글쭈글한 양복을 입은 청년까지 잔뜩 뒤섞였다. 서성대는 사람들 사이로 모찌장수가 떡을 사라며 목청을 높였다.

팔각정에는 낮잠을 자는 사람들로 가득했다. 석탑 아래 돗자리를 깔고 자리를 잡은 점쟁이가 앞에 쭈그리고 앉은 청년에게 말년 운이 좋다고 얘기를 하는 중이었다. 이런저런 사람들을 헤치고 인적이 드문 담장 아래를 찾아간 최가 말했다.

"혹시 담배 가지고 계십니까?"

"네."

"그럼 한 개비만……."

류경호는 담배를 통째로 건네줬다. 아까 끽다점에서 챙겨온 성냥으로 불을 붙인 최는 담배를 한 모금 빨고는 그에게 얘기했다.

"아까 그 끽다점에서 입구 쪽에 앉은 두 명이 계속 이쪽을 쳐다봤습니다. 한 명은 작은 키에 위쪽이 둥근 모자를 썼고, 다른 한 명은 당꼬바지에 캡을 썼더군요."

하야시 곤스케 경부와 조선인 경찰 박이 틀림없었다. 류경호의 표정을 살핀 최가 물었다.

"보아하니 순사 밥을 먹는 사람들 같던데 대체 무슨 일입니까? 사무원이 신문기자 따까리라고 해서 호기심도 있고 해서 나와봤습니다만……."

고민하던 류경호는 사실대로 털어놨다.

"사실은 얼마 전에 홍종우라는 노인이 자기 얘기를 기사로 실어달라며 접근했습니다. 그런데 갑자기 종로경찰서에서 그자가 찾아오면 자기들에게 꼭 연락을 해달라고 윽박지르고 갔지 뭡니까? 무슨 일인지 영문을 몰라서 알아볼 사람을 찾은 겁니다."

"홍종우라면 개화당 우두머리인 김옥균을 죽인 사람 아닙니까?"

"맞습니다. 그자를 아십니까?"

"진위대 시절에 본 적이 있어서요. 근데 경찰이 왜 그 노인네를 찾는답니까?"

"얘기해주지 않았습니다. 무조건 위험한 자니까 체포해야 한다고만 말했어요."

"보통은 죄명을 얘기하죠. 그래야 듣는 사람이 겁을 먹거든요. 그게 문제라면 다음에 홍종우가 나타나면 그냥 신고하면 되지 않습니까?"

"그게, 그 사람의 얘기가 정말 기삿거리가 되는지 확인해보라는 지시가 내려와서요."

"그러다 총독부에서 정간이라도 시키면 어쩌려고요?"

"특종이라면 지옥이라도 가야 하는 게 신문기자의 숙명이죠."

"신문기자들이 어떻게 일하나 궁금해서 따라 나오기는 했는데 잘못하면 정말 지옥에 떨어지겠군요."

"지금이라도 못 하시겠다면 다른 사람을 찾아보겠습니다. 착수금은 안 돌려주셔도 됩니다."

류경호는 미안한 마음에 얘기했지만 최는 웃는 얼굴로 대답했다.

"재미있을 것 같군요. 일을 맡겠습니다."

"혹시 사무원이 순사들에게 집주소랑 인적사항을 다 얘기하면 곤란하지 않겠습니까?"

"구직서에 쓴 주소랑 이름도 가짜니까 그걸로는 아무것도 못 찾을 겁니다. 제가 뭘 할지 얘기해주시겠습니까?"

류경호는 최에게 두 번째 책을 보낸 주소가 적힌 쪽지를 건네줬다.

"일단 홍종우가 책을 보낸 주소를 조사해주세요. 그리고 그자를 발견하면 어디 사는지 확인해주시고요."

"그다음은요?"

"직접 담판을 져서 발을 뺄지 아니면 기사를 실을지 결정을 내릴 생각입니다."

"좋습니다. 일을 맡도록 하죠."

최가 오른손을 내밀었다. 무심코 그 손을 쥔 류경호는 나무 의수가 뿜어내는 서늘함에 부르르 몸을 떨었다.

"대가는 일단 100원으로 생각하고 있습니다만 좀 더 올려야겠죠?"

"돈은 더 필요 없습니다만 수중에 가진 돈이 없어서 착수금을 조금 더 주셨으면 합니다."

담배꽁초를 담장 아래 버린 최가 얘기했다.

"녀석들이 이쪽으로 옵니다. 물어보면 내가 돈을 많이 불러서 거절했다고 하세요."

"그렇게 하죠."

"보통 점심은 어디서 시킵니까?"

"이문옥에서 시켜 먹습니다."

"그쪽을 통해서 접촉하죠. 입 꽉 다물고 있어요."

"네?"

류경호가 되묻자 최는 다짜고짜 덤벼들어서 지갑을 빼앗으려고 했다. 놀란 류경호가 몸을 비틀자 한발 뒤로 물러선 최가 오른손으로 턱을 후려쳤다. 벌렁 나자빠진 류경호를 뒤로 한 최는 담장을 짚더니 사뿐하게 넘어갔다. 머리를 털고 일어나는데 멀리서 달려오는 구두 발자국 소리가 귓가에 울렸다.

106

．．．

"그러니까 치료는 핑계였고, 목적은 심문이었다 이거지?"

최남선 사장의 물음에 류경호는 아직도 얼얼한 턱을 만지며 대답했다. 한 걸음에 달려온 하야시 곤스케 경부와 박은 류경호를 일으켜 세우고는 곧바로 종로경찰서로 끌고 가서는 무슨 얘기를 나눴냐고 캐물었다. 홍종우의 행적을 조사할 사람을 소개받아서 얘기를 나누다 선금을 요구해서 거절했고, 그 와중에 옥신각신하다가 싸움이 벌어졌다고 했지만 믿지 않는 눈치였다. 홍종우가 나타나면 반드시 알리라는 경고를 하고는 풀어줬다.

점심시간에 잠깐 나와서 만난다고 했다가 마감시간을 넘겨버린 류경호는 도끼눈을 뜨고 있는 최남선에게 가서 사정을 설명하고 위기를 넘겼다. 자리로 돌아온 그가 넥타이를 느슨하게 풀어헤치고 한숨을 쉬는데 원고지 뭉치를 들고 지나가던 정수일이 살짝 물었다.

"괜찮아? 얼굴이 왜 그래?"

"별일 아니에요."

"아까 온 소포야. 자네 앞으로 왔더군."

그렇게 말한 정수일은 작은 소포를 건네주고는 자리로 돌아갔다. 이번에는 청주우체국에서 보낸 소인이 찍혀 있었다. 소포를 묶은 끈을 풀어헤치자 예상했던 책이 한 권 나왔다. 이번 책에는 '나의 일본 생활'이라는 제목이 붙어 있었다. 주변을 슬쩍 살펴본 류경호는 주소를 따로 적어놓고 서랍 속에 책을 쑤셔 넣었다. 그리고 일에 열중하려고 했지만 서랍 속의 책이 계속 신경에 거슬렸다.

일을 마치고 책을 가방 안에 쑤셔 넣은 류경호는 한잔하고 가자는 정수일을 뿌리치고 전차 정거장 쪽으로 걸어갔다. 조선호텔 앞 정거장은 호텔에서 나온 사람들과 명치정에서 온 사람들로 북적거렸다. 태반이 양복이나 기모노 차림이었지만 간혹 진고개 구경을 온 촌부나 치마저고리 차림의 조선인 여학생들도 보였다.

류경호는 사람들로 가득한 전차에 간신히 몸을 구겨 넣었다. 이리저리 부대끼는 사이 누군가 어깨를 톡톡 쳤다. 뒤를 돌아보니 두루마기에 두툼한 뿔테 안경을 쓴 시골 노인이 꼬깃꼬깃한 종잇조각을 내밀면서 물었다.

"여기가 우리 큰아들 집인데 눈이 어두워서 당최 읽을 수가 있어야지."

다짜고짜 내민 종잇조각을 펼친 류경호는 코를 긁고 있는 노인에게 말했다.

"화신상점 앞에서 내리셔서 공평동 쪽 골목 근처인 것 같은데요. 전동식당 근처인 것 같은데 정확하게는 저도 잘 모르겠어요."

"그러지 말고 내가 5원 줄 테니 나 좀 데려다주시구려. 아침부터 헤매서 서 있을 기운도 없어."

"죄송합니다만 바빠서요."

"그러지 말고 같은 조선 사람끼리……."

귀찮아진 류경호는 노인의 손길을 뿌리치고 동아일보 사옥 앞에서 내렸다. 전차가 떠난 다음에야 옆구리에 끼고 있던 가방의 밑창이 예리한 칼날에 찢어져버렸고, 그 안에 넣어둔 책이 감쪽같이 사라졌다는 사실을 눈치챘다. 망연자실한 류경호는 허탈한 눈길로 멀어져가는 전차를 쳐다봤다.

힘없이 터덜터덜 하숙집으로 돌아온 류경호는 밥을 차려줄까 묻는 하숙집 주인아줌마의 물음을 무시하고 그냥 누워버렸다. 그리고 며칠 전부터 벌어진 이 기묘한 일들에 대해서 곰곰이 정리해봤다.

"아무리 생각해도 말이야. 경찰이 단순히 김옥균을 죽였다는 이유만으로 홍종우를 쫓을 이유는 없잖아. 왜놈 순사들이 난리를 치는 이유를 모르겠어."

옆으로 돌아누운 류경호는 방바닥을 긁으며 중얼거렸다.

"거기다 홍종우도 왜놈 세상이 된 지금 군이 그때 얘기를 꺼낼 필요가 없잖아. 고작해야 신문기사에 실리는 거? 도통 모르겠군."

이참에 신문기자 생활을 때려치우고 고향으로 돌아갈까라는 생각이 잠깐 들었지만 고리타분한 고향의 분위기를 떠올리니 돌아갈 마음이 싹 사라져버렸다. 이런저런 생각을 하면서 잠이 들 찰나 골목길에서 만주 장사의 목소리가 들렸다.

"뜨끈뜨끈한 만주를 5전에 두 개씩 팝니다. 뜨끈한 만주 있어요."

자근거리는 목소리가 멀리서부터 가까워졌다. 애써 무시한 류경호가 돌아누우려는 찰나 창을 똑똑 두드리는 소리가 들렸다.

"손님, 만주 사세요."

안 산다고 하려다가 목소리가 낯익다는 생각에 창문을 열었다. 문밖에는 최가 능글맞은 웃음을 지으며 서 있었다.

"여긴 어떻게 찾은 겁니까?"

"원래 점심시간 때 찾아가려고 했는데 건물 밖에서 계속 감시 중인 것 같아서 말이죠. 할 수 없이 퇴근하는 걸 뒤쫓았죠. 순사들이 따라붙긴 했지만 집을 아는지 들어가는 것만 보고는 돌아가더군요.”

방으로 들어온 최가 짤막하게 그동안의 상황을 설명했다.

“그럼 그냥 들어오시지 왜 이렇게 만주 장사로 변장을 한 겁니까?”

“주변에 누가 계속 감시를 하고 있어서요. 어떻게 할까 하다가 마침 골목길에 만주 장사가 들어와서 돈 몇 푼 찔러주고 대신 만주 궤짝을 둘러맨 거죠.”

“여기도 감시하고 있다고요? 아까 경찰들은 돌아갔다고 하지 않았나요?”

“다른 쪽이요. 누군지는 모르겠지만요.”

묘한 뉘앙스가 풍기는 말에 류경호는 한숨을 푹 쉬었다.

“사실 아까 홍종우가 건네준 책을 전차 안에서 쓰리(소매치기)당했습니다.”

“어떻게요?”

눈빛을 반짝인 최가 물었다.

“시골에서 올라온 노인네가 종이쪽을 내밀면서 길을 물어서 대답했는데 정거장에 내리고 보니까 가방 바닥이 뜯겨져 있었어요.”

류경호가 가방을 보여주면서 아까 겪었던 일을 얘기하자 최가 대답했다.

“우리나라 소매치기 수법은 일본에서 건너온 겁니다. 대략 두 가진데 동경을 중심으로 한 관동방식이랑 오사카를 비롯한 관서방식이죠. 양쪽의 차이는 도구의 사용 여부로 분간합니다. 관동방식은 맨손으로 쓰리를 하고, 관서방식은 칼이나 가위 같은 도구를 쓰죠. 경성의 쓰리꾼들은 대부분 맨손으로 훔치는 관동방식을 따릅니다. 그 얘긴 류 기자님의 책을 훔쳐간 놈을 쉽게 찾을 수 있다는 소립니다."

"책 하나 돌려받으려고 무리하는 것 아닙니까?"

"오히려 실마리를 풀 수가 있을 겁니다. 보통 지갑을 어디다 넣고 다니십니까?"

"당연히 안주머니에 넣고 다니죠."

"만약 남자 지갑을 노렸다면 가방 밑창을 따지는 않았을 겁니다. 그 얘긴 애초에 그 가방에 책이 들어 있는 걸 알고 있었다는 얘기죠."

최의 설명에 류경호가 고개를 갸웃거렸다.

"하지만 쓰리꾼들한테 그 책이 무슨 소용이 있었겠습니까?"

"하긴, 어디다 팔아먹지도 못할 텐데 말이죠."

"그러니까 그 얘기는 누군가 그 책을 빼앗기 위해 쓰리꾼들을 동원했다는 겁니다."

"맙소사. 고등계 경찰에 쓰리꾼들이라니……."

막막해진 류경호가 한숨을 내쉬었다. 이제 그만 가봐야겠다며 만주상자를 걸머진 최가 일어나면서 한마디 던졌다.

"일단 그 가방에 책을 넣은 걸 본 사람이 의뢰했을 가능성이 높습니다. 그러니까 주변을 잘 살펴보시기 바랍니다. 전 내일부터 관서방식을 쓰는 쓰리꾼들을 뒤져보도록 하겠습니다. 뭔가 나오면 알려드리죠."

"참, 이번에 책이 온 주소입니다. 확인을 좀 부탁드립니다."

류경호는 지갑에 넣어둔 쪽지를 건넸다. 쪽지를 챙긴 최가 어두운 골목길로 사라진 것을 확인하고는 다시 잠자리에 들었다.

···

"이 사람이 누군데요?"

"와다 엔지로(和田延次郎), 김옥균이 상해에서 암살당할 때 옆에 있던 조수였네. 조선호텔에 머물고 있으니까 가서 만나보게."

최와 얘기를 나눈 후 밤새 한숨도 못 자고 출근한 류경호는 최남선 사장에게 불려가서는 대뜸 인터뷰를 하라는 얘기를 들었다.

"김옥균이 죽었을 때 옆에 있었다고요?"

"맞아. 시체를 수습해서 일본으로 가져가려다가 실패했지. 올해가 고균 암살 30주년이라서 강연회 참석 차 조선에 왔다는군."

호텔 이름과 호수가 적힌 쪽지를 건넨 최남선 사장이 피곤하다는 듯 손가락으로 두 눈을 눌렀다.

"만나서 인터뷰를 하면 됩니까?"

류경호가 기대에 찬 눈으로 바라보자 최남선 사장이 고개를 저었다.

"그냥 만나서 얘기만 들어봐. 홍종우가 어떤 얘기를 하게 되면 교차 검증이 필요하잖아."

"어떤 얘기를 들으면 됩니까?"

"김옥균이 어떻게 죽었는지에 대해서 들어봐. 어차피 그 사람이 아는 건 그것밖에 없으니까."

"그거야 다 알려진 사실 아닙니까?"

류경호는 퉁명스럽게 대꾸했다가 최남선 사장의 사나운 눈길에 바로 입을 다물었다.

"남들이 다 안다고 생각되는 일에서 다른 걸 찾는 게 기자가 할 일이야. 얼른 나가봐."

조선총독부 철도국이 세운 조선호텔은 3층짜리 벽돌건물이었다. 거의 수직으로 솟은 것 같은 지붕이며, 정문에 드리워진 아치형 기둥은 볼 때마다 현기증이 일어나게 만들었다. 이곳에 남별궁이 있었다는 흔적은 조선호텔 뒤쪽의 정원 장식물로 남은 원구단뿐이었다. 아치형 기둥 안쪽에 숨겨진 정문의 회전식 문을 지나 프런트로 간 류경호는 능숙한 일본어로 직원에게 말했다.

"208호실에 머물고 계시는 와다 엔지로 상을 만나러 왔습니다."

"누구라고 전해드릴까요?"

"시대일보의 류경호 기자라고 합니다. 최남선 사장님의 소개로 왔다고 전해주시겠습니까?"

"알겠습니다."

뒤로 돌아선 프런트 직원이 전화기를 들고 통화를 했다.

"선룸에서 기다리시면 내려오겠다고 하십니다."

프런트 직원이 로비 뒤쪽을 가리키며 정중하게 말했다. 헌팅캡에 가볍게 손끝을 갖다 대는 것으로 답례한 류경호는 선룸으로 향했다. 조선호텔의 자랑이자 명물인 선룸은 호텔 뒤편의 정원이 보이는 끽다점이었다. 지붕서부터 벽 모두 유리로 장식된 이곳에서는 잘 꾸며진 정원과 원구단이 보였다. 아침나절이라 손님들은 기모노 복장의 일본 여인 두 명과 양복 차림의 일본인 사내 한 명뿐이었다. 선룸 안은 야자수들을 갖다 놓고 천정에도 화분을 매달아 놔서 이국적인 풍경을 만들어냈다.

원구단이 보이는 창가에 자리 잡고 10분쯤 기다리자 오비(帯:허리띠)로 묶은 쪽빛 유카타에 게다를 신은 중년의 일본 사내가 선룸 안으로 들어와서 두리번거렸다. 엉거주춤 일어난 류경호가 한쪽 손을 번쩍 들자 이쪽으로 성큼성큼 걸어왔다.

"처음 뵙겠습니다. 시대일보의 류경호 기자라고 합니다."

"와다 엔지로입니다. 오래 기다리게 해서 죄송합니다."

일본어로 정중하게 인사를 나눈 두 사람이 자리에 앉자 발목까지 올라온 치마저고리에 머리를 땋은 조선인 여종업원이 종종걸음으로 다가왔다. 류경호는 커피를 주문했고, 와다 엔지로는 레모네이드를 시켰다.

"이렇게 불쑥 찾아와서 죄송합니다."

"아닙니다. 고균 선생님의 일을 알리는 거라면 무슨 일이든 마다하겠습니까?"

류경호의 말에 와다 엔지로는 사람 좋은 웃음을 띠며 대답했다.

"많이 얘기하셔서 지겨우시겠지만 그때 어떤 일이 벌어졌는지 말씀해주시면 감사하겠습니다."

"우선 나와 고균 선생님이 어떻게 만났는지부터 간략하게 소개하겠습니다."

종업원이 차를 가져오는 바람에 대화가 잠깐 끊겼다. 김이 무럭무럭 올라오는 커피를 류경호 앞에 놓은 종업원은 레모네이드가 든 병마개를 뽑아서 얼음이 담긴 잔에 부었다. 자글거리는 거품이 잔 속으로 흘러내리는 모습을 물끄러미 지켜보던 와다 엔지로가 입을 열었다.

"내가 선생님을 만난 것은 명치 19년((明治:일본 메이지 천황의 재임기간인 1868년부터 1912년까지를 가리키는 것으로, 명치 19년은 1886년이다)의 일이었습니다. 소학교를 다니던 나는 그날 들어온 배에서 낯선 사람이 내렸다는 얘기를 들었죠. 조선 사람이라는 말에 호기심에 먼발치서 지켜봤습니다. 보통 유배를 온 사람들은 기가 꺾이기 마련인데 고균 선생님은 씩씩하셨죠. 거처를 정하시고 곧 사람들과 가까워졌습니다. 그분은 뭐랄까? 사람들을 끌어들이는 특별한 기운을 지니고 계셨죠."

거품이 죽은 레모네이드를 한 모금 마신 와다 엔지로가 헛기침을 했다. 류경호는 황급히 포켓에서 수첩을 꺼내 메모하는 척했다.

"선생님께서는 특히 아이들을 좋아하셨습니다. 소학교를 마치고 돌아오는 우리들한테 맛있는 것도 사주시고 데리고 놀러 다니기도 하셨죠. 수박을 유난히 좋아하셔서 즐겨 드셨던 게 기억나는군요. 하지만 본토에서 배가 올 때마다 자객이 왔을까 봐 산속에 숨었다가 우리가 수상한 사람이 없다고 한 다음에야 내려오셨을 정도로 신경을 곤두세우시기도 하셨죠. 그러다 홋카이도로 떠나시면서 헤어지게 되었습니다. 그때까지만 해도 다시 만날 거라고는 꿈에도 상상하지 못했죠. 허허."

"그럼 언제 다시 만나신 겁니까?"

"가만있자……. 도쿄에서 전람회가 열렸던 때니까 명치 23년이겠군요. 가족들과 함께 다시 도쿄로 돌아온 다음이었습니다. 어느 날 우에노 공원 근처에서 친구들과 놀고 있는데 인력거가 하나 지나가는데 타고 있는 사람이 고균 선생님과 꼭 닮지 않았겠습니까? 그래서 뒤따라갔지만 놓치고 말았죠. 그러고는 잊어버렸는데 며칠 후에 집에 선생님께서 보내신 편지가 왔습니다. 우에노 공원을 지나가는데 나를 봤다면서 홋카이도에서 도쿄로 돌아왔으니 놀러오라는 내용이 었죠. 편지에 적힌 주소로 찾아갔더니 반갑게 맞아주시면서 자기 일을 도와달라고 하시더군요. 부모님께 상의했더니 어차피 좋은 학교를 보내줄 형편이 못 되니 그분 밑에서 일을 하는 것도 나쁘진 않을 거라고 하셨습니다. 그래서 그분 밑에서 일을 하게 됐죠."

한참 떠든 와다 엔지로는 목이 마른지 레모네이드 한 모금을 마시고는 계속 얘기했다.

"그렇게 몇 년 동안 일을 했지만 딱히 배우는 것도 없고, 뭘 할지 몰라서 선생님께 남양(南洋:제1차 세계대전 이후 일본이 위임통치하게 된 태평양 일대의 섬들)으로 가겠다고 했지만 곧 미국으로 떠날 것이니 같이 가자고 만류하셨죠. 그리고 얼마 후에 그자들이 나타났습니다."

"그자들이라면?"

"이일직, 권재수와 권동수 형제, 홍종우 말이죠. 명치 27년 3월로 기억하는데, 선생님께서 갑자기 상해로 가야 하는데 은밀하게 움직여야 한다면서 가족한테도 알리지 말라고 하셨습니다. 그러고는 도쿄를 떠나서 오사카로 가셨는데 평소와는 다르게 작고 허름한 여관에 머물면서 가명을 쓰셨습니다."

"암살자들을 피하기 위해서였습니까?"

"처음에는 그렇게 생각했는데 다음 날인가 그자들이 불쑥 나타났습니다. 그때쯤에는 선생님께서 그 네 사람이 자기를 죽이기 위해서 온 자객이라고 얘기하셔서 이미 정체를 알고 있었던 터라 몹시 놀랐죠."

116

"정체를 알고 있었단 말씀이십니까?"

뜻밖의 얘기에 류경호가 반문하자 와다 엔지로가 고개를 끄덕거렸다.

"그자들을 만나고 돌아오는 길이었죠. 나에게 '그 네 사람은 사실 자기를 죽이려는 자객들이다. 하지만 나는 그놈들 손에 죽을 만큼 호락호락하지 않으니까 염려 말아라'며 호탕하게 웃으셨죠. 그러고는 그들과 계속 어울려 다니셨습니다."

"정체를 알고 있으면서도 그들과 어울렸다고요?"

"그렇다마다요. 한번은 말도 없이 사라지셔서 밤늦게까지 찾고 있는데 저쪽에서 그 네 명이랑 걸어오시더군요. 어디 갔다 오셨냐고 물었더니 이일직의 집에서 쇠고기 전골에 사케를 마셨다고 하셔서 놀란 적이 있었죠."

감탄사를 내뱉은 와다 엔지로는 말을 이어갔다.

"오사카에서 20일쯤 머물다가 고베로 가서 3월 25일 사이쿄마루를 타고 상해로 갔습니다. 여비 문제로 다 가지는 못하고 선생님과 나, 청국 공사관의 통역관 오정헌, 그리고 홍종우만 타고 갔습니다. 다들 1등석이고, 저만 2등석이었죠. 27일 오후에 상해에 도착해서 미국 조계에 있는 동화양행에 투숙했습니다. 선생님과 나는 2층 1호실, 오정헌은 2호실, 홍종우는 3호실을 썼죠. 그날은 별일 없이 잘 지나갔고 다음 날 선생님이 거류지 구경을 하자고 해서 우선 마차 세 대를 빌리기로 했습니다. 선생님은 일이 있다고 나가셨고, 오정헌 씨는 중국옷을 구입해달라는 부탁을 받고 나갔고, 홍종우도 천풍전장에 돈을 찾으러 간다고 하고 나갔습니다. 얼마 후에 선생님이 돌아오셔서 침대에 누워서 책을 읽으셨습니다. 잠시 후에 홍종우도 돌아왔는데 언제 갈아입었는지 양복을 벗고 조선옷 차림이었죠. 뭔가 불안해 보이는 눈치라서 선생님 옆에 꼭 붙어 있었는데 저보고 1층에 있는 사이쿄마루의 마쓰모토 사무장에게 거류지 구경을 가자는 얘기를 전하라고 하셨습니다."

"그래서 김옥균 씨 곁을 벗어나셨군요."

"지금 생각하면 꼭 붙어 있었어야 했는데 아쉽기 그지없는 일이죠. 계단을 내려가는데 총소리 같은 게 들려서 잠깐 발걸음을 멈추긴 했습니다. 하지만 앞에 있는 강에 떠 있는 정크선에서 종종 폭죽을 터트려서 별다른 의심을 하지 않았죠. 그러다 홍종우가 황급히 계단을 뛰어 내려와서는 밖으로 도망치는 게 보였습니다. 이상하다 싶어서 뒤쫓았는데 놓치고 말았죠. 아차 싶어서 다시 돌아와서 2층으로 올라가려는데 같은 층에 머물고 있던 시마무라 해군대좌가 내려오면서 선생님이 총에 맞았다고 하더군요. 그 얘기를 듣고 미친 사람처럼 뛰어 올라갔더니 과연 피를 흘리며 쓰러져 계셨습니다."

"방에서 죽었나요?"

"아뇨, 시마무라 대좌가 머물고 있던 8호실 앞에 쓰러져 계셨습니다. 제가 부축하면서 조선말로 '아버지'라고 하니까 알아들으셨는지 "크응." 하고 고개를 돌리셨다가 피를 한 모금 토하고 그대로 돌아가셨습니다."

"그래요? 방에서 총을 맞은 줄로만 알고 있었는데 그게 아니었군요."

"그건 소설가들이 엉터리로 썼기 때문입니다. 적어도 나한테는 물어봤어야 했는데 신문기사 난 거만 보고 써대니 그 따위 소설들이 나오죠."

"근데 왜 8호실 앞에 쓰러져 있었을까요?"

"아마 총을 맞고 홍종우를 뒤쫓다가 힘이 다해서 그러셨을 겁니다. 8호실은 아래층으로 내려가는 계단 옆이었거든요."

"총알은 어디 어디에 맞았습니까?"

"모두 세 발인데 오른쪽 뺨이랑 배꼽이랑 등이었습니다. 오른쪽 뺨에 맞은 총알이 머리에 박힌 게 치명상이었던 것 같습니다."

와다 엔지로는 손가락으로 김옥균이 총알에 맞은 부분을 가리키면서 대답했다. 수첩에 사람 모양을 대충 그려놓고 총알을 맞은 곳을 그려놓은 류경호는 와다 엔지로에게 부탁했다.

"여기 수첩에 선생이 머물던 방 안을 그려주실 수 있겠습니까?"

"그럽시다."

와다 엔지로는 넘겨받은 수첩에 김옥균이 머물던 2층 1호실의 내부구조를 그려줬다. 수첩을 돌려받은 류경호가 물었다.

"상해로 떠나기 전에 별다른 점은 없었습니까?"

"음, 주변을 정리한다는 느낌을 받았습니다. 사람 만나고 술 마시는 것을 그렇게 좋아하던 분이 일체 약속을 안 하는 것도 그렇고, 출발하기 5일 전인가는 외상으로 먹던 콩조림 값도 다 치루셨죠. 콩 가게 주인이 이틀 전에 셈을 했으니 나중에 해도 된다고 했지만 적지에 들어가야 하기 때문에 오늘 먹은 콩조림이 마지막일 수도 있다고 하셨습니다. 그 얘길 듣고 콩 가게 주인이 놀라서 눈물을 흘렸던 게 기억이 납니다. 그 밖에도 주변 사람들한테 작별인사를 하거나 받았던 선물을 돌려주기도 하셨죠."

"꼭 돌아오지 않을 사람처럼 행동했군요."

"결사의 각오로 가신 겁니다. 조선 속담에 호랑이를 잡으려면 호랑이굴로 들어가야 한다는 말이 있지 않습니까?"

"그렇긴 합니다만……."

와다 엔지로가 들려준 김옥균의 행동이 좀 이해가 가지 않은 류경호는 수첩에 몇 가지를 더 적고는 질문을 던졌다.

"도쿄에서 오사카로 갈 때 가명을 쓰고 은밀히 움직였다고 하셨죠? 누굴 피하기 위해서였을까요?"

"그거야 당연히 자객들을 피하기 위해서죠."

"하지만 오사카에서 합류했다고 하지 않았습니까? 김옥균 씨도 그들과 스스럼없이 어울렸고요."

류경호의 질문에 와다 엔지로는 대답을 하지 못하고 머뭇거렸다.

"그나저나 김옥균 씨의 죽음을 목격한 시마무라 대좌는 어떤 분이십니까?"

"우리들이 도착하기 며칠 전부터 머물렀던 분이라고 들었습니다. 본인이 그렇게 소개해서 그런 줄 알고 있었죠."

"그럼 정확하게는 와다 상도 김옥균 씨가 죽은 모습은 보지 못했군요."

"그런 셈이긴 합니다. 내가 곁에 있었다면 암살범이 총을 뽑지는 못했을 테니까요."

와다 엔지로는 자부심과 쓸쓸함이 겹친 목소리로 대답했다.

"그 후에는 어떻게 되었습니까?"

"그때 홍종우를 잡았어야 했는데 분통이 터지더군요. 하지만 일단 시신을 수습하는 게 우선이라 동화양행 주인인 요시지마에게 일본 영사관에 알리라고 했습니다. 알았다고 한 요시지마가 일본 영사관까지 한걸음에 달려갔지만 그쪽에서는 조계지 경찰에게 알리라고 했답니다. 그래서 다시 경찰에 신고하고 돌아왔습니다. 그 사이 난 여관 투숙객들과 함께 선생님의 시신을 수습해서 방에 있는 침대에 눕혔습니다. 얼마 후에 오오코시 총영사 대리가 보낸 영사관 관리들과 의사들이 도착했죠. 뒤따라 조계지 경찰들이 와서 선생님의 유품들을 가져갔습니다."

손수건을 꺼내 눈물을 닦은 와다 엔지로가 계속 말했다.

"조계지 경찰서장인 맥큐엔이 조계지 일대에 비상경계령을 내리고 모든 선박의 출항을 금지했으니 곧 잡힐 거라고 하더군요. 전 시신을 모시고 다른 투숙객들과 함께 불당에서 밤을 보냈죠. 다음 날 아침에 홍종우가 조계지 경찰에게 체포되었고, 곧 현장검증을 온다는 얘길 들었습니다. 자리를 지켜보고 싶었지만 영사관 관리들이 막아서 옆방에 있었습니다. 홍종우가 돌아가고 방으로 돌아갔는데 양인 사진사가 들어와서는 선생님의 옷을 모두 벗기고 있더군요. 그래서 무슨 짓이냐고 따졌는데 맥큐엔 서장이 청나라 관리의 지시라면서 방해하지 말라고 했습니다. 양인 사진사가 벌거벗겨진 선생님의 시신을 사진으로 찍고 나서 청나라 관리에게 시신을 가지고 일본으로 돌아가겠다고 했습니다. 승낙을 받고 거리로 나가서 관을 하나 사서 선생님의 시신을 넣고 썩지 말라고 석회를 잔뜩 부었죠. 그리고 니시혼간지(西本願寺:일본 교토에 있는 정토진종의 본사)의 상해출장소에서 오신 스님과 함께 시신 주위에서 향을 피우고 불경을 외웠습니다. 그때 시신을 가져왔어야 했는데 바보 같은 오오코시 총영사 대리가 방해하는 바람에 실패하고 말았죠."

몇 가지 더 질문을 던지려던 류경호는 선룸으로 들어선 여인에게 눈길을 빼앗겼다. 상투처럼 가운데가 불룩하게 나온 머리 모양에 허리가 잘록하게 들어간 초록색 서양 드레스 차림의 여인은 리본과 레이스로 장식된 서양식 모자를 손에 들고 있었다. 나이는 제법 들었지만 특유의 분위기 때문인지 도드라져 보였다.

한쪽 눈을 찡그리며 주변을 두리번거리던 중년의 여인은 류경호가 있는 창가 쪽으로 걸어왔다. 그러고는 와다 엔지로의 두 눈을 손으로 가렸다. 자기가 어떻게 김옥균의 유해를 일본으로 가져오려고 했는지 열심히 설명하던 와다 엔지로는 두 눈을 가린 손을 더듬으며 말했다.

"사다코 상?"

"아침 같이 먹자고 해놓고서는 여기서 뭐하고 있는 거예요?"

책망하는 얘기였지만 말하는 사람이나 듣는 사람 모두 딱히 기분 나쁜 말투는 아니었다.

"미안, 자고 있어서 메모 남겨놨는데 못 봤어?"

홍조를 띤 와다 엔지로가 류경호에게 중년 여인을 소개했다.

"이쪽은 다야마 사다코 상입니다. 여기는 시대일보의 류경호 기자."

자리에서 일어난 류경호는 살짝 고개를 숙였다. 미끄러지듯 빈자리에 앉은 사다코는 농염한 눈길로 류경호를 쳐다봤다. 자고 있었다는 얘기를 한 걸로 봐서는 같은 객실에 머문 것 같았다. 류경호의 속내를 눈치챘는지 와다 엔지로가 변명하듯 말했다.

"사다코 상도 김옥균 선생님 제자였습니다. 이번에 강연회 차 참석했다가 만났죠."

"사다코 상도 일본에서 김옥균 씨와 알고 지내던 사이였습니까?"

"선생님께서 정변에 실패하고 일본으로 건너오신 직후에 돌아가신 안경수 회장님의 소개로 인연을 맺게 되었습니다."

"그때쯤이면 조선 사람이 일본으로 건너가는 일이 쉽지 않았을 텐데요?"

"제가 살아온 얘기를 다 하려면 밤새 얘기해도 모자랍니다. 아무튼 김옥균 선생님의 밀명을 받아 조선에 와 있던 사이 상해에서 흉탄에 맞아 돌아가셨다는 얘기를 듣고 얼마나 울었는지 몰라요."

사다코라고 불린 여인은 특유의 언변으로 어느새 얘기를 자기 쪽으로 끌어왔다.

"선생님을 죽인 그놈을 내 손으로 꼭 처단하고 싶었는데 쥐새끼처럼 빠져나갔지 뭐예요."

"역시 사다코 상은 웬만한 남자들 못지않게 배포가 큰 것 같아."

와다 엔지로의 칭찬을 가볍게 흘려버린 사다코가 류경호에게 말했다.

"혹시나 그놈을 보면 저한테 꼭 알려주세요. 놈을 붙잡아다가 선생님을 죽인 죄를 꼭 묻고 싶으니까요."

마치 홍종우와 관련된 조사를 하고 있다는 사실을 알고 있는 것처럼 말했다. 류경호는 불편함을 숨긴 채 고개를 끄덕거렸고, 사다코는 남자처럼 웃었다.

"그럼 류 기자님만 믿을게요. 참, 제 조선 이름은 배정자라고 합니다."

아침을 먹겠다며 자리에서 일어난 배정자가 눈웃음을 치며 와다 엔지로의 어깨를 쓰다듬어주고는 밖으로 사라졌다. 한동안 그녀를 쳐다보던 와다 엔지로가 남은 레모네이드를 훌쩍 마셨다.

"대단한 여자죠. 이토 히로부미 총리대신의 양녀라는 소문도 있고, 만주에서 첩보활동을 했다더군요. 마적이나 공산당 모두 저 여자 손에서 꼼짝도 못했다고 하더군요."

와다 엔지로의 말을 흘려들은 류경호는 테이블에 놓아둔 헌팅캡을 썼다.

"말씀 잘 들었습니다."

"기사는 언제 나갑니까?"

"일자는 아직 결정되지 않았습니다. 그럼."

떨떠름해하는 와다 엔지로에게 인사를 하고 자리에서 일어난 그는 곧장 호텔 밖으로 나갔다. 회전문을 빠져나오는데 누군가 옆에서 말을 붙였다.

"우체국에 갈 일이 있는데 같이 갈까요?"

노란색 양산을 편 배정자가 웃으며 말을 건넸다. 잠시 고민하던 류경호가 고개를 끄덕거리자 배정자는 자연스럽게 팔짱을 꼈다. 조선호텔 정문에서 오른쪽으로 나가자 태평로에서부터 이어진 장곡천로가 나왔다. 두 사람이 팔짱을 끼고 거리를 걷자 지나가는 조선 사람들이 쑤군거리는 소리가 들려왔다. 대부분 단발녀라느니 모껄이라는 말이었다. 배정자는 그런 얘기를 듣고도 태연했다.

"세 살 때였을 거예요. 김해에서 아전 노릇을 하던 아버지가 대원위 대감과 한패라는 이유로 갑자기 감옥에 갇혔다가 돌아가셨죠. 어머닌 충격으로 눈이 멀어버렸고, 전 관기로 팔려갔죠. 열두 살 땐가 도망쳐서 양산의 통도사로 출가했다가 다시 붙잡혔는데 밀양 부사였던 정병하라는 분이 아버지와 인연이 있어서 절 일본으로 보내셨죠. 거기서 안경수 선생님의 소개로 김옥균 선생님을 만나고 다시 이토 히로부미를 만났답니다."

"수양딸이라고 하던데 사실인가요?"

"뭐, 그런 셈이죠. 사내들은 늙으나 젊으나 다 똑같아요. 그 이치만 깨달으면 세상을 사는 게 조금 쉬워지죠. 양아버지를 따라서 조선으로 돌아와서 일들을 좀 했어요. 덕분에 흑치마라느니 요녀라는 별명을 얻었지만 전 개의치 않아요. 어차피 내 인생은 내가 사는 거니까."

거리를 조금 걷자 모서리에 원형탑과 둥근 지붕을 얹은 조선호텔과 경성우체국 건물이 보였다.

"왜 저한테 그 얘기를 하시는 겁니까?"

"난 내 얘기를 하는 걸 좋아해요. 내 진짜 이름이 배분남이라고 얘기했던가요?"

얘기를 들으며 길 건너편의 가로수를 무심코 보던 류경호는 이쪽을 바라보며 걸어오던 황색 양복 차림의 사내가 모자로 얼굴을 가리고 돌아서는 모습을 발견했다. 하야시 곤스케 경부나 조선인 순사인 줄 알았지만 체격으로 봐서는 둘 다 아니었다. 이상한 생각에 다시 쳐다봤지만 어디로 갔는지 보이지 않았다. 그가 계속 옆을 쳐다보면서 걸음을 늦추자 배정자가 팔을 살짝 꼬집으며 말했다.

"신사가 숙녀랑 걸을 때는 한눈파는 게 아니에요."

"죄송합니다. 요즘 여러 가지 신경 쓰이는 일들이 많아서 말입니다."

"예를 들자면 홍종우가 출몰한다든지 하는 것 말이죠?"

배정자의 말에 류경호는 하마터면 비명을 지를 뻔했다.

"그걸 어떻게 알고 있습니까?"

"내가 괜히 흑치마 배정자겠어요? 내일모레 환갑이긴 하지만 아직 감은 살아 있다고요."

"왜 다들 홍종우를 찾고 있는지 모르겠습니다."

"정확하게는 홍종우가 가지고 있다고 알려진 그 무엇인가죠."

"그 무엇이요?"

잠깐 걸음을 멈춘 배정자가 양산으로 얼굴을 가리고 귓가에 속삭였다.

"뭔가를 얘기할 때 사람 눈을 응시해요. 그럼 그 안에 담긴 속내를 알 수 있으니까."

그 말에 나는 앞에서 걸어오는 사람을 쳐다봤다. 단추가 달린 파란 저고리를 입은 지게꾼이 빈 지게를 걸머지고 터덜터덜 걸어오는 중이었다. 앞에 모은 두 손은 품이 넓은 소매에 가려서 보이지 않았다. 뒤에는 모표를 뗀 교복을 입은 까까머리가 뒤따랐다. 배정자의 말대로 그 두 사람의 눈을 응시하자 앞서 걷던 지게꾼의 발걸음에서 낯선 리듬이 느껴졌다. 지게꾼과 학생은 분명 모르는 사람처럼 행동했지만 그들이 눈짓을 주고받고 있고, 걸음을 맞추고 있다는 사실을 알아차렸다. 땅을 응시하고 걷던 지게꾼이 갑자기 고개를 들고는 소매 속에 넣어두었던 손을 뺐다. 손에는 날카로운 칼이 들려 있었다.

"이 반역자!"

머리 위로 칼을 치켜든 지게꾼이 고함을 치며 덤벼들자 사람들이 비명을 지르며 흩어졌다. 류경호는 얼떨결에 들고 있던 스틱으로 칼을 막았다. 뒤따르던 학생도 옷 속에서 쇠몽둥이 같은 걸 꺼내 들고는 합세했다. 쇠몽둥이를 막던 스틱이 단숨에 두 동강이 나버리고 말았다. 주춤주춤 뒷걸음질 치던 류경호의 바로 옆에서 들린 총소리에 주변의 소리가 사라져버렸다.

독한 담배연기처럼 매캐한 화약 냄새가 코를 찔렀을 때에야 기세좋게 덤비던 지게꾼의 파란 조끼에 붉은 피가 흘러나오는 것이 보였다. 칼을 떨어뜨린 지게꾼이 쓰러지자 까까머리 학생은 몽둥이를 버리고 도망쳤다. 양산을 류경호에게 맡긴 배정자가 손바닥만 한 2연발 델린저 권총을 겨누고는 방아쇠를 당겼다. 등을 보이고 달리던 학생이 뭔가에 떠밀리는 것처럼 비틀거리더니 주저앉았다.

갑작스런 총소리에 넋이 나간 류경호가 멍하게 서 있는 사이 길 건너편에서 달려온 황색 양복이 길바닥에 주저앉은 학생을 부축했다. 배정자는 아직 연기가 무럭무럭 나는 권총을 휘두르며 도망치는 두 사람에게 호기롭게 소리쳤다.

"나 배정자야! 날 상대하려면 김구나 김원봉이 오라고 해!"

총소리에 놀라서 흩어진 사람들이 하나둘씩 모여들 즈음 막혔던 귀가 뻥 뚫렸다. 길 위에 쓰러진 지게꾼의 몸에서 흘러나온 피를 본 류경호는 가로등을 붙잡고 헛구역질을 했다. 핸드백에 권총을 집어넣은 배정자가 그런 류경호를 보고는 묘한 웃음을 지어 보였다. 금방 달려온 순사들에 의해 현장이 정리되었고, 배정자와 함께 병원에 실려 간 류경호는 간단히 치료를 받았다.

쓰리꾼의 정체

최가 다시 나타난 것은 소동이 벌어진 지 사흘 후였다. 최남선 사장은 어떻게 진행됐냐며 닦달을 했지만 류경호는 입을 꾹 다물었다. 이제 일은 고등계 형사에 이토 히로부미의 양녀를 자처하는 정체불명의 스파이까지 얽혀버린 복잡한 사태로 변해버렸다.

귤 장수로 변장해서 그의 하숙집에 나타난 최는 귤을 건네면서 말했다.

"주소를 확인해봤는데 신문에 광고를 내고 물건을 파는 아줌마였습니다. 며칠 동안 살펴봤는데 이상한 점은 없었어요."

"그럼 누가 도용했다는 얘깁니까? 소인도 찍혀 있던데."

"그건 시간을 두고 살펴봐야겠습니다. 이번 주 일요일 오후 2시에 우미관 앞으로 오세요."

"왜요?"

"쓰리꾼들 꼬리를 잡았습니다."

"알겠습니다. 다음에 한 권 더 왔는데 이번에는 청주로 찍혀 있더군요."

류경호가 건네준 주소를 본 최가 고개를 갸웃거렸다.

"첫 번째 책과 두 번째 책이 온 게 얼마 간격이었죠?"

최의 질문에 류경호는 기억을 더듬으며 대답했다.

"첫 번째 책이 4월 15일이고, 두 번째 책이 4월 18일이었습니다."

"청주에서 경성으로 소포가 도착하려면 사흘은 걸립니다. 그 얘기 첫 번째 책을 보낸 것과 동시에 보냈다는 얘긴데 그럼 공모자가 한 명 더 있다는 뜻일 겁니다. 아무튼 며칠 시간이 있으니 내려갔다와보죠. 일요일에 봅시다."

쪽지를 챙긴 최가 귤이 든 바구니를 들춰 매고는 골목길로 사라졌다.

. . .

일요일 약속시간에 맞춰서 우미관 앞으로 가자 어디서 구했는지 회색 양복을 차려입은 최가 손에 뭔가를 든 채 우미관 앞에서 손짓을 했다.

"청주에 내려갔다 왔는데 매약상을 하는 아저씨였어요."

"매약상이요?"

"네, 포장된 약을 파는 걸 업으로 삼는 사람이죠. 이틀 정도 살펴봤는데 별다른 건 없었습니다."

"우리 신문사로 책을 보낸 적이 없답니까?"

"약을 사는 척하면서 물어봤는데 시대일보에는 광고를 실었던 것 빼고는 없답니다. 그나저나 이거 한번 드셔보시죠. 모나카라는 건데 왜떡 안에 아이스크림을 넣은 겁니다."

류경호는 최가 건네준 납작한 모나카를 한입 베어 물었다. 차디찬 아이스크림의 냉기가 이빨 사이로 흘렀다. 지나가는 사람들이 보기에는 할 일 없는 룸펜 둘이 지나가는 사람들을 구경하면서 시간을 죽이는 것쯤으로 보이리라. 모나카를 거의 다 먹을 즈음 최가 낮은 목소리로 말했다.

"저기 전신주 아래 서 있는 모던보이가 보이시죠?"

최가 가리킨 전신주 아래에는 굴색 나팔바지에 가운데가 움푹 파인 중절모를 삐딱하게 쓴 모던보이가 보였다. 동아일보를 활짝 펼친 채 읽는 중이었다.

"저 사람이 왜요?"

"쟤가 바로 부채예요."

"부채요?"

"망잡이죠. 돈푼깨나 있어 보이는 사람이 나타나면 신문을 한 번 펼쳤다 접고, 경찰이나 누가 나타나면 두 번 접었다 펴서 동료들한테 위험을 알리죠. 경성 바닥에서 연장을 쓰는 쓰리꾼은 쟤들뿐입니다."

"그러니까 저 친구들을 캐보면 책을 노린 배후를 찾을 수 있을 거라 이 말이군요."

"말처럼 쉽진 않지만 해봐야죠. 주중에는 전차 정거장에서 쓰리를 하다가 주말에는 사람들이 많이 오는 우미관이나 조선극장 앞에 진을 치죠."

"저기 신문을 한 번 펼쳤는데요."

열심히 설명을 듣던 류경호는 태연스레 신문을 넘기는 모던보이를 보면서 말했다. 최가 조용히 지켜보자는 손짓을 했다. 잠시 후 갈색 양복을 입은 풍채 좋은 중년 신사가 뒷짐을 진 채 모던보이 앞을 지나갔다. 그 뒤로는 짧은 치마저고리를 입은 여학생 둘이 검정색 고등보통학교 교복 차림의 남학생 두 명과 얘기를 주고받으며 지나갔다.

"영화 재밌었나요?"

"뭘, 싱거웠어요."

류경호와 최는 얘기를 주고받으며 태연스럽게 걷는 학생 패거리들의 뒤를 따라갔다. 종로 큰 거리로 나온 중년 신사가 인력거 대기소 쪽으로 걸음을 옮기려는 찰나, 남학생 한 명이 다른 남학생의 모자를 뺏어들고 냅다 뛰기 시작했다. 모자를 뺏긴 남학생이 소리를 지르며 뒤쫓아 가다가 중년 신사를 확 떠다밀었다.

균형을 잃고 넘어진 중년 신사가 삿대질을 하면서 욕을 하자 뒤따르던 여학생 둘이 미안하다며 사과를 하고는 부축해줬다. 한 명이 옷을 털어주며 말을 거는 사이 다른 한 명이 양복 윗저고리를 예리한 칼로 찢었다. 두툼한 지갑이 여학생의 손에 떨어졌다. 당사자는 물론이고 곁을 지나던 행인들도 눈치를 못 챌 정도로 빠른 손놀림이었다. 류경호가 중얼거렸다.

"번개 같군."

"그래서 쓰리꾼들을 경성의 명물이라고도 하죠."

중년 신사와 헤어진 두 여학생은 탑골공원 뒷길 쪽으로 빠졌다. 가끔 뒤를 돌아보는 폼이 미행이 있는지 염려하는 눈치였지만 그럴 때마다 최가 먼저 모습을 숨기거나 미리 가로질러가는 방식으로 계속 쫓아갔다. 결국 경성 시내 뒷골목을 굽이굽이 돌던 두 여학생은 돈의동 골목 안에 있는 여염집으로 들어갔다. 밖에서 보면 경성 어디에서나 볼 수 있는 평범한 기와집처럼 보였다.

"이제 어떡하죠?"

골목길 초입에 서서 묻자 최가 고개를 돌려 길거리에 침을 뱉으며 말했다.

"순사였을 때는 그냥 밀고 들어가서 죄다 경찰서로 연행하면 그만이지만 지금은 일단 두 가지 방법이 있습니다."

"뭐죠?"

"하나는 두목이랑 직접 담판을 짓는 거죠. 가져간 거 돌려주면 경찰에 신고하지 않겠다. 그러면서 은근슬쩍 누구 사주를 받았느냐고 물어보는 겁니다."

"그다음은요?"

"경찰에 신고해서 잡아들이는 겁니다. 그럼 조사과정에서 누구한테 부탁을 받았는지 알 수 있을 겁니다."

"첫 번째로 하죠."

"그럴 줄 알았습니다. 돈 좀 있으세요?"

"왜요?"

"일단 정찰을 해봐야죠."

지갑에서 10원짜리를 꺼내서 건네주자 최는 잠깐 기다리라며 골목 바깥으로 사라졌다. 잠시 후 설렁탕집 배달부와 함께 나타난 최는 1원짜리를 배달부에게 건네주며 옷을 바꿔 입고는 설렁탕을 올려놓은 목판을 들고 여염집 안으로 쑥 들어갔다. 최와 옷을 바꿔 입은 설렁탕집 배달부가 류경호 옆으로 슬금슬금 다가왔다.

"저, 어느 서에 근무하십니까?"

"알 거 없어요."

류경호는 적당히 둘러댔다. 얼마 후 다 식어버린 설렁탕을 짊어진 최가 문밖으로 나와서는 따라오라는 손짓을 했다. 교동에 있는 복해헌(福海軒)이라는 중국 만두집에 간 두 사람은 조용한 곳에 자리를 잡았다. 차를 한 모금 마신 최가 입을 열었다.

"큰방은 집주인인지 아니면 뒤를 봐주는 사람인지 알 수 없는 남자가 있고, 문간방이랑 큰방에 여학생들 신발이랑 남학생들 신발이 놓여 있는 걸 봤어요. 남학생들은 먼저 와 있더군요."

"전부 쓰리꾼들인가요?"

"아, 설렁탕집 배달부랑 같이 오면서 물어보니까 그것보다는 뭐랄까, 매춘조직 같던데요?"

"매춘조직이요?"

"왜 모던걸 중에도 남자랑 산책 다니는 스트리트 걸이란 게 있다면서요? 학생인 것처럼 해서 돈 많은 남자들을 후리고 다니는 거죠."

"근데 왜 쓰리를 하고 다닙니까?"

"상부상조하는 거죠. 매춘하는 애들은 누가 돈이 많은 줄 알고 있고, 쓰리꾼들은 그걸 뺄 재주가 있으니까요. 아무튼 대략 파악을 했

으니까 여기서 녀석들 동태를 살펴보죠. 전차에서 마주친 노인네가
우두머리일 겁니다."

주문한 만두를 먹고 나온 두 사람은 교동거리를 걸어가면서 얘기
를 나눴다. 제법 시간이 흘렀는지 해가 지면서 저녁노을이 기와집 처
마에 걸렸다. 골목길을 막 벗어나려는데 전신주 아래에서 불쑥 그림
자가 하나 튀어나왔다. 며칠 전 전차 안에서 만났던 바로 그 노인이
었다. 류경호의 팔을 친 최가 옆 골목을 가리켰다. 그곳에는 아까 우
미관 앞에서 봤던 모던보이가 서 있었다. 오른손에는 지팡이 대신
푸줏간에서 쓰는 큼지막한 칼을 쥐고 있었다. 뒤쪽에는 두 남학생이
다리를 건들거리며 길을 막아섰다.

"첨 보는 놈이 설렁탕 배달을 한답시고 들어와서 이상하다 싶었
지. 어느 패인지는 모르겠지만 팔 하나씩은 주고 가야겠다."

침을 탁 뱉은 모던보이의 말에 류경호는 손사래를 쳤다.

"시대일보 기자 류경호라고 합니다. 취재 차 조사한 것뿐입니다."

"기자 좋아하시네."

코웃음을 친 모던보이가 천천히 다가왔다. 최를 쳐다봤지만 그
역시 별다른 방법이 없는지 꿀 먹은 벙어리처럼 서 있을 뿐이었다.
그때 시골 노인의 옆으로 누군가 불쑥 모습을 드러냈다. 놀란 류경
호가 벌린 입을 다물지 못하는 모습을 본 동경 유학생 시절의 절친
한 친구 김인이 쾌활한 목소리로 말했다.

"오랜만이군. 기자생활은 할 만한가? 여기서 이러지 말고 우리 집
으로 잠깐 가지."

류경호의 어깨를 툭 친 김인이 골목길로 걸어 들어갔다. 칼을 든

모던보이가 따라가라는 눈짓을 했다. 아까 지켜봤던 기와집으로 들어간 류경호는 최와 헤어져서 구석의 부엌으로 끌려 들어갔다. 나무 의자에 앉아 있던 김인이 그에게도 의자를 권했다.

"대접이 시원찮아서 미안하네. 동경에서 본 게 마지막이었으니까 5년, 아니 6년만이군."

"그, 그러게. 그동안 소식이 없어서 궁금했었네."

겨우 정신을 차린 류경호의 말에 상대방은 빙그레 웃었다.

"바람결에 소식은 종종 듣고 있었지."

"그나저나 여긴 웬일인가? 듣자하니……."

류경호는 주변의 눈치를 보면서 말을 잇지 못했다. 호탕하게 웃은 김인은 옆에 서 있는 시골 노인의 어깨를 툭 쳤다.

"나와 뜻을 같이 하는 사람들이니까 괜찮네. 상해 임정 일을 하고 있지."

"쓰리꾼들이 독립운동을 한단 말인가?"

자기도 모르게 말을 내뱉고는 아차 했지만 모던보이나 남학생 모두 웃기만 했다.

"쓰리꾼들이라고 독립운동 하지 말라는 법 없지. 사실 임정 쪽도 어수선해서 말이야. 대통령이라고 뽑아놨더니 미국에서 귀국도 않고, 영감들은 창조파니 개조파니 편을 갈라서 싸우기나 하고 말이야. 이러다가 언제 독립운동을 하냐 이거야. 그래서 경성으로 들어왔지. 일단 거점을 마련하려고 말이야."

"그런데 어쩌다 이런 사람들이랑 엮인 건가?"

"내 지갑을 쓰리하던 걸 잡았다가 알게 되었지. 사실 경성으로 들어오긴 했지만 막막했거든. 국내조직이라고 만들어놓은 연통제는 진즉에 발각됐고, 자금줄이 끊기니까 임시정부 요인이라는 사람들도 쫄쫄 굶기가 일쑤였어. 나 같은 조무래기야 말할 것도 없었고 말이야."

"하긴, 쓰리꾼들이 독립운동을 할 거라고는 누구도 생각하지 못하겠지."

"맞아. 어쨌든 그렇게 되었네."

"그런데 왜 내 가방을 노린 건가?"

"정확하게는 가방 속에 든 책이었지."

김인이 휘파람을 불자 모던보이가 양복 안에서 책을 하나 꺼내서 던졌다.

"단서가 있을까 해서 찾아봤네만 자기가 일본이랑 불란서에서 어떻게 지냈는지에 대해서만 썼더군."

"무슨 단서? 점점 모를 소리만 하고 있구먼."

"자네, 이 일에 가장 깊숙하게 개입해놓고서는 정작 아무것도 모르고 있군."

김인의 말에 류경호는 자존심이 상하기는 했지만 순순히 인정할 수밖에 없었다.

"맞는 얘길세. 자넨 알고 있나? 사람들이 왜 홍종우를 그렇게 찾는지 말이야."

"정확하게는 홍종우가 아니라 홍종우가 갖고 있다고 믿는 어떤 것이지."

"어떤 것이라니?"

며칠 전 배정자에게도 비슷한 얘기를 들었던 류경호는 신경을 곤두세우며 물었다.

"홍종우는 이제 이빨 빠진 호랑이일세. 하지만 그가 가지고 있다고 알려진 것은 예외지. 그게 세상 밖으로 나오면 왜놈들은 큰 망신을 당하게 되어 있으니까 말이야."

"그게 뭔데?"

자기도 모르게 침을 꿀꺽 삼킨 류경호가 묻자 김인이 피식 웃으며 대답했다.

"《동양삼화론》이라는 책일세. 김옥균이 상해에서 죽기 직전 완성했다고 알려진 책이지. 그러니까 중국과 조선, 일본이 손을 잡고 외세의 침략에 대응해야 한다는 내용인데 그 책 안에 일본이 조선을 지배하려 한다고 비난하는 내용이 있다고 하더군."

"정말?"

"김옥균이 누군가? 조선을 개화하려고 했다가 사대당의 손에 비참하게 죽었다고 왜놈들이 선전하고 다니는 인물 아닌가? 며칠 전에도 경성 한복판에서 암살 30주년 기념식인가 뭔가를 했더군."

김인이 의자 옆에 접혀 있던 매일신보를 류경호에게 던져주었다.

"그런 자가 왜놈들을 못 믿겠다는 기록을 남겼다면 놈들로서도 망신 아니겠는가? 마침 자네가 그자와 만나고 있다는 얘기를 듣고 가방을 좀 털어봤지."

"그 책을 홍종우가 가지고 있는 건가?"

"맞아. 홍종우가 상해에 있는 동화양행이라는 여관에서 암살할 때 훔쳐서 달아났다고 알려져 있어. 물론 책 자체가 없다는 소문도 있긴 하지만 왜놈들이 눈에 불을 켜고 찾는 걸 보면 존재하는 게 사실인 것 같아."

"자넨 그걸 찾아서 뭘 할 건가?"

"당연히 발표해야지. 요즘 상해 임정이 너무 침체된 분위기라 뭐라도 하나 터트려야 하는 상황이야. 아무튼 홍종우가 나타나면 우리한테 좀 알려주게."

"그다음에는?"

"책을 달라고 할 거야. 일단 말로 설득해야지. 안되면 저 친구 도움을 좀 받게."

김인의 시선을 받은 모던보이가 히죽 웃었다. 김인이 류경호에게 말했다.

"아무튼 이런 일에 끌어들여서 미안하네."

"만약 내가 경찰에 신고하면? 이미 미행을 당하고 있는 중일세. 협박도 당했고 말이야."

"옛정을 생각해서라도 그러진 않을 거라고 믿네. 만나서 반가웠네. 그나저나 같이 다니는 친구는 어떻게 만났나?"

"인사사무소에서 소개를 받았네. 아무래도 이번 일을 알아보려면 전직 순사보 같은 사람이 필요할 것 같아서 말이야."

"능력이 있는 것 같긴 하더군. 며칠 만에 우리 조직의 꼬리를 잡은 것도 그렇고 말이야. 하지만 이 바닥에 있는 사람들을 믿지 말게나. 책은 도로 돌려줄 테니 가져가게."

류경호는 모던보이에게 팔을 붙잡힌 채 대문 밖으로 나왔다. 최는 먼저 나와 있었다. 모던보이는 두 사람이 골목길 밖으로 나갈 때까지 뒤따라왔다. 어깨를 나란히 하고 걸어가던 최가 슬쩍 말했다.

"제가 갇혀 있던 방에 중앙고보 교복이 걸려 있었습니다."

"그게 왜요?"

"그 교복에 금줄이랑 금단추만 붙이면 영락없이 순사복이거든요. 뭔가를 꾸미는 게 분명합니다."

하지만 겁이 날 대로 난 류경호는 최를 버려둔 채 무작정 뛰어갔다. 뒤에서 최가 부르는 소리가 들렸다. 류경호는 집에 들어가지 않고 관철동의 한 여관으로 들어갔다. 구석에 웅크리고 있던 그는 잠을 쫓기 위해 책을 펼쳤다.

나의 일본생활

홍종우의 책 3

조희연의 기선 구입은 일본정부의 무관심 속에 실패로 돌아갔다. 그 사이 나는 틈나는 대로 김옥균의 행방을 찾았지만 오사카 사건에 연루된 혐의로 멀리 오가사와라 제도의 치치시마(父島)라는 곳에 유배되었다가 2년 전에는 홋카이도라는 북쪽의 추운 섬으로 옮겨졌다는 소식을 들었다.

이곳에서도 김옥균은 유명세를 치른 것 같았다. 하긴 화통하고 사람 사귀기를 좋아했으니 어디에 내놔도 눈에 띌 만한 인물이었다. 시간이 흐르고 조희연에게 귀국 명령이 떨어졌다.

나는 귀국 하루 전 조용히 숙소를 나왔다. 수중에 가진 돈도 별로 없었고, 뭘 할지 뚜렷한 계획도 없었지만 이대로 조선으로 돌아가고 싶지는 않았다. 다행히도 오사카의 약종상에 취직할 수 있었다. 주인은 내가 나이가 너무 많고 조선인이라는 이유로 내켜하지 않았지만 한문을 잘 쓸 수 있다는 사실을 알고는 반색을 했다.

그곳에서 몇 달간 일하다 숙소에서 만난 사람의 소개로 오사카 아사히신문의 활판공으로 들어갔다. 납으로 된 활자를 자리에 끼워 맞추다 보면 하루가 금방 지나갔다. 생활은 나름 안정되었지만 그럴수록 이런 일을 하기 위해서 일본에 남았느냐는 자괴감이 커졌다. 김옥균을 찾아 홋카이도로 갈까라는 생각도 했지만 그의 앞에 나타나기에는 내가 너무 초라했다.

불란서로 가기로 결심한 것은 조선과 똑같이 쇄국정책을 취했던 일본을 이렇게 변화시킨 힘에 대한 호기심 때문이었다. 유럽 여러 나라들 중에 불란서로 가기로 결심한 것은 언젠가 김옥균에게서 들었던 '조선을 동양의 불란서로 만들겠다'는 호언장담에 끌린 것일지도 모르겠다.

문제는 불란서로 가려면 여권이라는 게 있어야 한다는 것이다. 엄밀하게 말하면 밀입국자 신세였으니 일본에 있는 조선 영사관에서 여권을 발급받을 수는 없었다. 여러모로 생각한 끝에 직접 여권이라는 것을 만들기로 했다. 쉬는 날 도서관에서 불어사전을 찾아가면서 직접 쓴 문구를 명함 가게에 보여줬다.

조선의 외교부 장관은 경성 태생의 홍종우가 대 불란서에서 법학 공부를 하는 것을 허가하며 이 문서를 발급한다. 불란서 정부에서는 그가 혹시라도 공부에 방해되는 행위를 하지 않도록 지켜봐주기 바란다.

문구 아래 외교부 장관이라고 쓰고 서명을 어떻게 할까 고민하다가 갑신정변이 끝나고 교섭통상사무아문(交涉通商事務衙門)의 독판(督辦)에 임명되었던 김윤식의 이름이 떠올라서 그냥 'Kim'이라고 썼다. 내친 김에 일본 자유당 당수였던 이타가키 다이스케가 불란서 대통령 조르주 클레망소에게 쓴 소개장과 조선에서 천주교를 전파하던 뮈텔 신부의 이름이 들어간 소개장도 만들었다.

1890년 여름, 나는 고베에서 상해로 가는 기선에 몸을 실었다. 약간의 돈과 옷가지가 든 가방 몇 개뿐이었다. 그런 다음 상해에서 마르세유로 가는 기선으로 옮겨 탔다. 몇 달간의 여행 끝에 불란서에 도착한 것은 1890년 12월 24일이었다. 유럽인들은 자신들의 신인 예수 그리스도가 태어난 축일 하루 전이라 들뜬 모습이었다.

뒤 박 거리에 있는 파리외방전교회 본부를 찾아가서 소개장을 내밀었지만 상대방은 없다는 손짓만 했다. 자칫하면 오도 가도 못하는 신세가 될 수 있다는 생각에 염치없지만 매달리자 잠깐 기다리라고 하고는 일본인 신부를 한 명 데려왔다. 그 역시 불란서 말을 잘하진 못했지만 어느 정도 의사소통은 가능했다. 뮈텔 신부가 며칠 전에 조선교구장으로 임명 돼서 조선으로 떠났다는 얘기를 듣고는 맥이 풀려버렸다.

다행스럽게도 외방전교회 쪽에서는 내 처지를 동정했는지 듀렌느 거리에 있는 성 니콜라스 학교 기숙사의 다락방에 거처를 정해줬다. 거기에 짐을 푼 나는 조선이나 일본을 방문했던 불란서 사람들의 이름과 직업을 적어둔 수첩을 꺼냈다. 제일 위에 적어뒀던 뮈텔 신부의 이름을 지운 나는 중간쯤 내려갔다가 멈췄다. 몇 년 전 일본을 방문

했던 불란서 화가의 이름이 눈에 들어온 것이다.

'펠릭스 레가메(Felix Regamey).'

오사카 아사히신문에 실렸던 그의 기사 말미에는 파리에 있는 그의 사무실 주소도 함께 나왔었다. 지금도 거기에 머물고 있는지는 모르겠지만 일단 찾아가보기로 했다. 다음 날 외방전교회에 찾아가서 전날 통역해준 일본인 신부를 끌고 펠릭스 레가메의 사무실로 갔다.

다행히도 그는 나의 존재에 대해서 흥미를 느낀 듯했다. 통역을 하는 일본인 신부가 지칠 때까지 얘기를 나눴다. 며칠 후 일본인 신부가 〈르 피가로〉라는 신문의 동정란에 내 기사가 실렸다는 사실을 알려줬다. 그리고 〈르 몽드 일르스트레〉라는 신문에는 펠릭스 레가메가 그린 것이 분명한 내 초상화가 실렸다.

하지만 며칠 동안 펠릭스 레가메를 찾아갔지만 딱히 도움이 되지는 않았다. 처음에 불란서에 왔을 때에는 후원을 받아서 공부를 하고 싶었지만 막상 도착해보니 사람들은 내 조선옷에만 관심이 있을 뿐이었다. 그의 소개로 불란서 정부 관리라는 코고르당(F. G. Cogordan)을 만났지만 용기를 내라는 말뿐이었다.

그렇게 몇 달을 허송세월하고 다음 해인 1891년 5월 9일 그의 소개로 여행자들의 모임이라는 단체에서 연설을 할 기회가 생겼다. 거만한 귀족들이 노닥거리는 장소에 나가 호의를 구걸해야 한다는 점이 마음에 걸렸지만 당장의 생활비를 구해야 했기 때문에 어쩔 수 없었다.

클럽에 모인 이들이 식사를 마치고 후식을 들 때까지 꼼짝없이 기다렸다가 무대에 섰다. 커피를 마시며 여송연(엽궐련)을 피우던 그들은 내가 쓴 갓과 도포를 보고는 호기심 어린 눈길을 던졌다. 펠릭스 레가메가 준비되었다는 신호를 보냈다. 나는 지난 며칠 동안 준비했던 연설을 시작했다.

"내 친구 펠릭스 레가메의 도움으로 저는 아주 감동적이고 즐거운 시간을 보내고 있습니다. 여기 모이신 분들은 모두 여행가라고 하시니 다들 많은 것을 알고 있으리라 믿습니다. 우리나라는 예수 그리스도가 태어나기 2000년 전에 세워졌습니다……."

내가 일본어로 얘기를 하면 펠릭스 레가메가 불란서 말로 번역해주는 식으로 진행된 연설은 성공적이었다. 클럽에 모여 있던 사람들은 열광적으로 박수를 치고 휘파람을 불며 주머니를 열었다.

펠릭스 레가메는 성공했다며 나에게 두둑한 모금액을 건네줬지만 난 기쁨보다는 분노를 느꼈다. 지구를 반 바퀴나 돌아와서 일본을 변화시킨 그 무엇인가를 찾고자 했지만 고작 호기심 많은 백인들 앞에서 돈이나 구걸하는 신세가 된 것이다. 꿈이고 뭐가 당장 때려치우고 돌아가고 싶었지만 돌아갈 여비가 없었다.

어쨌든 그렇게 모인 돈으로 성 니콜라스 학교의 다락방에서 벗어나 세르팡트라는 여관으로 옮길 수 있었다. 그리고 펠릭스 레가메의 소개로 기메 미술관이라는 곳에 취직했다. 한 달에 100프랑이라는 적지 않은 보수를 받고 한문을 불란서 말로 번역하는 일을 맡았다. 물론 내가 한문을 읽어주면 레옹 드 로니라는 일본어를 구사할 줄 아는 교수가 옮겨 적는 식이었다.

맨 처음 작업한 것은 《춘향전》이었다. 나는 본문보다는 서문에 조선의 역사와 전통을 담는 데 더 정성을 기울였다. 《춘향전》을 끝내고

《심청전》의 번역에 들어갔다. 아예 새로운 얘기를 써보고 싶다는 욕심에 《심청전》 외에 《유충렬전》이나 《구운몽》의 얘기들까지 몽땅 집어넣었다.

그런데 《직성행년편람(直星行年便覽)》이라는 점성술 책을 번역하라는 얘기를 듣고 못 하겠다고 했다. 미술관 관장인 기메가 물었다.

"왜 안 한다는 건가?"

"조선에서는 양반이 점을 칠 때 쓰는 책 같은 건 읽지 않습니다."

나는 정중하게 못 하는 이유를 설명했지만 기메는 그럼 관두라는 식으로 응수했다. 기분이 나빠진 나는 불란서를 떠날 결심을 했다. 그동안 모아두었던 돈이면 어떻게든 갈 수 있을 것 같았다. 1893년 7월 22일, 나는 펠릭스 레가메의 배웅을 받으며 세르팡트 여관을 떠났다. 그는 나에게 황금 깃털 펜을 선물로 주면서 물었다.

"불란서에서 뭐가 제일 인상적이었습니까?"

"말들이요. 마르세유에서 본 말들이 아주 튼튼해 보이더군요."

"그럼 가장 나쁜 건요?"

"이기주의였습니다."

난 어리둥절해하는 펠릭스 레가메를 뒤로한 채 마차에 올랐다. 자신이 원하는 것을 얻기 위해서라면 타인의 감정 따위는 아랑곳하지 않는 이기적인 모습을 보면서 이들에게 두려움과 실망감을 느꼈다.

내가 불란서행을 결심한 이유는 일본 메이지 유신의 모델이 된 불란서의 정치와 법률체계를 배우기 위해서였다. 비록 3년이라는 기간 동안 정식으로 교육을 받거나 유력자를 만나서 정치적인 입지를 굳히지는 못했지만 이들의 탐욕은 어렵지 않게 간파했다. 이들의 풍요

와 번영은 모두 식민지에서 나온 것이었다. 그리고 이들은 가능하다면 기꺼이 조선을 식민지로 만들고 말 것이다.

이렇게 3년 남짓한 불란서 체류가 끝났다. 서커스의 광대 노릇이 끝난 것이다. 마르세유 항에서 일본으로 가는 기선 멜플스호에 몸을 실었다. 노을이 지는 석양 쪽 뱃전에 기대서서 코를 킁킁대자 조선의 냄새가 느껴지는 것 같았다.

⋯

오랜 여행 끝에 출발지인 고베로 돌아왔을 때 덜컥 병에 걸려버리고 말았다. 고베 시내의 니시무라 호텔이라는 곳에 머물면서 불란서의 펠릭스 레가메에게 짧막한 편지를 보냈다. 병이 거의 나아갈 무렵인 1894년 1월의 어느 날, 조선인 한 명이 내가 머물던 니시무라 호텔에 나타났다. 그가 호텔 보이에게 들려 보낸 명함에는 이렇게 쓰여 있었다.

'미곡상 이일직.'

미심쩍은 생각에 몸이 아파서 만나지 못하겠다는 말을 남겼다. 하지만 그는 다음 날, 그리고 그다음 날도 찾아왔다. 결국 사흘째 되는 날 호텔 로비로 내려가서 그를 만났다. 검정색 양복에 둥근 실크 햇을 쓴 남자가 여유 있는 웃음을 지으며 날 반겼다. 조용한 곳에 가서 얘기하자며 커피숍으로 자리를 옮겼다. 주문한 커피가 나오고도 그는 한참 말을 하지 않았다. 결국 견디다 못한 내가 먼저 입을 열었다.

"무슨 일로 절 찾아오셨습니까?"

146

"홍 공은 꿈이 무엇입니까?"

대답 대신 엉뚱한 질문이 돌아왔다. 나는 곰곰이 생각해봤다. 내 꿈?

"꿈이 있으시니까 조선에서 일본으로, 그리고 불란서까지 갔다 오신 것 아닙니까?"

유성기를 틀어놨는지 커피숍 안에 간드러지는 노랫소리가 울려 퍼졌다.

"꿈이라……."

커피를 휘젓던 스푼을 내려놓고도 한참 동안이나 적당한 대답을 찾지 못했다. 출세를 하고 싶다는 말은 너무 속물처럼 들릴 게 뻔했고, 조선을 변화시키겠다는 얘기를 꺼냈다가는 비웃음만 당할 것 같았다. 내가 말없이 커피만 마시자 이일직이 얘기했다.

"홍 공은 조선 사람으로는 처음으로 불란서에 발을 디딘 분입니다. 그런 귀한 경험을 좋은 데 써야 하지 않겠습니까?"

"어떻게 말입니까?"

"전 원래 고향에서 달구지를 끌었습니다. 어찌어찌해서 한양으로 흘러 들어와서 홍삼을 팔아서 제법 돈을 모았답니다. 잘될 때는 정승 부럽지 않게 살았죠. 그러다 일이 잘못 풀리는 바람에 여기까지 흘러왔지만 말입니다."

본래 사람은 자신의 실패를 털어놓을 때는 비장함이나 아쉬움이 담기기 마련이다. 하지만 이 남자는 조금도 그런 기미가 보이지 않았다. 내가 얘기에 흥미를 보이자 이일직의 목소리는 차츰 빨라졌다.

"지금 조선은 안팎으로 크게 요동치고 있는 형국이라 이겁니다.

밖에서는 아라사에 왜에, 청나라까지 호시탐탐 조선을 차지할 욕심을 부리고 있고, 안에서는 중전 집안의 위세에 개화를 하느니 마느니 하는 문제로 하루도 조용할 날이 없죠. 하지만 그 덕분에 예전에는 감히 꿈도 꾸지 못했던 자들이 출세를 하고 있답니다. 혹시 진령군(眞靈君)이라는 무당 얘기 들어보셨습니까?”

“아뇨.”

“임오년의 군란으로 중전께서 장호원으로 피난을 가셨을 때 궁으로 돌아갈 것이라는 점을 쳐준 덕분에 출세를 한 무녀랍니다. 중전의 총애를 받아서 숭동에 큰 집을 짓고 나랏일까지 좌지우지한답니다. 점을 치는 무녀가 군이라는 호칭을 받았으니 그 위세를 짐작하고도 남지 않겠습니까? 조정의 뜻있는 자들은 개탄을 한다고 들었습니다.”

“하긴 그렇겠죠.”

“하지만 말입니다. 사실 홍 공이나 저는 진령군 같은 방법으로 출세를 해야만 합니다.”

젊은 시절이었다면 그런 얘기를 일종의 모욕으로 받아들였을 것이다. 하지만 이상하게 그의 얘기에 반박하고 싶지 않았다. 어차피 조선으로 돌아가서 과거를 본다고 한들 급제할 자신이 없었고, 설사 급제한다고 해도 벼슬길이 열린다는 보장도 없는 게 현실이었다. 내가 딱히 반박하지 못하자 이일직은 여유롭게 커피를 마시며 말을 건넸다.

“난세라고는 하지만 그건 정상적으로 출세할 수 있는 놈들한테나 그렇고, 우리같이 연줄 없고 가문 변변치 않은 사람들한테는 출세할 수 있는 기회가 늘어난다는 뜻이죠. 정상적이었다면 중전이 장호원까지 피난을 가서 시골 무녀의 말에 귀를 기울이지는 않았을 테니까 말입니다. 어지러운 시대일수록 능력과 운이 출세를 좌우할 겁니다."

"능력과 운이 출세를 좌우한다……."

나도 모르게 그의 말을 곱씹었다.

"홍 공만 결심한다면 우리 둘 모두 출세할 수 있는 길이 있습니다."

"어떻게요? 듣자하니 임금께서 얘기 듣기를 좋아한다는데 불란서 얘기를 해드리고 관직을 얻게 해주실 겁니까?"

이일직은 내 비아냥거림을 잘 넘겼다.

"그것도 좋은 방법이긴 하지만 좋은 자리는 못 얻습니다. 거기다 지금 임금께서는 다른 나라 얘기에 귀를 기울일 정도로 한가하지도 않으시죠. 출세라는 건 말입니다. 다른 사람은 하지 못하는 걸 할 수 있어야지만 손에 움켜쥘 수 있답니다."

"다른 사람이 할 수 없는 거라……."

이일직이 숨을 들이마시며 커피 향을 맡는 모습이 보였다.

"예를 들자면 임금과 중전의 근심거리를 처치해버리는 식으로 말이죠."

커피 잔을 내려놓은 이일직이 손으로 목을 치는 시늉을 했다. 그러고는 양복 윗저고리 안에서 길게 접은 신문을 테이블에 내려놨다.

"전 이만 실례하겠습니다."

자리에서 일어난 그가 밖으로 나갈 때까지 내 머릿속의 혼란스러움은 사라지지 않았다. 남은 커피를 마시기 위해 잔을 들던 나는 접혀진 신문의 한 구절에 눈길이 갔다. 조선인 망명객 김옥균이 청나라 공사와 만찬을 즐겼다는 내용이었다.

김옥균…… 김옥균……. 오랫동안 잊어왔던 이름이 불시에 가슴 속으로 파고들어왔다. 가슴이 미친 듯이 답답해진 나는 뒷골목의 꼬치집으로 들어갔다. 따끈하게 데운 사케를 연거푸 마셨지만 가슴에선 오히려 불길이 더 일어났다.

다음 날 눈을 뜨자마자 도서관으로 달려가서 김옥균의 행적을 살펴봤다. 그는 내가 불란서로 떠난 직후인 1890년 10월 마침내 자유의 몸이 되었다. 홋카이도 유배 시절에도 지역 명사와의 교류나 17대 혼인보(本因坊) 슈에이(秀榮)가 그를 위해 열어준 바둑대회에 대한 기사를 쉽게 찾아볼 수 있었다. 1890년 3월에는 일본인과 함께 홋카이도에 땅을 샀다는 기사도 실렸다. 자유의 몸이 된 김옥균이 동경으로 돌아와서 재기를 꿈꾼다는 기사가 마지막이었다.

"꼴좋군. 고작 왜놈들의 눈칫밥이나 먹고 있었던 건가?"

나도 모르게 큰 소리가 튀어나왔다. 열람실에 있던 일본인들이 고개를 들어 눈치를 줬지만 개의치 않았다. 잊고 지냈던 기억들이 터져 나왔다. 조선을 개화시키겠다던 포부가 3일간의 꿈으로 끝나고 그는 도망쳤다. 뒤에 남아서 죽거나 고통 받은 것은 그를 믿고 따랐던 사람들이었다. 고대수…… 고대수…….

눈물을 참을 수가 없어서 밖으로 뛰쳐나왔다. 뒤뜰에 서서 한참을 울었다. 잊어버렸다고 생각했던 기억들이 불사신처럼 되살아난 것이다. 한참을 울고 다시 숙소로 돌아오자 프런트에서 이일직이 다녀갔다는 메모를 건네줬다. 더불어 밀린 숙박료도 계산했다고 얘기해줬다. 자존심이 상한 나는 다음 날 점심을 같이 먹자는 내용의 메모를 힘껏 꾸겼다. 다음 날 태연스러운 얼굴로 찾아온 그는 서양요리 집으로 날 끌고 갔다. 나에게는 묻지도 않고 돈가스 두 개와 맥주를 주문했다.

"여기서 먹었던 음식 중에 제일 신기했던 게 돈가스와 맥주였습니다. 아무리 먹어도 질리지 않더군요."

나는 잠자코 듣기만 했다. 주문한 음식이 나오고 거의 다 먹을 때까지 그는 별다른 얘기를 하지 않았다. 오히려 초조해진 내가 몇 가지 질문을 던져봤지만 그냥 웃으며 넘어갈 뿐이었다. 그러다 식사가 거의 끝나갈 무렵에야 은근슬쩍 입을 열었다.

"김옥균이 풀려났답니다."

"신문에서 봤습니다."

무심코 대답하고 난 다음에야 아차 싶었다. 아니나 다를까 이일직은 씩 웃으며 날 쳐다봤다.

"참 풍운아 아닙니까? 그냥 지내도 호의호식하고 살 수 있었는데 정변을 일으키고, 타국 땅에서 몇 년째 냉대와 수모를 겪으면서도 반드시 조선으로 돌아가겠다고 큰소리를 치고 있답니다."

내가 잠자코 있자 그는 손수건으로 입을 닦고는 말을 이어갔다.

"일본으로 온 직후에도 강화유수 이재원에게 자신과 손잡고 한양을 치자는 편지를 보낸 적이 있었죠. 그 편지에 임진왜란 때 끌려온 조선인의 후손 1000여 명을 서양식 총으로 무장시켜서 건너오겠다는 내용이 적혀 있었답니다. 이 소식이 전해지니까 한양에서는 피난가는 사람들이 한둘이 아니었답니다. 거 참."

입맛을 다신 이일직이 계속 얘기했다.

"조선에서는 일본정부에 지속적으로 항의를 했고, 청나라의 북양대신 이홍장도 항의서한을 보냈다고 하더군요. 하지만 일본정부는 그를 멀리 추방하기만 했죠. 일본 입장에서는 조선을 압박할 수 있는 좋은 카드일 테니까 쉽게 포기할 리는 없을 겁니다. 결국 조선정부에서는 자객을 파견하기로 했답니다."

"자객……."

숨이 몸속으로 빨려 들어갔다.

"맨 처음 파견한 자객은 장갑복이라는 가명을 쓴 장은규라는 자로 귀인 장 씨의 오라버니 되는 인물이었습니다."

"귀인 장 씨의 오라버니나 되는 사람이 어찌 암살을 한다고 한 겁니까?"

"중전의 핍박을 받고 누이가 쫓겨나자 공을 세워서 인정을 받을 속셈이었죠. 민 씨 집안에서 식객 노릇을 하던 송병준이라는 자와 함께 일본으로 건너왔습니다. 그게 아마 1885년 6월이었으니까 얼추 10년 전이군요. 장은규는 김옥균과 만나서 조선으로 돌아가자고 설득했답니다."

"암살한 게 아니고 돌아가자고 설득했다고요?"

"여기서 김옥균을 죽였다가 일본정부에 체포되면 아무 소용이 없지 않겠습니까? 부귀영화는 둘째 치고 차가운 감방에서 평생 썩거나 자칫하다가는 사형당할 수도 있으니까요. 의심을 품은 김옥균이 거절하면서 첫 번째 암살시도는 실패로 돌아갔죠. 그 후에 두 사람이 어떻게 되었는지 아십니까?"

나는 고개를 저었다. 이일직은 생각만 해도 유쾌하다는 표정으로 입을 열었다.

"장은규는 거사자금으로 받은 돈으로 고베에서 여관을 사들여서 운영하고 있고, 송병준은 김옥균의 부하가 되어버렸습니다. 애초에 김옥균의 암살보다는 한 밑천 뜯어내는 게 목적이 아니었을까 의심이 들 지경이죠. 게이샤라고 일본 기생을 첩으로 들었다는 소문도 있더군요. 허허."

"그런데 왜 이 얘기들을 저한테 하십니까?"

이일직은 내 질문에는 대답하지 않은 채 말을 계속했다.

"첫 번째 암살이 실패로 돌아가자 조선정부는 두 번째 암살자를 보냅니다. 이번에는 제법 고심해서 골랐죠. 지운영이라는 자는 통리군국사무아문(統理軍國事務衙門) 주사(主事)를 지낸 관리로 특차도해포적사(特差渡海捕賊使)라는 어마어마한 직책과 임금의 밀서를 가지고 일본으로 건너왔습니다. 이자도 우선 김옥균에게 면담을 신청했답니다. 만나서 환심을 산 후에 틈을 봐서 해치우려는 속셈이었죠. 하지만 김옥균도 바보가 아닌 이상 두 번이나 같은 수에 넘어가겠습니까? 오히려 함정을 팠답니다. 일단 면담을 거절하고 대신 함께 망명한 정난교와 유혁노 등을 보냅니다. 이들이 지운영에게 김옥균에게서 홀대를 받고 있다며 불평하면서 지운영의 속내를 떠봤답니다. 기회를 노리던 지운영은 별다른 의심 없이 밀서와 비수를 보여주면서 김옥균을 죽이면 조선으로 돌아가서 부귀영화를 누릴 수 있다고 말하죠. 하지만 오히려 이들에게 밀서를 빼앗기고 맙니다. 밀서를 빼앗긴 지운영은 조선으로 송환돼서 유배형을 받았습니다. 김옥균 역시 조선정부와의 분쟁이 지속될 것을 우려한 일본정부에 의해 오가사와라 제도의 치치시마라는 곳으로 유배를 떠나죠. 그리고 우여곡절 끝에 1890년 10월쯤에 다시 동경으로 돌아옵니다. 조용히 지냈을까요? 천만의 말씀입니다. 박영효와 사이가 나빠지긴 했지만 아라사(러시아)와 접촉설이 나돌기도 하는 등 아직 건재를 과시하죠. 결국 조선 정부는 세 번째 자객을 파견하기로 결정합니다."

잠시 뜸을 들인 이일직은 회심의 미소를 지으며 말했다.

"그게 바로 접니다."

"그런데 왜 김옥균이 아니라 저를 만나러 오신 겁니까?"

내가 묻자 이일직은 손가락으로 가슴을 가리키며 얘기했다.

"당신도 암살에 가담시키기 위해서죠."

"저를 말입니까?"

어이없다는 듯 큰 소리로 웃자 주변의 일본인들이 불쾌한 얼굴로 돌아봤다. 하지만 이일직은 대수롭지 않은 표정으로 대답했다.

"장사꾼 노릇을 하면서 제법 표정을 읽을 줄 알죠. 홍 공 얼굴에는 출세하고 싶다는 야망밖에는 안 보입니다 그려."

하마터면 껄껄대며 웃는 이일직의 얼굴에 주먹을 날릴 뻔했다. 하지만 그렇게 불같이 화를 내는 것이 혹시 내 속마음을 들켰다는 것에 대한 죄책감은 아닐까 하는 생각이 불현듯 들었다. 내가 가만있자 이일직이 다시 입을 열었다.

"뭐, 양반들은 과거를 봐서 출세를 하는 거고, 우리 같은 무지렁이들은 다른 꼼수를 써야 하지 않겠습니까?"

"그래서 사람을 죽이고 그걸 발판 삼아서 출세를 하자는 얘기요?"

"사람이 아니라 역적입니다. 임금을 능멸하고 왜국에 나라를 팔아

넘기려고 했던……."

"그러니까 마음 놓고 죽여도 된다는 말입니까?"

"천만에요. 사실 총 한 자루 구해서 거처로 쳐들어가서 한 방 놓으면 끝이긴 합니다만 그랬다가는 조선에 곱게 돌아가지 못할 가능성이 높습니다. 지금까지 온 자객들은 김옥균을 죽이고 조선으로 안전하게 도망가야 하는 방법을 찾지 못했기 때문에 실패한 것이고요."

"그럼 좋은 방법이라도 있습니까?"

"일단 저들의 환심을 사서 가까워지는 게 우선입니다. 그리고 기회를 노려서 제거를 해야죠."

"말은 쉽지만 가능하겠습니까?"

"홍 공이 도와준다면 가능합니다."

갑자기 그의 목소리가 간절해졌다. 내 두 손을 꽉 잡은 그가 내 눈을 똑바로 바라보며 말했다.

"사실 지금까지는 어설프게 안면이 있는 것을 앞세워서 접근했다가 실패했습니다. 그러니까 전혀 알지 못하는 사람이 나서야만 합니다. 박영효 같은 경우는 그자가 경영하는 친린의숙에 작년부터 거액의 후원금을 제공하면서 나름 길을 터놨지만 김옥균은 워낙 의심이 많아서 쉽게 접근을 못 하고 있습니다."

"저는 의심을 받지 않을까요?"

"그렇죠. 몇 년 동안 불란서에 계셨고, 그 사실은 여기 신문에도 실렸으니까요. 그자는 구라파 얘기에 관심이 많아서 틀림없이 면회 신청을 하면 거절하지는 않을 겁니다."

신이 나서 떠드는 이일직의 목소리를 듣는 동안 퍼뜩 정신없이 빠져 들어가고 있는 나 자신을 발견했다. 나는 그 얘기를 뿌리치고 등받이에 몸을 기댔다.

"하지만 뭘 믿고 당신 제안을 받아들입니까?"

"저 말고 돈을 믿으시면 됩니다."

씩 웃은 이일직이 품속에서 두툼한 봉투를 내밀었다. 문득 그가 밀린 숙박료를 계산했다는 사실이 떠올랐다.

"어차피 김옥균의 목을 가지고 조선으로 돌아가면 충신이자 영웅이 되는 겁니다. 저는 할 수 없지만 홍 공은 할 수 있습니다. 대신 제가 박영효를 맡겠습니다. 어떻습니까? 저와 함께 이 일을 하시겠습니까?"

그는 먹이를 쳐다보는 맹수 같은 눈빛으로 나를 바라봤다. 사실 갈등은 별로 없었다. 명분은 충분했으니까 말이다. 내가 뜸을 들인 것은 좀 더 고민하는 모습을 보여주고 싶다는 사치스러운 감정 때문이었다. 나는 고개를 끄덕거리고 그가 내민 손을 움켜잡았다. 일본으로 건너오면서 품었던 증오심이 다시 살아나면서 불란서 유학생 홍종우가 암살자 홍종우로 변신하는 순간이었다. 이일직은 한 고비를 넘겼다며 기뻐하는 눈치였다. 문득 김옥균과 내가 이미 알고 있는 사이라는 걸 안다면 그가 어떤 표정을 지을지 궁금해졌다.

제2, 제3의 추격자들

책을 다 읽고 눈을 좀 붙이려던 류경호는 퍼뜩 떠오른 생각 때문에 다시 눈을 떴다. 며칠 전 와다 엔지로와의 인터뷰 내용을 적었던 수첩을 펴 든 그는 홍종우의 책 뒷장에 와다 엔지로가 그린 동화양행 2층 1호실의 내부도를 옮겨 그렸다. 그리고 그 아래 김옥균이 총을 맞은 위치를 적었다. 김옥균이 누워 있던 침대는 오른쪽과 위쪽이 벽에 막혀 있었다. 따라서 문 쪽에 선 홍종우가 총을 쏘면 맞을 수 없는 위치였다.

"혹시 방이 아니라 복도에서 쐈을까?"

눈을 감은 류경호는 동화양행의 2층 복도에 선 김옥균과 홍종우를 상상해봤다. 김옥균은 도망치기 위해 고개를 돌리다가 오른쪽 뺨에 총알을 맞았을까? 아니면 날아오는 총알을 피하기 위해 무심코 고개를 돌렸을까? 어떤 상황을 생각해봐도 어색했다.

"뺨으로 들어간 총알이 머리에 박혔다면 그걸로 끝이었을 테니까 8호실 앞에서 죽은 게 맞겠지. 와다야 죽는 순간을 직접 목격하지 못했으니까 방에서 총을 맞고 쫓아 나왔다고 짐작한 거고."

그러다 문득 8호실에 머물렀다고 했던 이마무라 해군대좌라는 인물이 떠올랐다. 아마 자기 방문 앞에서 총소리가 들렸으니 밖을 내다봤고 와다에게 김옥균의 죽음을 알렸을 것이다. 그럼에도 불구하고 죽는 순간에 대한 의문이 완전히 가신 것은 아니었다. 책을 덮은 류경호는 하품을 길게 하고는 그대로 눈을 감았다.

다음 날 신문사로 출근한 류경호는 오후 3시에 마감을 끝내자마자 자리에서 일어났다. 전차를 타고 탑골공원 앞 경성도서관에 간 그는 1층 신문실에 들어가서 김옥균에 관한 신문과 잡지의 기사들을 몽땅 찾아서 읽었다. 하지만 그의 죽음을 직접 다룬 부분은 없거나 홍종우가 죽였다는 식의 간략한 서술만 보였다.

그러다 며칠 전 경성일보 기사가 눈에 띄었다. 고균 기념회에서 개최한 김옥균 암살 30주년 기념식에 관한 기사였는데 참석자들 말미에 눈에 띄는 이름이 보였다. 충격에 빠진 류경호는 한동안 멍하게 앉아 있었다. 겨우 정신을 차린 그는 신문사로 돌아와서는 퇴근하려는 최남선 사장 앞에 섰다.

"조용히 드릴 말씀이 있습니다."

"내일 얘기하지. 오늘 좀 바빠서 말이야."

류경호는 옆으로 빠져나가려는 최남선 사장의 팔을 움켜잡았다.

웅성대며 퇴근하려던 신문사 직원들이 놀란 표정으로 이쪽을 쳐다봤다. 모자를 고쳐 쓴 최남선 사장이 문가에 엉거주춤 서 있는 사환을 불렀다.

"권동아! 천향원으로 뛰어가서 조용한 방 하나만 잡아놓아라. 그리고 자네는 잠깐 기다리게. 약속을 취소한다는 전화를 걸어야 하니까."

기둥에 붙은 자석식 전화기의 핸들을 돌리고 수화기를 든 최남선 사장은 교환수에게 조선총독부 정무총감실을 바꿔달라고 하고는 일본어로 빠르게 몇 마디 얘기를 나눴다. 수화기를 걸어놓은 최남선 사장은 따라오라는 손짓을 하고는 뒤도 안 돌아보고 나갔다.

인사동 초입에 위치한 3층짜리 조선극장 맞은편에 있는 천향원은 3·1운동 당시 민족대표 33인이 모였던 태화관과 더불어 대표적인 요정이었다. 이곳에서 기생을 끼고 저녁을 먹으려면 보통 한 달 치 월급을 고스란히 털어 넣어야만 했다.

어둠이 군데군데 내린 조선극장 앞에는 활동사진을 보려고 몰려든 사람들과 곱게 화장한 채 인력거에서 내리는 기생들로 북적거렸다. 천향원 입구에도 양복 차림의 모던보이들과 한량들로 가득했다. 목란이 핀 정원을 지나 2층짜리 천향원 입구로 향하자 옥색 비단에 긴 비녀를 꽂은 여인이 공손히 인사를 했다.

"오랜만이십니다. 오신다는 연락을 받고 기다리고 있었습니다."

"이 친구와 조용히 할 얘기가 있어서 왔네."

류경호를 흘끔 쳐다본 최남선이 말했다.

"그럼 2층 옥란실로 모시겠습니다. 기생도 필요 없으시겠군요."

"그래 주면 고맙겠네."

"따라오시죠."

치마를 말아 쥔 그녀가 사뿐하게 돌아섰다. 신발을 벗고 대청마루에 올라서자 왁자지껄한 노랫소리와 웃음소리가 들려왔다. 2층은 1층보다는 조용했고 고급스러워보였다. 난간에 기대서 웃고 있던 기생들에게 어서 들어가라는 눈짓을 준 여인이 제일 구석에 있는 작은 방의 장지문을 열었다. 대나무발로 장식된 방 안은 옻칠이 된 상과 등받이가 있는 방석이 놓여 있었고, 한쪽 구석에는 남폿불이 방을 밝혔다. 안쪽 자리에 앉은 최남선 사장이 류경호에게 앉으라고 하고는 문 앞에 서 있는 여인에게 말했다.

"쇠고기 전골 하나랑 소주 한 병 갖다 주게."

"알겠습니다."

뒷걸음질로 물러난 여인이 문을 닫았다. 한숨을 돌린 류경호에게 최남선 사장이 말했다.

"오늘 총독부 정무총감과 신문사 사장들의 비공식 간담회가 있을 예정이었네. 하지만 자네 표정을 보니까 오늘 나한테 얘기 안 하면 죽을 것 같은 표정이라서 일정을 바꿨지. 그러니 아주 중요한 일로 날 붙잡았기를 바라겠네."

"왜 홍종우 건을 저한테 맡기셨습니까?"

"그건 지난번에 설명했잖은가?"

최남선 사장이 짜증난다는 말투로 대꾸했지만 류경호도 물러나지 않았다.

"사장님도 그걸 찾고 계셨던 겁니까?"

"그거라니?"

"김옥균이 죽기 직전 썼다는 《동양삼화론》 말입니다."

"처음 듣는 얘기군."

마침 문이 열리고 음식이 들어오느라 둘 간의 대화가 끊겼다. 말없이 음식과 술을 내려놓은 기생이 조용히 밖으로 나가자마자 류경호가 말했다.

"지난주에 조선호텔에서 열린 김옥균 서거 30주년 기념식에 갔다 오셨죠?"

"초대를 받고 갔다 왔었네. 근데 그게 뭐 어쨌다는 얘긴가?"

"그렇다면 그들이 《동양삼화론》을 찾고 있다는 사실을 알고 계셨을 텐데 왜 저한테는 아무 말씀도 안 해주신 겁니까?"

"뜬소문으로 판단했네."

"만약 실제로 존재하고 있다면 그걸 신문에 실을 수 있으십니까?"

"있지도 않는 걸 어떻게 싣는다는 얘긴가?"

"그럼 고등계 형사부터 총독부 고위관리, 거기다 배정자까지 다 있지도 않은 걸 쫓고 있다는 말씀이십니까?"

"배정자? 그 여자도 끼어들었나?"

"와다 엔지로와 조선호텔에 함께 있었습니다."

류경호의 대답에 최남선은 대답 대신 술을 들이켰다.

"홍종우에 대한 기사는 지금 분위기로 봐서는 싣기만 하면 정간이 될 가능성이 높습니다. 거기다 《동양삼화론》에 관한 내용이 제가 들은 게 사실이라면 정간 정도로 끝나지는 않을 게 뻔한데 계속 연락을 하라는 이유가 궁금합니다."

"설마 내가 총독부의 부탁을 받고 홍종우와 접촉을 하고 있다고 믿는 건가?"

"신문을 보기 전까지는 반신반의했습니다만 지금은 그렇게 믿고 있습니다. 저한테 숨기고 계셨던 걸 말씀해주시지 않으면 이 일에서 손을 떼겠습니다."

류경호의 말에 최남선은 술을 훌쩍 들이키고는 말했다.

"문밖에 누가 있는지 살펴보게."

엉거주춤 일어난 류경호가 장지문을 반쯤 열고 바깥을 내다봤다. 멀리 복도 끝에 이제 막 나가는 손님과 배웅하는 기생들의 모습이 보일 뿐 조용했다. 문을 닫고 자리에 앉자 최남선 사장이 말했다.

"총독부 측으로부터 홍종우에게 연락이 오면 알려달라는 부탁을 받은 건 사실일세."

"책 얘기는요?"

"맹세코 몰랐네. 사실 깊이 개입하기도 싫었고 말이야. 그냥 접촉해오면 적당히 얘기를 들어주다가 때가 되면 총독부에 알려주려고 했네."

"전 그 사이 홍종우를 상대할 방패막이였군요."

"사실 호기심도 어느 정도 있긴 했었네. 적당한 선에서 터트리면 발행부수를 좀 늘릴 수 있지 않을까 하는 욕심 말이야. 그런데 일이 걷잡을 수 없이 커지더군. 종로경찰서 고등계 형사가 나타난 날, 총독부 정무총감에게 항의를 했는데 뭐라고 대답한 줄 아나? 자기도 어떻게 할 수 없다고 했네. 정무총감이면 총독 바로 다음 자리인데도 제지할 수 없다면 이 사건에 어느 정도 선까지 개입했는지 짐작조차 가지 않더군."

침을 꿀꺽 삼킨 최남선 사장은 목이 타는지 술을 다시 한 잔 들이켰다.

"문제의 그 모임에 참석한 것도 사실은 발을 빼겠다는 얘기를 하기 위해서였네. 하지만 말도 꺼내지 못할 분위기였지. 책 얘기는 나도 거기서 처음 들었다네."

"그럼 그 책에 김옥균이 일본을 비난한 내용을 썼다는 게 사실이군요."

막 입을 열려던 최남선 사장은 쿵쾅대는 발소리에 입을 다물었다. 문을 등지고 앉은 류경호가 뒤를 돌아볼 찰나 거칠게 문이 열렸다.

"오랜만이오. 최 사장."

무릎까지 올라오는 반짝거리는 가죽장화에 멜빵을 찬 당꼬바지 차림의 덩치 큰 사내가 호탕하게 웃으며 둘 사이에 끼어 앉았다. 밖에는 아까 두 사람을 안내했던 옥색 치마저고리 차림의 여인이 난감한 표정으로 서 있었다.

"어서 오십시오. 박 회장."

"엘리트들끼리 술을 마시면서 무슨 얘기들을 나누는지 궁금해서 와봤소이다. 기생도 안 부르고 먹물들은 역시 다르구먼."

류경호의 술잔에 소주를 붓고 쭉 들이켠 당꼬바지는 최남선에게 술잔을 건넸다. 머뭇거리던 최남선이 술잔을 받자 사내가 술을 부으며 물었다.

"저 친구는 누구요?"

"류경호라고 우리 신문사 기자입니다."

"멀쑥하니 공부깨나 한 친구 같은데?"

"게이오 대학에서 법학을 전공했죠."

최남선 사장이 그에게 입 다물고 있으라는 눈짓을 주며 말했다.

"오, 게이오 대학이면 우유 배달을 하면서 몇 번 지나간 적 있었지. 만나서 반갑네. 나는 노동상애회 회장 박춘금일세."

몸을 돌린 당꼬바지가 두툼한 손을 내밀자 류경호도 손을 내밀었다. 거칠고 딱딱한 손으로 악수를 나눈 박춘금 회장이 아직도 문밖에 서 있는 옥색 치마저고리 차림의 여인에게 말했다.

"감질나게 이런 거 말고 거하게 한 상 차려와. 기생년들도 좀 부르고, 엉덩이 펑퍼짐한 것들로 말이야."

박춘금 회장의 말이 끝나기가 무섭게 음식이 가득한 상이 들어오고, 거문고를 든 기생들도 줄줄이 들어왔다. 앉은 자리에서 가죽장화를 벗은 박춘금 회장이 큰 대접에 술을 가득 붓고는 류경호에게 건네줬다.

"마시게. 동경 유학생."

분위기에 눌린 류경호는 잠자코 술을 마셨다. 그 사이 기생을 무릎에 앉힌 박춘금 회장에게 최남선 사장이 물었다.

"그런데 여긴 어쩐 일입니까?"

"요즘 장안의 화제가 홍종우라지요. 그 미꾸라지 같은 놈이 시대일보도 휘젓고 다닌다고 해서 알아보러 왔소이다."

"그 문제는 총독부에서 처리한다고 하지 않았습니까?"

최남선의 반문에 박춘금은 고개를 저으며 말했다.

"일자무식인 내가 출세한 이유는 이거다 싶은 먹잇감을 찾아서 갖다 바치는 능력 때문이지. 조선에 새로 설립한 노동상애회가 자리를 제대로 잡으려면 홍종우를 잡아다가 바쳐야 하오."

"그게 우리랑 무슨 상관이란 말입니까?"

최남선 사장의 말이 끝나기가 무섭게 박춘금이 주먹으로 술상을 내리쳤다. 꽝하는 소리와 함께 음식이 든 접시들이 들썩거리자 기생들이 짤막한 비명을 질렀다.

"그 작자를 내놓지 않으면 당신이나 그 거지 같은 신문사나 무사하지 못할 거란 얘기야."

방 안에는 싸늘한 침묵이 흘렀다. 박춘금 회장은 무릎 위에서 오들오들 떨고 있는 기생의 쪽진 머리를 쓰다듬으면서 술잔을 비웠다. 최남선 사장도 천천히 술잔을 비우고는 입을 열었다.

"무식한 건 이해가 되지만, 우격다짐도 정도가 있지 그런 말도 안되는 협박에 내가 무릎을 꿇을 것 같소? 오늘 일은 정무총감에게 톡톡히 따질 테니 각오하는 게 좋을 거요."

최남선의 말이 끝나기가 무섭게 박춘금이 품속에서 육혈포를 꺼내 방아쇠울에 손가락을 끼워서 빙빙 돌렸다.

"거 먹물들은 왜 따지는 걸 그렇게 좋아하는지 몰라. 손가락 한번 까딱하면 끝인데 말이야."

"어디 한번 당겨보시지."

옷자락을 풀어헤친 최남선 사장의 말에 박춘금이 천천히 총구를 겨눴다. 기생들이 비명을 지르며 방을 빠져나가면서 방 안에는 세 사람만 남게 되었다. 권총으로 최남선의 가슴을 겨눈 박춘금이 정말로 방아쇠를 당겼다. 철컥거리는 빈 총소리가 울려 퍼지자 눈을 감고 있던 최남선 사장이나 류경호 모두 숨이 멎어버렸다. 술상 위에 총을 내려놓은 박춘금 회장이 껄껄거렸다.

"역시 소문대로 강골이시구먼. 설마 내가 아무리 무식하다고 해도 대낮에 총질을 하겠소. 장난이었으니까 그만 떠시고 술이나 한잔하십시다."

웃음을 그친 박춘금이 덧붙였다.

"하지만 홍종우는 포기 못 하니까 그렇게들 아시오."

최남선 사장도 지지 않고 맞받아쳤다.

"행여나 신문사 안에서 일을 벌일 생각은 하지 마시오."

"염려놓으시구려. 우리 애들이 쥐도 새도 모르게 그놈을 낚아채 갈 거니까."

자신만만하게 얘기한 박춘금이 껄껄거렸다.

이어진 술자리는 정말 고성이 터지고 권총을 겨눈 일이 있었을까 할 정도로 화기애애하게 이어졌다. 연거푸 술을 마시고 기분이 좋아진 박춘금 회장은 열일곱 살 때 무일푼으로 일본으로 건너갔던 얘기를 늘어놨다.

"난 말이요. 중의원이, 아니 장관이 될 거요. 그래서 어릴 때 날 무시했던 놈들이며 깔봤던 녀석들 코를 납작하게 해주고 말겠소."

술자리는 밤늦게 끝났다. 기생들에게 돈을 잔뜩 쥐어준 박춘금은 굳이 사양하는 두 사람에게 택시를 불러줬다. 시내 어디든 1원씩 받는 택시가 아니라 4원씩 받는 미국제 포드 자동차 택시였다. 조수석의 조수가 잽싸게 내려서 모자를 벗고 문을 열어줬다. 적당히 취한 기색을 보였던 최남선 사장은 문이 닫히고 차가 출발하자마자 평상시 목소리로 돌아왔다.

"배정자에 박춘금이라니 갈수록 태산이군."

"저자도 홍종우를 노리고 있는 겁니까?"

류경호의 물음에 최남선이 한숨을 내쉬었다.

"자기가 쓸모 있다는 사실을 보여줄 수 있으니까. 관동대지진 때도 근로봉사대를 결성해서 조선인 시체를 치운 놈이야. 인정받을 수만 있다면 무슨 짓이든 할 거야."

"지금이라도 늦지 않았습니다. 발을 빼는 게 어떨까요?"

"박춘금이 여기까지 쳐들어온 걸 보면 신문사 내부에서도 어느 정도 눈치를 채고 있는 것 같아. 설사 우리가 포기한다고 해도 홍종우가 계속 접촉해온다면 아무 소용없지. 오히려 의심만 사고 말 거야."

"왜 홍종우가 계속 우리와 연락할 거라고 믿고 계시는 거죠?"

류경호의 질문에 최남선은 택시를 몰고 있던 기사에게 말했다.

"여기가 어디쯤인가?"

"남대문 근처입니다. 사장님."

"미안한데 잠깐 차를 세워줄 수 있겠나? 술을 많이 마셔서 머리가 좀 아프구먼."

"알겠습니다."

브레이크를 밟는 소리가 들리고 차가 길가에 섰다. 가로등의 뿌연 불빛이 어둠 사이에서 군데군데 비춰졌다. 택시에서 내린 최남선 사장은 몇 걸음 떨어진 가로등 아래로 걸어갔다.

"자네를 너무 깊게 개입시키고 싶지는 않았네."

"그 고등계 형사들이 끽다점에 온 것도 사장님이 신고하셨기 때문이죠?"

"계획대로였으면 현장에서 홍종우를 붙잡고 자네는 그냥 돌아오는 걸로 끝나는 거였네. 하지만 홍종우가 도망쳐버리면서 복잡해졌지. 우리와 접촉하고 있다는 사실이 알려지면서 그가 퍼트린 책 얘기가 진짜처럼 변해버린 거지."

"그럼《동양삼화론》이라는 책이 가짜라는 말씀이십니까?"

"진짜 가지고 있었다면 자네와 처음 만났을 때 가져왔겠지. 하지만 엉뚱하게도 자기가 직접 쓴 자서전만 던져주면서 계속 시간을 끌고 있는 중이잖아."

"얼마 남지도 않은 인생인데 조용히 숨어 살지 왜 세상에 나타난 걸까요?"

"자기를 영웅이라고 믿기 때문이겠지."

"고작 암살범 주제에 말입니까?"

류경호의 코웃음에 최남선은 멀리 택시 밖에 나와 담배를 피우는 운전수와 조수를 흘끔 쳐다보고는 말했다.

"자네한테 안 보여준 편지가 한 장 더 있네. 거기에는 김옥균의 암살범은 따로 있다고 쓰여 있었네."

"뭐라고요?"

놀란 류경호가 되묻자 최남선이 다시 대답했다.

"자기는 김옥균의 암살범이 아니라고 했단 말일세."

혼란스러워진 류경호가 반문하려는 순간 도로에서 들리는 엔진소리에 고개를 돌렸다. 헤드라이트를 켠 자동차가 빠른 속도로 질주해 오는 게 보였다. 잠깐 속도를 줄인 자동차는 길옆에 서 있던 택시를 지나쳐서는 다시 속도를 올렸다.

그리고 류경호가 다시 최남선을 쳐다보려는 순간 택시가 폭발해 버렸다. 어마어마한 폭음과 함께 불길에 휩싸인 택시가 옆으로 넘어 지고 옆에 서 있던 운전수와 조수도 불길에 휩싸인 채 쓰러졌다. 열 기에 떠밀려 쓰러진 류경호는 멀어져가는 자동차를 쳐다봤다. 속도 를 높인 자동차는 태평통 쪽으로 방향을 꺾어서 사라져버렸다. 입 을 벌린 채 멍하니 그쪽을 쳐다보던 류경호에게 최남선 사장이 소리 쳤다.

"자네, 발!"

그때서야 바지자락에 불이 붙었다는 사실을 알아챈 류경호는 펄 쩍 뛰면서 불을 껐다. 눈앞에서 벌어진 일이 꿈만 같았지만 옆으로 넘어진 채 활활 타오르는 택시나 그 옆에 쓰러진 사람들은 분명 현실 이었다.

가장 먼저 온 것은 경성소방서의 소방차였다. 그때까지 멍하게 길 가에 앉아 있던 류경호와 최남선은 소방차를 뒤따라온 경찰차를 타 고 곧장 마등산에 있는 조선총독부의원으로 실려 갔다. 종로경찰서 에서 온 순사들이 병실 밖을 지키고 있는 가운데 전화를 걸러 원장 실에 갔다 온 최남선이 분통을 터트렸다.

"젠장, 경성 한복판에서 폭탄이 터졌는데 오히려 우리를 범인 취 급하다니, 정말 미치겠군."

머리에 감은 붕대를 매만지던 류경호가 물었다.

"누구 소행이랍니까?"

"하야시 경부는 의열단 짓이라고 보더군."

"의열단이라면……."

"작년 초에 종로경찰서에 폭탄을 던진 김상옥이 속한 단체지."

"그런데 왜 우리들을 노린 겁니까?"

"우리가 아니라 나야. 며칠 전에 배정자를 노린 쪽과 같은 일당이라고 보는 것 같더군. 보도 통제 하느라 벌써부터 정무총감이 신문사로 전화를 돌리고 있어."

"사장님과 제가 천향원에 있다는 사실을 누가 그들에게 알렸을까요?"

대답을 하려던 최남선 사장은 그냥 고개를 젖히고는 침대에 누워 버렸다. 류경호는 다친 발을 이끌고 최남선에게 다가갔다.

"저한테 와다 엔지로를 만나보라고 한 게 그것 때문이었습니까?"

"무슨 소린가?"

"홍종우가 김옥균을 죽이는 것을 못 봤다는 와다의 증언에 내가 범인이 아니라는 홍종우의 말을 더하면 진범이 따로 있을 수도 있다는 결론을 낼 수 있게 말입니다. 정말 저한테 원하는 게 뭡니까?"

류경호는 이불을 덮고 돌아누우려는 최남선의 어깨를 움켜쥐고는 소리쳤다.

"나처럼 되는 게 싫어서 그랬다."

갑작스럽게 튀어나온 고백을 듣는 순간, 류경호는 가슴속에서 분노가 치밀어 올랐다.

"사장님처럼 되는 게 어때서요? 일본한테 아부해서 떵떵거리고 잘 살고 있잖습니까."

그 순간 누워 있던 최남선 사장이 그의 뺨을 후려쳤다.

"고얀 놈! 동경 한복판에서 만세를 불렀던 기개는 어디다 팔아먹은 게냐? 내 꼴을 봐라. 좋은 옷에 자가용에 신문사 사장이라는 직함이 그럴 듯해 보이느냐? 이 가슴속에는 지옥이 자리 잡고 있어. 영혼이 없어진 지옥 말이다."

"그러면서도 그 지옥에서 벗어나려고 하지 않고 계시잖습니까?"

"그러니까 지옥이라는 거다. 알면서도 벗어나지 못하고, 시간이 흐르면 벗어나는 건 꿈조차 꾸지 못하는 지옥 말이야."

"만약 김옥균을 죽인 진범이 따로 있다면 어쩌실 겁니까? 그렇다고 세상이 바뀔까요?"

"네가 바꾸려고 노력해봐."

거칠게 이불자락을 움켜쥔 최남선 사장이 벽을 보고 돌아누웠다. 다음 날 신문에는 이봉승 씨가 운영하는 종로택시 회사의 택시를 강탈한 정체불명의 괴한 세 명이 멈춰선 자동차에 폭탄을 던져서 경성택시 회사의 포드 자동차를 폭파했으며 운전수와 조수가 중상을 입었다는 짤막한 기사가 나왔다. 류경호와 최남선이 거기 있었다는 사실이나 의열단 얘기는 한 줄도 나오지 않았다. 하지만 이 일로 경성 일대에 비상경계령이 떨어진 건 불 보듯 뻔한 일이었다.

사흘 후 퇴원한 류경호가 다친 발을 이끌고 신문사로 돌아갔을 때 두 가지가 그를 기다렸다. 하나는 홍종우가 보낸 책으로 이번에는 대구우체국 소인이 찍혀 있었다. 그리고 또 하나는 배정자가 보낸 초대장이었다. 초대장은 5월 3일 종로에 있는 자신의 집으로 찾아오라는 내용이었다. 같이 퇴원한 최남선 사장이 일주일간 휴가를 줬고, 퇴근한 류경호는 하숙집에 누워서 홍종우가 보낸 책을 읽었다. 홍종우는 '암살을 결심하다'라는 제목의 책에서 암살을 결심한 이후의 행보에 대해서 길게 서술했다.

2부

동양심화론

암살을 결심하다
홍종우의 책 4

이일직은 정말 수완이 좋았다. 어떻게 구워삶았는지는 모르겠지만 오사카에 있는 58은행 은행장인 오오미와 초베이에게서 5만 엔이나 되는 활동자금을 받았다. 그리고 그 돈으로 박영효가 세운 친린의숙에 거액을 기부하는 등 망명자들의 마음을 조금씩 파고들어 갔다.

눈이 펄펄 내리던 1894년 1월 중순, 나는 동경의 유라쿠초(有楽町)의 하숙집에 머물고 있던 김옥균을 만나러 갔다. 눈이 쌓인 길을 힘겹게 헤치고 간 인력거가 하숙이라는 깃발이 펄럭거리는 2층집 앞에 멈춰 섰다. 문을 열고 안으로 들어서자 이로리(いろり:일본의 실내 난방기구로 다다미가 깔린 바닥을 파내고 난방기구를 놓는 방식) 주변에 모여서 불을 쬐던 남자 두세 명이 앞을 막아섰다. 양복에 짧은 머리였지만 조선 사

람이라는 사실은 어렵지 않게 짐작할 수 있었다.

"고균 선생을 만나러 왔소."

조선말로 짧게 대답했지만 좀처럼 비킬 생각을 하지 않았다. 할수 없이 가지고 온 명함을 그들 중 한 명에게 건넸다. 천천히 명함을 살펴본 남자가 잠깐 기다리라는 말을 남겨놓고는 2층으로 올라갔다. 얼마 후 내려온 남자가 올라가라는 손짓을 했다. 나무계단을 밟고 2층으로 올라간 홍종우는 종이가 발린 미닫이문을 열고 안으로 들어갔다. 창가에 차곡차곡 개어둔 이불에 기댄 채 앉아 있던 김옥균과 눈이 마주쳤다.

"어이구, 여기서 이렇게 만나게 될 줄은 꿈에도 몰랐습니다."

그는 여전했다. 살이 좀 쪘고 콧수염이 짙어지긴 했지만 여전히 쭉 찢어진 눈은 푸르스름한 안광으로 가득 찼다. 그가 앉으라는 손짓을 했다. 인사를 나누고 잠깐 방 안을 둘러봤다. 벽에 붙여둔 옷걸이에는 프록코트와 모자들이 어지럽게 걸려 있었다. 온돌이 없는 탓인지 방 안은 싸늘한 냉기가 감돌았다. 이불에 기대 있던 그가 옆에 있던 코다츠(こたつ:탁자처럼 생긴 일본 전통 난방기구)에 손을 찔러 넣고는 말했다.

"바람결에 소식은 들었습니다. 불란서에 갔다 왔다고 하던데……."

고개를 옆으로 꼰 그가 말끝을 흐렸다. 확실히 몇 년 동안 죽음이 어른거린 탓인지 지친 기색이 역력했다. 바닥에 앉은 나는 웃으며 대답했다.

"민 씨 말고는 어디 행세나 할 수 있는 세상이여야 말이죠. 일본으로 건너왔다가 호기심에 못 이겨 몇 년 지내다 왔습니다."

176

"나도 못 가본 곳에 갔다 오셨군요. 파리에 있다는 그 커다란 철탑도 보셨습니까?"

배시시 웃은 그의 질문에 가시가 든 것을 느꼈다. 내가 정말 불란서에 갔다 왔는지 시험하고 있다는 생각이 들었다.

"에펠탑 말씀이군요. 물론 봤습니다. 지을 때는 볼품없다고 비난을 꽤 받았는데 완성되고 나서는 다들 좋아합니다. 에펠탑을 그렇게 싫어하던 사람도 거기에 있는 식당에서 자주 식사를 해서 주변 사람들이 왜 그렇게 싫어하는 에펠탑에서 식사를 하냐고 핀잔을 줬답니다. 그러자 그 사람이 뭐라고 한 줄 아십니까?"

"뭐라고 했는데요?"

"파리에서 여기만 유일하게 이 탑이 보이지 않으니까 여기 있는 거라고 대답했답니다."

내 얘기를 들은 김옥균은 손바닥으로 무릎을 치면서 껄껄거렸다. 나는 첫 관문을 통과했다는 안도감에 작은 한숨을 내쉬었다. 웃음을 그친 김옥균이 무거운 표정으로 말했다.

"그동안 참 많은 일이 벌어졌습니다."

"대충 들었습니다. 고생이 많으셨습니다."

"그래도 동경으로 돌아왔으니 다행이지요. 비록 연금이 끊어졌지만 말입니다."

신경을 곤두세운 나는 김옥균의 말 한 마디 한 마디를 놓치지 않기 위해 애썼다. 돈이 없다는 푸념을 늘어놓은 그는 힘없이 한숨을 쉬었다. 안 그래도 방 안에는 추위보다 더한 불안감이라는 냉기가 흘렀다.

"기운 내십시오. 좋은 날이 오지 않겠습니까?"

"중전은 날 죽이지 못해서 안달이고, 일본정부도 날 귀찮아하고 있습니다. 뭘 하긴 해야 하는데 어찌해야 할지 모르겠네요."

10년간의 망명과 유배생활에 지칠 대로 지쳤는지 그답지 않게 계속 아쉬운 소리만 늘어놨다. 정변 며칠 전 자신감 넘치는 말로 좌중을 휘어잡던 그의 모습을 마지막으로 기억하고 있던 나로서는 충격이 아닐 수 없었다. 일본에서의 고된 망명생활이 그의 심장을 얼마나 갉아먹었는지 짐작하게 했다. 오늘은 일단 인사만 하고 가려고 했지만 모험을 해보기로 했다.

"사정이 어렵다는 소문은 들었습니다. 제가 도움이 될 만한 사람을 소개해도 되겠습니까?"

"누구 말입니까?"

코다츠에서 손을 뺀 김옥균이 물었다.

"이일직이라고 미곡 사업을 하는 사람입니다."

"소문은 들었습니다. 금릉위가 세운 친린의숙에 기부를 많이 했다더군요."

"원하시면 다리를 놓아드리죠. 돈이 제법 있는 사람 같더군요."

"지난 몇 년간 이런저런 이유로 접근했던 자객들이 제법 됩니다."

김옥균은 알 듯 말 듯한 표정으로 말했다. 방금 전까지의 초라한 망명객 김옥균은 온데간데없었다. 똑바로 고쳐 앉은 그는 말을 이어갔다.

"다들 이런저런 인연을 들이대면서 접근했죠. 처음에는 당신도 그런 축에 속한 게 아닐까 의심했었습니다."

두 번째 시험이라는 생각이 퍼뜩 들었다. 그 자리에서 일어난 나는 아쉽다는 듯 말했다.

"그리 생각하신다니 섭섭합니다. 더 볼 이유가 없으니 이제 돌아가겠소이다."

돌아선 나는 문 앞에 아까 아래층에서 봤던 남자가 버티고 서 있는 걸 봤다. 돌부처같이 서 있던 남자는 김옥균에게 말했다.

"이일직과 같이 어울려 다니던 자가 맞습니다."

순간 함정에 빠졌다는 생각이 들었다. 오래 전 인연이 있었다고는 해도 주도면밀한 그가 순순히 만나줬다는 것부터 다른 목적이 있었던 것 같다. 그러다가 이일직에 관한 얘기가 나오자마자 의심이 맞아떨어졌다고 판단했던 것이다. 섣불리 얘기를 꺼냈다는 점을 자책했지만 이미 늦고 말았다. 입고 있던 양복 조끼에 손을 찔러 넣은 김옥균이 말했다.

"그자가 뭐라고 하면서 나를 만나라고 했습니까?"

머뭇거리던 나는 머리를 굴려봤다. 문 앞에 버티고 선 남자를 때려눕히거나 밀치고 아래층으로 내려간다고 해도 두 명이나 더 상대해야만 했다. 김옥균을 인질로 잡고 대치할까도 생각해봤지만 문 앞에 선 남자가 더 빠를 것 같았다. 말로 풀어낼 수밖에는 없다는 생각에 일부러 당황스러워하는 표정으로 대답했다.

"그게, 저한테 고균과 가깝게 지내고 싶으니까 다리를 좀 놔달라고 했습니다."

"그렇게 접근한 다음에 내 목을 노릴 속셈이었군요."

고비라는 생각에 아무렇지도 않게 대답했다.

"그럴 만한 위인인지는 모르겠습니다. 그쪽도 민 씨 집안이랑 사이가 안 좋아져서 쫓겨나다시피 했으니까요. 그쪽에 줄을 대지 못하는 이상 반대파랑 손을 잡고 기회를 노릴 속셈인 것 같습니다. 오사카 58은행의 오오미와 초베이 행장과도 아는 사이 같았습니다."

"오오미와 초베이라면 몇 년 전 실패로 돌아간 조선의 화폐개혁에 관여했던 인물 아닌가요?"

"맞습니다. 금릉위와도 가깝게 지내려는 걸 보면 그런 의도인 것 같습니다. 저는 그저 타향에서 고생하는 고균에게 조금이나마 도움이 될까 하고 얘기한 것뿐입니다."

나는 미안하고 억울하다는 말투로 김옥균에게 하소연했다. 쭉 찢어진 김옥균의 눈가가 부드럽게 휘어졌다.

"설마 내가 다른 사람도 아니고 홍 공을 의심하겠습니까? 상황이 이렇다 보니까 조심을 하자는 의미였을 뿐입니다. 진정하고 자리에 앉으십시오. 자네는 물러가도 좋네."

물러가라는 말을 들은 남자는 나를 한 번 흘끔 쳐다보고는 김옥균에게 말했다.

"사다코가 와 있습니다만……."

"기다리라고 하게."

"알겠습니다."

목례를 한 남자가 반쯤 열린 미닫이문을 닫고 밖으로 나갔다. 추운지 다시 코다츠에 손을 찔러 넣은 김옥균이 친근한 목소리로 말했다.

"춥지 않습니까? 이리 와서 손이랑 발을 넣어보십시오."

쑥스러웠지만 그가 시키는 대로 코다츠 안으로 손을 찔러 넣었다. 훈훈함에 손끝이 찌릿찌릿해졌다.

"사실은 돈이 없어서 죽을 지경입니다. 아까 봤던 자들도 거둬야 하고, 일을 하려면 돈이 필요한데 연금도 끊기고 붓글씨는 안 팔리고……."

길이 끊긴 자의 궁상이 느껴졌다. 작은 한 줌의 기억과 두려움이 그를 버티고 있게 만들었지만 모래성처럼 허물어지는 순간이 금방 다가올 것 같았다. 무엇이 이 사람을 이토록 외롭고 초라하게 만들었을까? 증오와 존경심으로 뒤범벅이 되어 있던 내 감정은 외로워하는 김옥균을 눈앞에서 보면서 한층 더 복잡해졌다.

"일단 그자의 손을 잡고 필요한 걸 얻으십시오. 조심하면 되지 않겠습니까?"

"정말로 돈이 많아 보였습니까?"

"밀린 제 숙박료를 한 번에 계산해줬습니다. 돈줄이 확실하든지 아니면 장사 수완이 있든지 둘 중 하나겠죠."

"알겠습니다. 내 그럼 그자의 후원을 받도록 하죠. 조만간 돈이 필요할 일이 있을 테니까 말입니다."

"그러면 돌아가서 고균께서 승낙했다고 얘기하겠소이다."

"조만간 기회가 올 것 같습니다. 홍 공께서 많이 도와주셔야 합니다."

"힘닿는 대로 돕겠습니다. 어차피 지금 이대로의 조선은 아무 희망이 없으니까요."

짤막하게 대답한 김옥균이 코다츠에서 손을 빼고 이불에 다시 몸을 기댔다. 나도 옷매무새를 갖추고 일어났다. 미닫이문을 열고 나가려는데 김옥균이 물었다.

"우리 꿈이 이뤄질 것 같습니까?"

어떻게 대답해야 할까 고민하던 나는 서양인들처럼 어깨를 으쓱거렸다.

"뜻이 있는 곳에 길이 있지 않겠습니까?"

그리고 나도 문득 생각난 것처럼 말했다.

"그자에게는 우리가 원래 인연을 맺고 있다는 사실을 발설하지 않는 게 좋겠습니다."

"좋도록 하십시오."

싱글거리는 김옥균을 뒤로 하고 아래층으로 내려오자 기모노를 입은 여인이 아까 그 남자들에게 둘러싸인 채 조선말로 얘기를 주고받는 게 보였다. 작은 키에 볼 살이 제법 붙은 얼굴이었지만 화장기 진한 눈매만큼은 웬만한 남자보다 매서워보였다. 자리에서 일어난 여인이 내 곁을 스쳐 지나가면서 배시시 웃었다. 아쉬움에 입맛을 쩝쩝 다시는 남자들 사이를 비켜서 하숙집 밖을 나갔다. 우윳빛으로 얼어붙은 하늘에서는 눈송이가 떨어졌다. 큰길가로 나가려는데 누군가 내 어깨를 붙잡았다. 아까 문밖에서 버티고 있던 그 남자였다.

"아까는 실례가 많았습니다. 어디서 뵌 적이 있던 것 같은데요?"

그제야 나도 그의 얼굴이 생각났다. 갑신년의 정변에 참가했던 도야마 학교 출신의 정난교였다. 정변에 앞서 나간 모임에는 늘 노인으로 변장을 했던 터라 알아보지 못한 것 같았다. 그 역시 10년 동안 온갖 고생을 겪었는지 제 나이보다 더 늙어보였다. 잠깐 아는 척을 할까 하다가 그냥 넘어갔다.

"글쎄올시다. 전 도통 기억이 안 납니다만……."

"그런가요? 제가 잘못 봤나보군요. 암튼 아까는 죄송했습니다. 워낙 선생님을 노리는 놈들이 많아서요."

"그럴 수도 있죠. 그럼 이만……."

"인력거 타러 가시는 거 아닙니까? 마침 저도 콩조림을 사러 나가야 하니까 같이 가시죠."

떨쳐버리려고 했지만 무슨 꿍꿍이속인지 옆에 바짝 붙었다. 마땅히 나눌 얘기가 없어서 그냥 앞만 보고 걷는데 정난교가 갑자기 한숨을 쉬었다.

"사다코는 조선으로 돌아간다고 하더군요. 부러워 죽겠습니다."

"사다코라면 아까 그 여인 말씀이오?"

"네, 이토 히로부미의 양녀인지 첩인지가 되었는데 이번에 일본 공사의 통역으로 조선으로 돌아간다더군요."

"조선을 떠난 지 오래되셨군."

"10년째입니다. 도망칠 때는 금방 돌아갈 것 같았는데 이러다가는 여기서 늙어 죽고 말 것 같습니다."

"기운 내시오. 좋은 날이 오지 않겠소?"

큰길로 나왔지만 갑자기 내린 눈 탓인지 인력거가 보이지 않았다. 주변을 두리번거리는데 정난교가 꼬치집을 바라보며 입맛을 다시는 게 보였다.

"인력거도 안 잡히는데 따끈한 사케나 한잔하겠소?"

"아이구, 바쁘지 않으십니까?"

손사래를 치긴 했어도 그의 발걸음은 벌써 꼬치집으로 향했다. 한 낮이라서 그런지 손님은 없었다. 구석 자리에 앉아서 꼬치 몇 개와 사케를 주문했다. 배가 고팠는지 오뎅꼬치를 단숨에 먹어치운 정난교는 술잔에 가득 부은 사케도 단숨에 들이켰다.

"왜놈들은 술도 찔끔, 안주도 찔끔이라서 당최 적응이 돼야 말이죠."

"그래도 고균께서 동경으로 돌아오니까 한결 낫지 않소?"

한참 먹고 있던 그에게 조심스럽게 말을 건네자 격렬한 반응이 터져 나왔다.

"죽지 못하니까 옆에 있는 거죠. 금릉위는 제법 아랫사람들을 챙겨준다는데, 고균 선생님은 야박하게 굽니다. 뭐가 생겨도 여자들한테만 갖다 바칩니다."

"여자요?"

"모르셨습니까? 고균 선생이 자빠뜨린 왜년들이 제법 됩니다. 시바우라에 있는 여관 안주인도 고균 선생 애첩이죠."

"흠, 영웅은 호색하다는 옛말이 있지 않소? 외롭고 적적해서 그랬을 거요."

"답답합니다."

답답하다는 말만 여러 번 털어놓은 정난교가 내 손을 꽉 잡았다.

"앞으로 형님으로 모시겠습니다."

"알겠으니 술이나 더 합시다."

"아직도 두고 온 가족들이 눈에 밟히는데 고균 선생은 툭하면 여자한테 빠져 있고 미치겠습니다."

술을 마시던 정난교가 갑자기 눈물을 뚝뚝 흘리면서 푸념을 늘어났다. 뭐라고 얘기해야 할지 몰라 술만 마시고 있는데 갑자기 고개를 쳐든 그가 말했다.

"조선으로 돌아갈 수만 있다면 손목이라도 내놓겠습니다. 뭐 좋은 방법이 없겠습니까?"

그 순간 정난교를 이용하면 일이 쉽게 풀릴 수 있을지도 모른다는 생각이 들었다. 김옥균의 신변을 책임지고 있으니 빈틈을 노리기도 쉬울 것이라는 유혹에 빠져서 막 입을 열려던 찰나 이일직이 들려줬던 얘기가 떠올랐다. 짧은 순간 고민하기는 했지만 일단 모험은 피하기로 결심하고는 짐짓 화가 난 태도로 호통을 쳤다.

"그게 무슨 망발이오? 명색이 사내대장부가 이 정도 고난도 이기지 못하고 결심이 약해지다니, 자네를 믿고 있는 고균이 불쌍하군."

"잘 알지도 못하면서 함부로 말하지 마십시오."

"자네야말로 함부로 말하지 말게. 고균은 조선의 마지막 희망이오."

자리를 박차고 일어나서는 놀란 눈으로 쳐다보는 주인에게 술값을 치르고 밖으로 나왔다. 여전히 눈이 쏟아지는 가운데 꼬치집 밖에는 아까 하숙집에서 봤던 다른 남자들이 버티고 서 있는 게 보였다. 뒤따라 나온 정난교가 호탕하게 웃었다.

"언짢게 해드렸다면 죄송합니다."

나는 모른 척하고 되물었다.

"그게 무슨 소리오?"

"선생님을 노리는 자들이 많아서 부득이하게 속마음을 한번 떠봤습니다. 진심으로 사죄드립니다."

눈밭 위에 무릎을 꿇은 정난교를 따라 다른 두 명도 무릎을 꿇었다. 위기를 넘겼다는 생각과 함께 이 일에 점점 빠져 들어가고 있다는 두려움에 나도 모르게 부르르 몸을 떨었다.

며칠 후 이일직과 함께 김옥균의 하숙집으로 갔다. 프록코트에 둥근 실크 햇을 쓰고 상아로 만든 스틱을 든 이일직은 한눈에 봐도 부유한 사업가처럼 보였다. 하숙집에는 지난번에 본 세 남자와 사다코라는 여인, 그리고 와다 엔지로라는 일본인 청년 한 명이 보였다.

김옥균은 사다코를 자신의 양녀라고 말했고, 와다 엔지로는 오가사와라 제도의 치치시마라는 섬에 유배되었을 때 인연을 맺은 사이라고 소개했다. 미리 준비해둔 안주와 술이 한 순배 돌자 이일직은 고향인 회령에서 마부 노릇을 하던 시절을 얘기했다. 그러다 한양으로 올라와서 상해와 홍콩으로 홍삼을 팔았던 때로 넘어갔다.

"제가 제법 장사를 한다고 하니까 민 씨 집안에서 이런저런 훼방을 놓기 시작하지 뭡니까. 상해에 머물고 있는 민영익이 장사를 하는데 방해가 된다고 말이죠. 헐값을 주고 손을 떼라는 얘기를 거절했더니 말도 안 되는 핑계로 잡아 가두고는……."

걸쭉하게 자신의 얘기를 뽑아낸 이일직의 말에 김옥균은 가끔씩 고개를 끄덕거렸다. 같이 합석한 세 남자도 자연스럽게 술을 마시고 음식을 먹었지만 이일직에게서 눈을 떼지 않았다. 와다 엔지로라는 일본 청년만 빈 잔을 채우기 바빴다. 이야기가 무거워지거나 웃음이 잦아들면 사다코가 눈치껏 끼어들어서 분위기를 띄웠다.

다들 적당히 취했을 무렵 이일직이 은근한 목소리와 함께 봉투 하나를 김옥균에게 건넸다.

"여불위를 아십니까?"

술상 끝에 걸쳐진 봉투를 내려다본 김옥균이 대답했다.

"진시황의 친아버지라는 장사꾼 말입니까?"

"민 씨 일가에게 호되게 당하면서 크게 깨달은 바가 있습니다. 물건을 많이 팔아봤자 권세가들의 손짓 한 번이면 알거지가 되는 건 시간문제였죠. 그래서 차라리 여불위처럼 사람을 사겠다고 마음먹었답니다."

"그래서 날 사시겠다?"

술잔을 내려놓은 김옥균이 차가운 눈으로 이일직을 노려봤다. 덕분에 방 안 분위기는 더없이 싸늘해졌지만 그는 개의치 않고 말했다.

"서양식 표현을 빌리자면 투자를 하는 셈이죠."

"조선에서 반역자로 낙인 찍혀서 객지생활을 한 지 10년째요. 일확천금을 꿈꾸며 내 목을 노리는 자들이 한둘이 아닙니다. 돈도 희망도 없는 이 김옥균의 어딜 보고 투자를 하렵니까?"

"제가 조선에 있을 때 사람들이 선생에 대한 기사가 나오면 뭐라고 한 줄 아십니까?"

흥미를 끌기 위해 짐짓 말을 멈추고 좌중의 시선을 끌어 모은 이일직이 얘기를 풀어놨다.

"김옥균은 어디서 뭘 하든 김옥균이라고 하더군요."

"어딜 가나 김옥균이라……."

"지금 조선이 중전의 치마폭에 둘러싸여서 시름시름 앓고 있다는 건 고균도 잘 아실 겁니다. 이대로 가면 희망이 없어요."

"그래서 조선을 바꾸기 위해 나한테 투자를 하시겠다?"

"장사치가 너무 거창한 꿈을 꿨다는 말씀이십니까? 그렇게 따지면 10년 전에 고균께서도 꿈을 꾸시지 않으셨습니까?"

이일직의 말에 세 남자는 물론 조선말을 할 줄 모르는 와다 엔지로까지 표정이 굳어졌다. 하지만 김옥균은 손바닥으로 허벅지를 치면서 껄껄거렸다.

"거 장사꾼 치고는 배포 한번 크시구려. 허나 나는 일이 성사된다 해도 진시황이 될 생각은 없습니다. 그러니 당신도 큰돈을 벌 생각은 마시오."

"명심하겠습니다. 부족하나마 힘을 보태겠습니다. 어려운 일이 있으시면 걱정 말고 말씀하십시오."

"앞으로 신세 좀 지겠습니다."

옆에서 지켜본 나로서는 능수능란한 이일직의 말솜씨나 주도권을 잃지 않은 김옥균의 기세에 감탄하지 않을 수 없었다. 이일직과 잔을 마주치고 술잔을 입술에 댄 김옥균이 슬쩍 나를 쳐다봤다. 차가운 눈동자와 마주치는 순간 어쩌면 김옥균은 모든 것을 알고 있을지도 모른다는 생각이 들었다. 갑신년의 거사에 참여했던 나조차도 시험을 했던 김옥균이 이일직을 이렇게 쉽게 믿어버렸다는 점이 믿기지 않았다. 아무 말 없이 앉아 있던 사다코가 하품을 하면서 슬쩍 내게 기댔다.

"아우, 남자들 얘기는 너무 따분해요. 불란서에 갔다 오셨다면서요. 거긴 정말 여자들이 남자들보다 키도 크고 눈도 파란가요?"

나는 말없이 술잔을 비웠다. 예쁜 여자의 눈웃음에 홀리기에는 마음속이 너무 무거웠다. 술자리는 밤늦게 끝났다. 세 남자의 배웅을 받으며 큰길로 나와 인력거를 타고 돌아가는데 이일직이 불쑥 말했다.

"홍 공이 김옥균을 맡아주셔야겠습니다. 나는 다른 동지들과 함께 박영효를 맡지요."

"정말로……."

나는 다음 말을 잇지 못하고 입속에서 웅얼거렸다.

"그를 죽여야만 합니까?"

사실 이일직의 제안을 받아들이기로 마음먹은 이유 중 하나는 실제로 암살이 실행으로 옮겨지지 않을 것 같다는 막연한 희망 때문이었다. 동료들과 가담자들을 버려두고 자신만 살기 위해 일본으로 도망친 김옥균이 밉긴 했지만 정말로 그를 죽일 각오가 되어 있지는 않았다.

하지만 이일직은 김옥균을 정말로 죽일 결심을 하고 있었고, 그 일을 나에게 맡겼다. 도망치고 싶었다. 지금이라도 못하겠다고 말하고 싶었다. 하지만 내 입은 굳게 닫혔다. 그리고 며칠 후 와다 엔지로가 김옥균의 편지를 한 통 가져왔다. 며칠 후 만나자는 내용이었다.

. . .

해가 저물고 어둑해질 무렵 나는 약속 장소로 향했다. 거리에는 차양이 달린 유모차를 끌고 다니는 식모들의 재잘거림이 가득했다. 가스등에서 빠르게 대체 중인 전기등이 이미 불을 환하게 밝혔다. 간다의 난메이칸(南明館) 앞에는 기모노를 입은 여인들과 아이들로 가득했다. 검정색 프록코트에 녹색 실크 햇을 쓰고 옻칠을 한 스틱을 든 김옥균이 난메이칸 앞에서 손짓을 했다. 옆에는 와다 엔지로가 서 있었다. 반갑게 악수를 한 김옥균이 벽돌로 만든 난메이칸의 아치형 입구를 가리키며 말했다.

"생각이 복잡할 때마다 여길 들르죠. 복작거리는 사람들 틈에 있으면 시름을 잊게 마련입니다. 홍 공은 간코바(勸工場)에 들어가 본 적이 있습니까?"

"간코바요?"

"육의전 같은 곳은 시장 안에 점포가 흩어져 있어서 이 물건을 샀다가 저 물건을 사려면 한참 걸어가야만 하죠. 하지만 간코바는 하나의 건물 안에 여러 개의 상점이 있어서 시간과 힘을 절약할 수 있지요. 자, 들어가십시다."

김옥균은 내 팔을 잡아끌고 난메이칸 안으로 들어섰다. 붉은 벽돌과 대리석으로 만든 난메이칸 입구의 지붕에는 파리의 천주교 성당처럼 뾰족한 첨탑이 세워져 있었다. 건물 안쪽에 들어서니 양쪽에 점포들이 줄지어 늘어선 게 보였다.

"원래는 박람회에서 팔다 남은 상품을 처분하기 위해 세운 곳인데 인기를 끌면서 동경 시내에 여러 개가 생겼습니다. 특히 여기 난메이칸은 서양 물건들이 많지요. 저기 저쪽이 서양 가구점입니다."

"여기 구경을 시켜주려고 절 부르신 겁니까?"

나는 어린아이처럼 떠드는 김옥균에게 물었다. 빙그레 웃은 김옥균이 뒤따라오던 와다 엔지로를 흘끔 쳐다보고는 나에게 말했다.

"요즘 내 얘기를 들으려고 하는 귀들이 많아서 말입니다. 얼마 전에 주일 청국 공사였던 이경방에게 편지를 받았는데, 아버지인 북양 대신 이홍장과의 면담을 주선해줄 테니까 청으로 건너오라는 내용이었죠."

그 얘기를 듣는 순간 심장이 쿵 떨어졌다.

"청나라라면 불구대천의 원수 아닙니까?"

"허허, 벌써 10년이 지났죠. 강산도 변하는데 그깟 예전 일이야 얼마든지 잊을 수 있습니다. 어쨌든 청나라로 가려면 적지 않은 비용이 드는데 일본인들한테 손을 벌릴 수는 없는 노릇. 공께서 이일직에게 말해서 여행경비를 받아주셨으면 합니다."

그 순간 나는 극심한 배신감을 드러내지 않기 위해 다른 곳을 쳐다봤다. 오르간을 전시한 점포 앞에는 사람들이 구름 떼처럼 모여들어 있었다. 아랫입술을 지그시 깨물고 돌아선 나는 웃으며 물었다.

"얼마나 필요할까요?"

"많으면 많을수록 좋습니다. 갚을 빚도 좀 있고, 가서 얼마나 있을지 모르니까요."

"위험하지 않을까요? 청나라 입장에서는 고균이 원수나 다름없는데 말입니다."

"일단 상해에 있는 조계지로 가서 상황을 살펴볼 겁니다. 거기라면 섣불리 못 건드릴 겁니다."

자신만만해하는 고균에게 조계지는 해당 국민을 체포하지 못하는 곳이지 조선인은 아무 상관없지 않느냐는 말을 하려다가 입을 다물었다. 김옥균은 내가 자기 생각에 동의했다고 생각했는지 사람들 틈을 헤쳐 나가면서 쉴 새 없이 떠들어댔다.

"이 사람들을 보십시오. 전부 서양 옷, 서양 물건에 정신이 팔려 있지 않습니까. 몸은 일본인이되 마음은 전부 서양인이 된 거죠. 서세동점의 시대에 살아남을 수 있는 유일한 방법이긴 합니다. 지금까지 일본은 몸을 낮추고 힘을 길렀지만 앞으로는 그러지 않을 겁니다."

"그렇다면……."

"일본이 힘을 쓴다면 어디에 쓰겠습니까? 처음은 조선이고, 그다음은 청나라겠죠."

한껏 낮아진 김옥균의 목소리를 듣는 순간 일본에서의 첫 만남 때 받았던 초라함이 날아가 버렸다. 이일직의 말이 맞았다. 그는 진흙탕에 있건, 여인의 품에 안겨 있건 김옥균이었다. 오랜 세월이 뜻을 갉아먹을 수는 있어도 세상을 보는 눈을 뺏어가지는 않았다. 그런 김옥균이기에 스스럼없이 청나라와 손을 잡겠다고 말하는 것 아니겠는가. 나는 복잡해진 감정을 숨기며 물었다.

"조선은 그렇다 쳐도 청을 어찌 공격한다는 말씀입니까? 땅덩이나 인구가 비교가 안 되는데요."

"50년도 전에 영길리와 불란서가 불과 1만도 안 되는 병력을 동원해서 두 차례나 청을 꺾었습니다. 철도와 증기선이 있으면 언제든 원하는 곳에 군대를 보낼 수 있고, 총과 대포가 있으면 적은 숫자로도 대군을 꺾을 수 있죠."

"그럼 고균께서는 일본이 청을 물리친다는 말씀입니까?"

"내가 걱정하는 것은 두 나라의 승패가 아니라 그 와중에 양쪽의 먹잇감이 될 조선의 운명입니다. 어느 쪽이든 승자가 조선을 차지한다고 할 터인데 과연 거기에 맞서 싸울 수 있을지 말입니다."

"그것과 고균이 청으로 가서 이홍장을 만나는 것과 무슨 연관이 있습니까?"

"만약 이홍장을 5분이라도, 단 5분이라도 만날 수 있다면 어떻게든 설득할 자신이 있습니다. 전쟁이 아니라 대화로 해결해야 한다고 말이죠."

"과연 가능하겠습니까?"

내 물음에 김옥균은 빙그레 웃으며 대답했다.

"이홍장은 북양대신이라 만약 일본과 전쟁이 나면 자신이 키운 군대로 싸워야 할 겁니다. 이겨도 손해가 막심할 텐데 쉽게 칼을 뽑겠습니까?"

"어떤 설득을 하신단 말씀입니까? 단순히 싸우지 말자는 얘기를 하러 그 먼 곳까지 가시는 겁니까?"

"표면적으로는 동양의 삼국인 일본과 조선, 그리고 청이 서로 손을 잡고 서양의 침략에 맞서 싸워야 한다고 얘기할 겁니다. 물론 세 나라가 서로 사이좋게 지낼 리는 없으니 세력 균형을 맞춰야 하고, 그러기 위해서 청은 조선을 단단히 잡아둬야 하겠죠. 중전 민 씨가 청과 일본, 그리고 아라사를 상대로 나름 거래를 하는 것 같은데 내가 보기에는 애들 장난처럼 보입니다."

"그래서 이홍장과 손잡고 조선으로 복귀하실 생각입니까?"

"이홍장이 있으면 중전이나 임금도 섣불리 손을 쓰지 못할 겁니다."

다시 가슴이 부글거렸다. 무엇이 일본과 손잡고 청을 몰아내자는 그의 생각을 바꾸게 했을까? 온갖 미사여구와 거창한 이상으로 포장하기는 했지만 나는 그의 마음속이 오직 권력을 잡겠다는 야망으로 불타고 있음을 어렵지 않게 짐작했다. 아, 김옥균이여. 내가 당신을 죽여서 영원히 살아남게 만들어야겠구나. 속으로 그렇게 중얼거린 나는 그를 암살하기로 결심했다.

내 속마음은 짐작도 못한 것 같은 김옥균은 여전히 떠들어댔다. 선을 넘어가버린 나는 적당히 장단을 맞췄다. 어떻게 이홍장을 설득할 것인지 얘기하던 김옥균은 시간이 없다는 말로 결론을 내렸다.

"시간이 없다니요?"

김옥균은 대답 대신 몇 걸음 뒤에서 따라오던 와다 엔지로가 내민 시사신보(時事新報:1883년 후쿠자와 유키치가 세운 신문)를 내게 건네줬다.

"며칠 전에 전라도 고부에서 동학교도들이 봉기를 일으켰습니다."

"이게 공의 청국행과 무슨 상관이 있답니까?"

나의 물음에 김옥균이 대답했다.

"이번에는 동학교도들이 들고 일어난 겁니다. 다른 민란처럼 대충 수습할 수 있는 상황이 아니란 말이죠. 천우협(天佑俠)과 현양사(玄洋社) 쪽은 아예 조선으로 건너가서 동학교도들과 손을 잡을 생각을 하던데, 아마 이 기회에 청과 일전을 벌이겠다는 속셈인 것 같습니다."

"알겠습니다. 이일직에게 말해서 돈을 융통해보도록 하겠습니다."

"가급적 빨리 부탁드립니다. 시간이 없어요. 시간이⋯⋯."

"정말 결심하신 겁니까?"

한동안 침묵을 지키던 김옥균은 늙고 지친 사냥꾼처럼 말했다.

"호랑이를 잡으려면 호랑이굴에 들어가야만 하는 법입니다."

내 얘기를 들은 이일직은 쾌재를 불렀다.

"하늘이 우리를 돕는군요. 상해라면 이곳보다는 일을 도모하기 편할 겁니다."

"하지만 돈을 빌려달라고 했지 동행을 요구한 건 아니잖습니까."

"그건 내가 알아서 할 테니 홍 공은 역적의 목을 취할 계책을 세우시죠."

호탕하게 웃은 이일직은 얘기와는 달리 좀처럼 돈을 주지 않았다. 김옥균은 몇 번이고 나한테 채근했지만 이일직은 기다리라는 말만 했다. 그 대신 같은 일행인 권동수, 권재수 형제와 함께 박영효가 운영하는 친린의숙에 심어놓은 김태원과 어울려 다녔다. 그 사이에 신변을 정리하고 출발 준비를 하던 김옥균은 돈을 구하기 위해 후카자와 유키치나 도야마 미츠루에게 손을 벌린 눈치였지만 뜻을 이루지 못했다.

결국 그는 돈을 구해가지고 오라는 말을 남기고 1894년 3월 9일 밤에 시나가와 역에서 기차를 타고 오사카로 먼저 출발했다. 와다 엔지로와 사진사인 가이 군지(甲斐 軍治)가 함께 갔고, 청국행을 만류하기 위해 도야마 미츠루가 뒤따라갔다. 출발 전날인 8일 저녁, 주일 청국 공사인 왕봉조와 해월루라는 곳에서 저녁 식사를 한 것으로 봐서는 청국 쪽에서도 어느 정도 성의를 보인 것처럼 보였다. 김옥균도 주변 사람들한테는 시바우라에 있는 아리마 온천으로 여행을 떠난다고 한 것으로 봐서는 청국행을 비밀리에 추진하는 것처럼 보였다. 김옥균이 오사카로 떠난 다음 날 이일직이 나를 찾아왔다.

"떠날 차비를 하시오. 내일 오사카로 갈 거니까."

"왜 같이 안 가고 이렇게 뒤따라가는 겁니까?"

"토끼를 사냥하려면 길목을 지키는 게 더 빠르지. 김옥균은 나를 찾아올 걸세. 상해행 배표를 사고 거기에서 머물려면 돈이 필요한데 나 말고 누구한테 구하겠나?"

은근슬쩍 말을 놓은 이일직이 대수롭지 않게 대답했다. 다음 날 오후, 이일직과 권동수, 권재수 형제, 그리고 나 이렇게 네 명 역시 시나가와 역에서 기차를 타고 오사카로 떠났다. 이일직의 말대로 김옥균은 돈이 없어서 오사카에 그대로 머무는 중이었다. 한가롭게 당구를 치거나 시내 구경을 하러 다니는 중이었지만 나는 그의 눈빛에서 초조함을 읽었다.

오사카에 와서도 이일직은 좀처럼 돈을 내놓지 않았다. 그저 저녁마다 둘러앉아서 술만 마실 뿐이었다. 김옥균 역시 막상 돈을 달라는 요구를 하지 않았다. 기묘한 대치 상태는 3월 21일 저녁 술자리에서 이일직이 돈 봉투를 내놓으면서 끝이 났다. 봉투 안에는 일본돈 600엔과 상해에 있는 천풍전장(天豊錢莊)이라는 상점에서 바꿀 수 있는 5000원짜리 어음이 들어 있었다.

"600엔은 여비로 쓰시고 5000원짜리 어음은 바꿔서 그중 2000원을 쓰십시오."

"나머지 3000원은 갔다 와서 돌려드릴까요?"

돈을 챙긴 김옥균의 물음에 이일직은 고개를 저었다.

"사실은 저도 돈이 좀 급해서, 여기 홍 공이 동행할 테니 그쪽 편에 보내주시면 감사하겠습니다."

가만히 앉아 있던 나는 속으로 절묘한 수라고 생각했다. 이와다 슈사쿠라는 이름 대신 이와다 삼페이(岩田 三平)라는 가명을 쓸 정도로 조심스럽게 움직이던 그로서는 가급적 돈만 받고 싶었을 것이다. 하지만 이런 식으로 핑계를 대면 김옥균으로서도 거절하기가 힘들었다. 고개를 갸웃거린 김옥균이 뭐라고 말할 찰나 이일직이 쐐기를 박았다.

"이 어음은 저나 제가 지정한 대리인이 아니면 현금으로 바꿀 수 없습니다. 불편하시더라도 모쪼록 편의를 봐주셨으면 좋겠습니다."

결국 김옥균이 '그럽시다'라는 말을 하는 것으로 이야기는 끝이 났다. 희미한 가스등이 내뿜는 빛을 따라 걷는데 멀리서 와다 엔지로가 헐레벌떡 뛰어오는 게 보였다.

다음 날 김옥균 일행과 우리 쪽 일행은 상해행 기선이 출발하는 고베행 기차를 탔다. 우연찮게도 숙소는 내가 불란서에서 돌아올 때 머물렀던 니시무라 호텔이었다. 이곳에서 김옥균은 이와다 상와(岩田 三和)라는 이름으로 숙박부를 적었다. 내가 의아한 얼굴로 쳐다보자 싱긋 웃은 김옥균이 대답했다.

"삼화주의를 뜻하는 이름이죠."

나는 그의 말투에서 메마른 자신만만함을 느꼈다. 떠밀린 자의 마지막 한숨 같은 얘기를 들은 나는 속으로 중얼거렸다.

'그대 아직 꿈을 꾸고 있는가?'

나는 막막함과 두려움, 그리고 증오로 범벅이 된 얼굴을 돌렸다.

그날 청국 공사관의 통역 오정헌이 합류했다. 나는 여관직원에게 부탁해서 상해행 기선인 사이쿄마루(西京丸)의 90일 기한의 왕복표를 샀다. 비용과 비밀유지 문제로 김옥균과 나, 오정헌과 와다 엔지로만 가기로 결정됐다. 이일직 역시 권 씨 형제들과 함께 동경으로 돌아가기로 했다. 이일직은 출발 직전에 나를 따로 불러서 상자 하나를 건네줬다. 상자 안에는 여섯 발이 장전되는 리볼버 권총 한 자루와 날이 시퍼런 비수 하나가 보였다.

"나는 동경으로 돌아가서 박영효를 척살할 것이니, 공이 상해에서 김옥균을 없애시오. 조선옷을 하나 챙겨가서 소맷자락에 넣으면 눈에 안 띌 거요. 만약 밤에 도착하면 인력거를 타고 숙소인 동화양행으로 가는 중에 총을 쏴서 죽이시오. 만약 낮에 도착하면 숙소에서 틈을 봐서 없애고, 참 3층이면 총을 쓰고, 2층이면 칼을 쓰는 게 좋을 거요."

나는 고개를 저었다.

"그때는 적당하지 않습니다."

"그럼 알아서 하시오. 대신 죽이고 목 잘라오는 것 잊지 말고."

"나보고 목을 들고 어떻게 조선으로 돌아오라는 얘기오?"

"그것도 다 손을 썼소. 일을 끝내면 동주로에 머물고 있는 운미(芸楣:민영익의 호)를 찾아가시오."

"운미라면 민영익 공을 말하는 겁니까?"

"맞소. 미리 전보를 보냈으니까 도와줄 거요. 그리고 이 일이 실패하면 김옥균의 목 대신 당신의 목을 내놔야 한다는 사실을 잊지 마시오."

나는 침을 꿀꺽 삼키며 고개를 끄덕거렸다. 아니, 끄덕거려야만 했다. 살인을 앞둔 우리는 일종의 흥분상태에 빠져 있었다. 의무감이

나 성취감은 둘째 치고 그 푸릇한 살육에 취한 것이다.

1894년 3월 24일 각기 다른 꿈을 꾸고 있는 우리 두 사람은 상해행 기선인 사이쿄마루에 올랐다. 요코하마에서 출발한 사이쿄마루는 고베와 시모노세키, 나가사키를 경유해 상해에 가는 정기선이었다. 뱃고동 소리를 내며 힘차게 출발하는 사이쿄마루의 갑판에서 부두에서 배웅하는 이일직과 권 씨 형제를 말없이 쳐다봤다. 이들은 동경으로 돌아가서 박영효를 암살할 계획이었다. 둘 다 성공하거나 한쪽만 목적을 달성할 수도 있었다. 운이 없다면 양쪽 다 실패하리라. 좀처럼 마음이 가라앉지 않아서 뱃전을 서성거리는데 김옥균이 다가와서 물었다.

"속이 안 좋으십니까?"

"그냥, 바람을 쐬고 싶어서 나와 있습니다. 드디어 꿈을 이루러 가시는군요?"

"꿈을 성취할 수 있을지 사지로 들어가는 길인지는 조만간 결판나겠지요."

"상해에 간 다음에는 어떡하실 계획입니까?"

서늘한 바닷바람에 못 이겨 고개를 돌린 내가 묻자 김옥균은 양복 윗저고리에서 작게 접은 종이를 꺼냈다.

"사실 상해로 와달라는 연락만 받았고, 언제 어디서 만나자는 얘기는 없었습니다. 일단 안전한 조계지에서 기다리되 정 안되면 이경방이 머물고 있는 안휘성(安徽省) 무호(蕪湖)나 이홍장의 고향인 합비(合肥)까지 갈 생각입니다. 만약 만나만 준다면 천진(天津)까지 못 갈 건 뭐가 있겠습니까?"

힘주어 내뱉는 말에 김옥균의 결의가 느껴졌다. 갑신년의 결의가 무모할 정도의 순수함이었다면 지금은 세상 풍파를 다 겪은 정객의 노회함이 물씬 풍겨났다. 내가 별다른 말이 없자 김옥균이 계속 얘기했다.

"사실은 4년 전에도 청국에 가려고 했습니다. 이경방에게 배를 한 척 보내달라고 했다가 거절당해서 10월 27일인가 몰래 동경을 떠나서 고베에 갔었죠. 그때도 야마타 마츠타로라는 가명을 쓰고 청나라로 건너가려고 했는데 돈이 없어서 결국 발길을 돌려야 했습니다."

"이번 청국행이 과연 해답이 되겠습니까?"

"잘되거나 죽거나 모두 잃거나 셋 중 하나겠죠. 어차피 더 잃을 것도 없지만……."

차갑게 내뱉은 김옥균이 먼 바다를 바라보느라 내게서 등을 돌렸다. 순간적으로 그를 떠밀어버릴까 생각했지만 주변을 둘러보다가 먼발치서 지켜보는 일본인과 눈이 마주쳤다. 잿빛 양복 차림의 마른 사내는 짙은 콧수염을 꿈틀거리며 이쪽을 쳐다봤다. 할 수 없이 포기하고 선실로 돌아왔다.

3월 27일 오후 5시, 사이쿄마루는 상해의 황포 강에 있는 일본 우편선 전용부두에 닻을 내렸다. 어둑해진 부둣가는 배에서 내릴 손님을 기다리는 인력거와 마차들로 북적였다. 작은 배를 타고 온 세관의 관리가 서류를 살펴보는 동안 뱃전은 서둘러 내리려는 승객들로 가득했다. 마침내 배가 부두에 닿았지만 정작 김옥균의 모습은 보이지 않았다. 대신 와다 엔지로가 와서 그의 얘기를 전했다.

"배 멀미 때문에 꼼짝도 못하시겠답니다. 먼저 내리셔서 숙소를 잡으시라고 하십니다."

막상 도착하자 겁이 나서 그대로 돌아가는 게 아닌지 걱정스러웠지만 내색할 수는 없었다. 할 수 없이 청국 공사관의 통역 오정헌과 먼저 내려서 인력거를 타고 숙소인 동화양행으로 향했다. 미국과 영국 조계지의 경계선인 소주 강을 가로지르는 가든 브리지를 지나 미국 조계 지역으로 들어섰다. 다리 초입에 만들어진 공원 입구에는 한문으로 '개와 중국인은 출입금지'라는 팻말이 붙어 있었다. 불편함이 담긴 헛기침을 한 오정헌이 말했다.

"영국인들이 만들어놓은 퍼블릭 가든(Public Garden)이라고 부르는 공원입니다. 상해에 생긴 최초의 서양식 공원이죠. 우리나라 사람들은 황포공원(黃浦公園)이라고 부릅니다."

강을 따라 몇백 미터 달려간 인력거는 오른쪽으로 꺾인 강을 따라 만들어진 강남로라는 큰길로 접어들었다. 숙소인 동화양행은 3층짜리 서양식 벽돌건물로 강남로 중간쯤에 자리 잡았다.

인력거를 타고 오는 내내 살펴본 바로는 낮이나 밤이나 배에서 이곳까지 오는 도중의 암살은 불가능했다. 부두에서부터 계속 상점과 집들이 늘어선 번화가라 오가는 사람들이 많았고 가로등이 환하게 길을 밝혔다. 숨을 헐떡거린 인력거꾼이 조심스럽게 세운 인력거에서 내린 나는 길 건너편의 사당을 발견했다. 노란색 기와지붕에 벽돌로 만든 월문 안팎은 중국인들로 가득했다. 뒤따라 내린 오정헌이 말했다.

"천후묘라는 사당입니다. 영험함이 있다고 해서 늘 사람들로 북적거리죠."

언제 나왔는지 건물 앞에는 일본인 주인이 나와서 우리를 기다리는 중이었다. 예약을 확인하고는 김옥균이 배 멀미 때문에 오늘 묵지 못할 수도 있다고 하자 요시지마 도쿠조우라는 이름의 주인은 우리와 함께 가서 김옥균을 모셔오겠다고 했다. 그 사이 오정헌은 김옥균의 부탁으로 편지를 전해주러 가야 한다며 중서학원이라는 곳으로 갔다.

저녁 7시 무렵, 나와 요시지마가 다시 사이쿄마루가 정박한 부두에 도착했다. 배에 오른 요시지마가 어떻게 설득했는지 잠시 후 김옥균과 사이쿄마루의 마쓰모토 사무장이 함께 내렸다. 부두에는 여전히 사람들이 많아서 인력거 대신 마차를 잡았다. 마차를 타고 가는 동안 김옥균은 요시지마 도쿠조우에게 신신당부했다.

"내가 동화양행에 머무는 것을 절대 비밀로 하고, 청나라 사람이든 조선 사람이든 나에 대해 묻거든 모른다고 해주시오."

"알겠습니다. 마침 2층 객실을 몇 개 비워놨으니 거길 쓰시지요."

적지에 들어왔다고 생각한 탓일까? 그의 태도가 유독 조심스러워 보였다. 동화양행에 들어가서 숙소를 정할 때 그의 의도가 명확해졌다. 김옥균은 와다 엔지로와 함께 2층 1호실을 쓰기로 했고, 오정헌은 2호실을, 나는 3호실을 배정받았다. 방에서 짐을 풀고 있는데 창밖으로 문 앞에 인력거가 멈춰서는 게 보였다. 큼지막한 여행가방을 옆구리에 낀 잿빛 양복의 카이저수염이 동화양행 안으로 들어왔다.

1층 식당에서 식사를 끝마칠 무렵 심부름꾼이 윤치호가 찾아왔다는 얘기를 전했다. 반색을 한 김옥균은 직접 나가서 윤치호를 불러들였다. 갑신년의 정변에 직접 가담하지는 않았지만 개화파와 가까웠던 윤치호는 정변이 실패로 돌아가고 운신의 폭이 좁아지자 1885년 1월 나가사키를 거쳐 상해로 왔다고 담담하게 말했다. 그리고 상해에서 미국인이 세운 중서학원에서 공부를 하다가 미국으로 유학을 간 것이다. 그러다 작년에 다시 상해로 돌아와 중서학원에서 교편을 잡고 있다고 그간의 정황을 설명했다.

감개무량한 표정의 김옥균은 당시의 얘기들을 하나둘씩 꺼내며 대화를 나눴다. 식사를 끝마친 후에도 윤치호와 방으로 올라가서 한참 동안이나 밀담을 나눴다. 간간히 웃음소리가 터졌다. 그 사이 나 역시 방으로 돌아왔다. 문을 잠그고 짐 속에 넣어두었던 나무상자를 꺼냈다. 아무것도 없기를 바랐지만 상자 안에는 여전히 권총과 비수가 자리 잡고 있었다.

한참을 들여다보던 나는 갑자기 들려오는 폭음에 움찔했다. 얼떨결에 권총을 움켜쥐고 바닥에 엎드렸다. 폭음이 몇 번 더 들린 후에야 그 소리가 소주 강에 떠 있는 정크선에서 터트린 폭죽소리라는 걸 깨달았다. 겨우 한숨을 돌리고 잠자리에 들었지만 잠이 오지 않았다. 내일, 어쩌면 모레 나는 김옥균을 죽일지도 모르겠다.

. . .

이번 글은 여기까지였다. 책을 다 읽은 류경호는 그대로 잠을 청했다. 꿈속에서 그는 홍종우가 되어 김옥균을 죽이러 다녔다. 하지만 아무리 권총으로 쏘고 칼로 찔러도 상대방은 죽지 않았다. 그러다가 김옥균이 최남선 사장으로 변했다가 류경호 자신으로 변했다.

　류경호는 자신으로 변한 김옥균의 가슴에 칼을 꽂았다. 김옥균이 안타까운 눈으로 류경호를 쳐다봤다. 그때서야 가슴이 피범벅이 되어 있다는 사실을 눈치챈 류경호는 갑자기 엄습해오는 두통에 못 이겨 비명을 질렀다. 땀으로 범벅이 된 채 눈을 뜨자 세상의 모든 것이 낯설어 보였다.

내부 감시자

5월이라서 그런지 한낮부터 사람들로 북적거렸다. 길거리는 산책을 나왔는지 스틱을 든 모던보이들로 가득했다. 목줄을 건 애완견을 데리고 산책을 다니는 귀부인풍의 모던걸들도 눈에 띄었다.

약속 장소는 최근에 유행하는 공 굴리는 도박장이었다. 예전에는 육의전 중 하나였을 허름한 초가집 상점의 '오악적 유희장(娛樂的 遊戲場)'이라는 큼지막한 간판 아래에는 사람들로 북적거렸다. 보따리를 옆구리에 낀 터벅머리 시골 총각부터 막일꾼, 구겨진 양복을 입은 자들이 입구에서 돈을 내고 표를 샀다. 한쪽에서는 폐병이라도 걸렸는지 얼굴이 누런 남자가 손으로 돌리는 축음기를 열심히 돌리면서 큰 목소리로 손님들을 불러 모았다.

"들어오세요! 누구나 즐길 수 있습니다. 여덟 개 구멍 중에 원하는 곳에 들어가면 건 돈의 여섯 배를 드립니다. 부담 없이 즐기세요."

자전거를 타고 온 점원 차림의 남자가 입구에서 돈을 내고 표를 사들고는 안으로 들어갔다. 어떻게 할까 고민하던 류경호는 입구에서 10전을 내고 표를 사서 안으로 들어갔다. 어두침침한 오락장 안에는 상투를 튼 머리와 모자를 쓴 머리, 서캐가 하얗게 낀 터벅머리가 희뿌연 가스등 아래를 오갔다.

오락장 한가운데에는 못이 촘촘하게 박힌 경사진 나무판이 보였다. 위쪽에서 쇠공을 굴리면 못 사이를 비집고 내려가다가 구멍 안으로 들어갔다. 구멍에는 붉은색 붓글씨로 경성과 동래, 인천, 원산, 평양, 대구 같은 도시 이름이 적혀 있었다. 스무 살이 채 안 된 것 같은 시골 청년이 한 손에 가득 쥔 쇠공을 하나씩 굴렸다. 옆에서는 오락장에서 일하는 것 같은 중늙은이가 추임새를 넣으면서 흥을 돋웠다.

"여섯 배요. 여섯 배. 그냥 공만 굴려도 여섯 배가 나옵니다. 땀 흘려 일할 필요가 없어요. 어서들 와서 공 굴리고 돈 따가세요."

조끼에 넣어둔 회중시계를 보니까 아직 시간이 좀 남아서 구경을 하기로 했다. 시골 청년은 손에 쥐고 있던 쇠공을 다 떨구고 딴 돈으로 다시 표를 사러 갔다. 다음 차례는 아까 봤던 그 점원이었다. 제법 능숙한 솜씨로 쇠공을 굴렸지만 번번이 점찍은 구멍을 빗겨나갔다. 지켜봤던 사람들이 아쉬움이 섞인 한탄을 내뱉는 사이, 10분 남짓 사이에 가져온 돈을 모두 날린 모양이었다. 어깨를 들썩거린 점원이 한숨을 쉬더니 추임새를 넣던 중늙은이에게 말했다.

"가진 돈 다 잃었으니 배라도 채우게 50전만 주시오."

"아니 누가 밥값까지 판돈으로 걸라고 그랬나. 그러지 말고 남은 돈 걸고 밥값 벌어."

"며칠 동안 여기 쓴 돈이 얼만데 50전도 못 준답니까. 안 되면 30전이라도 줘요."

"안 된다니까."

중늙은이와 말싸움을 벌이던 점원이 갑자기 조끼에서 칼을 꺼내 들면서 오락장 안의 공기는 단숨에 싸늘해졌다. 칼을 뽑아든 점원이 소리쳤다.

"닷새 동안 50원이나 썼는데 그깟 50전이 아까워! 내 이놈의 가게를 확 태워버리고 말거야!"

"이봐, 칼 내려놓고 말로 하자고, 말로."

중늙은이가 더듬거리며 설득했지만 기세등등한 점원은 수그러들지 않았다. 핏발 선 눈으로 주변을 두리번거리던 점원은 기둥 옆 탁자에 놓인 램프를 보더니 그쪽으로 움직였다. 다들 비명을 지르며 꼼짝도 못하는 사이 누군가 먼저 램프를 집어 들고는 점원의 머리를 내리쳤다. 칼을 떨어뜨린 점원이 머리를 감싸 쥔 채 주저앉자 중늙은이를 비롯한 구경꾼들이 우르르 몰려들어 몰매를 놨다.

"그 녀석한테 램프 값 받아!"

부서진 램프를 구석에 확 내던진 배정자가 소리쳤다. 검정색 치마저고리에 두툼한 뿔테 안경을 쓴 모습 덕분에 예전 조선호텔에서 봤던 요염함은 사라졌지만 권총을 뽑아들었던 때의 당당함은 그대로였다. 방금 전의 싸늘한 표정을 감춘 배정자가 류경호에게 다가와서는 다정하게 팔짱을 꼈다.

"소란스러운 꼴을 보여줬네요. 이쪽으로 오시죠."

뒷문으로 나오자 한옥으로 둘러싸인 뜰이 보였다. 고무신을 벗고 대청에 오른 배정자가 부엌 쪽에 대고 소리쳤다.

"끝순아, 시원한 꿀물 두 잔 가져오너라."

전형적인 옛날 가옥이지만 대청에는 가죽소파와 커다란 괘종시계가 자리 잡고 있었다. 조금씩 밀고 들어온 서구의 문물이 빈틈을 파고들어오는 모양새였다. 배정자의 맞은편 자리에 앉은 류경호는 집 안을 슬쩍 둘러봤다. 벽에는 일장기를 배경으로 찍은 사진과 고관으로 보이는 늙은 남자와 다정하게 팔짱을 낀 채 찍은 사진이 나란히 걸렸다.

"이토 히로부미 통감 어른이세요. 좋은 분이었죠."

손수건을 꺼내 든 배정자가 안경을 벗고 눈자위를 눌렀다. 어제 봤던 홍종우의 책에서 나왔던 30년 전의 풋풋했을 그녀를 떠올려봤다.

"무슨 일로 절 보자고 하신 겁니까?"

"요즘 상황이 좀 어렵다고 들었습니다."

손수건을 움켜쥔 그녀가 배시시 웃으며 대답했다.

"하긴, 노리는 쪽이 많긴 합니다."

"문제는 이 와중에 불똥이 튈 수 있다는 점이죠. 맞는 쪽이 완전히 녹아내릴 정도로 말입니다."

며칠 전 폭탄 세례를 받았던 기억을 떠올린 류경호는 그녀의 말을 듣고는 쓴웃음을 지었다. 끝순이라는 식모가 유리잔에 얼음을 띄운 꿀물을 가지고 왔다. 한 모금 마신 류경호는 그녀를 쳐다봤다.

"솔직히 말씀드리자면 사람들이 뭘 노리는지, 그리고 홍종우가 왜

208

갑자기 나타났는지 의문투성이입니다."

"그 부분은 제가 도와드릴 수 있겠군요. 일단 홍종우가 갑자기 나타났죠? 자기는 김옥균을 죽이지 않았다는 주장을 하면서요."

"맞습니다. 그리고 그자를 쫓는 종로경찰서의 고등계 형사들이 나타났고, 노동상애회 회장 박춘금이라는 자도 모습을 드러냈고요."

류경호가 소매치기 일당과 함께 있던 김인을 건너뛰고 설명하자 배정자가 고개를 끄덕거렸다.

"정확히 찾고 있는 게 홍종우인지, 그가 가지고 있다는 김옥균의 책인지, 아니면 김옥균을 죽이지 않았다는 그의 주장을 입막음하려는 것인지 도통 감을 잡을 수 없더군요."

"셋 모두랍니다. 사실 떨어져 있는 게 아니죠. 일단 홍종우를 잡으면 그가 가지고 있다는 김옥균의 책이나 증언에 대해 조사할 수 있으니까요."

"하지만 일본 경찰들이 칠십이 넘은 노인 하나를 못 잡는다는 게 말이 안 되잖습니까?"

"그냥 놔두는 것일 수도 있죠."

"배후가 있다는 말씀인가요?"

배정자가 하는 말 한 마디 한 마디를 집중해서 듣던 류경호가 질문했다. 꿀물을 한 모금 마신 배정자가 덧붙였다.

"그게 아니면 아예 실체가 없거나 말이죠. 먼저 시작했다고 꼭 그것이 시작이라는 법은 없답니다. 오히려 반대일 수도 있죠."

"반대라고요?"

"어떤 걸 끌어내기 위한 미끼일 수도 있다는 얘깁니다."

"뭘 끌어내기 위해서요? 김옥균을 죽인 진범이 밝혀지거나 그가 쓴 책이 발견된다고 달라질 게 뭐가 있다고……."

"김옥균을 죽인 쪽이 이 문제를 끝까지 덮고 싶을 정도로 타격이 크다면 얘기가 달라지죠. 문제는 홍종우가 뭘 원하느냐는 겁니다."

"그가 뭘 원하고 있을까요?"

"그건 잘 모르겠지만……."

꿀물을 마시느라 잠깐 뜸을 들인 배정자가 남은 말을 뱉어냈다.

"결정적인 순간을 기다리고 있는 것 같아요."

"어떤 결정적인 순간이요?

"이 일과 관련된 인물들이 모두 모습을 드러내는 그런 순간이겠죠. 만약 자신의 억울함을 주장하고 싶었다면 그냥 신문에 투서를 하거나 인터뷰를 했으면 그만이었어요. 하지만 위험을 무릅쓰고 기자를 만나고 찔끔 찔끔 얘기를 흘리고 있잖아요. 분명 대단한 노림수가 있거나 원하는 게 있다는 뜻이죠."

"그게 뭘까요?"

"잘 모르겠지만 우리 둘이 힘을 합하면 알 수 있을 겁니다."

"홍종우를 넘겨달라는 말씀이시군요. 하지만 그자는 연기 같아서 좀처럼 안 잡히더군요."

류경호의 대답에 배정자는 카랑카랑한 목소리로 웃음을 뱉어냈다.

"짐승을 사냥할 때는 뒤만 쫓아서는 안 됩니다. 길목을 지키고 있어야죠."

"제 주위는 이미 겹겹이 둘러싸여 있습니다만……."

"그래도 계속 책은 오고 있죠? 한 번도 이상하다고 생각한 적은 없었나요?"

"그거야 우체국 소인도 찍혀 있고 해서 별다른 의심을 안 했습니다. 보낸 주소도 조사했지만 관련이 없었고요. 거기다 지역도 경성, 청주, 대구처럼 지역별로 나눠져 있었죠. 홍종우가 여러 명이 아닌 이상 불가능한 일입니다."

"그 얘긴 나도 들었어요. 혼자가 아닌 건 확실해요."

"그럼 공범이 있다는 말씀이신가요?"

"아주 조직적이고 치밀하게 움직인다는 뜻이죠. 죄인처럼 숨어 살아야 하는 홍종우가 그런 조직을 꾸미고 있다는 것은 불가능해요."

"그럼 홍종우를 잡기가 더더욱 어려워지겠군요."

"반대로 쉬울 수도 있죠. 다음번에 책이 오면 받지 마세요. 아예 손을 떼겠다고 하면 반응을 보일 겁니다."

"그다음은요?"

"직접 만나서 얘기하겠다는 신호를 보내면 틀림없이 움직일 겁니다."

"덫을 놓자는 말씀이시군요. 과연 그자가 걸려들까요?"

"당신한테 계속 책을 보내는 것을 보면 자기가 원하는 시점에 어떤 얘기를 하려고 하는 건 분명해요. 그 계획이 틀어지는 것은 원치 않을 테니 당신의 요구를 들어줄 거예요. 나머지는 제가 처리하죠. 어떻습니까?"

"왜 이 일에 끼어들었는지 먼저 듣고 대답하겠습니다."

류경호의 질문에 배정자는 고개를 뒤로 젖힌 채 껄껄대고 웃었다. 한참 동안 웃던 배정자가 턱으로 이토 히로부미와 찍었던 사진을 가리켰다.

"사람은 늘 좋았던 때가 있는 법이랍니다. 난 저 때가 행복했어요. 내 능력을 믿어주는 사람이 있었으니까. 하지만 저분이 돌아가시고 난 다음부터는 그냥 쓸 만한 여자 밀정으로만 취급받았죠."

"능력을 인정받고 싶으시다?"

"사람은 나이가 들수록 좋았던 시기를 되찾아오고 싶어 하죠. 사실은 자의반 타의반으로 은퇴한 상태라서 좀 큰 걸 터트리고 복귀하고 싶은 마음도 있고요."

얘기를 끝낸 배정자가 노골적인 눈빛을 던졌다. 정말 젊은 시절에는 남자들이 정신 못 차릴 정도의 매력을 뿜어냈을 것 같았다.

"제안을 받아들이겠습니다. 제가 어떻게 하면 됩니까?"

짧은 침묵 끝에 류경호가 입을 떼자 배정자가 함박웃음을 지으며 말했다.

"그냥 아까 얘기한대로 손을 떼겠다고 공개적으로 얘기하면 됩니다. 그리고 연락이 오면 여기로 전화를 주세요. 그럼 우리가 알아서 처리할게요."

배정자가 핸드백에서 꺼낸 명함을 건네줬다. 명함을 챙기고 일어서는데 아까 오락장에서 본 중늙은이가 헐레벌떡 달려오는 게 보였다. 신발을 신느라 잠시 지체하는 사이 중늙은이가 배정자에게 다급한 목소리로 말하는 게 들렸다.

"녀석이 숨을 놔버렸습니다. 어떡합니까?"

"칠칠치 못한 것들 같으니라고, 어쩌다?"

"구석으로 끌고 가서 몇 대 쥐어박고 쫓아 보내려는데 갑자기 덤벼

212

서 덕구가 몽둥이로 뒤통수를 깠는데 그만……."

"본 사람은?"

"거품을 물고 쓰러지는 걸 얼른 부축해서 옆방으로 갖다 놨습니다. 다들 쇠공을 굴리느라 보지 못했습니다."

"알았다. 잘 덮어놓고 있어."

아무것도 못 들은 척 신발을 신고 뜰을 가로질러 가는 류경호의 귀에 전화기를 붙잡은 배정자의 목소리가 들려왔다.

"니시무라 경위님, 부탁이 있어서 전화 드렸는데요. 좀 골치 아픈 일이 생겼어요."

오락장 안은 여전히 쇠공을 굴려서 여섯 배를 따라는 호객꾼들의 외침으로 가득했다. 종로거리로 나온 류경호는 담배를 피우기 위해 조끼를 뒤적거렸다. 그때 뒤에서 나지막한 목소리가 들렸다.

"불 좀 빌립시다."

화들짝 놀라 돌아본 류경호는 밀짚모자를 푹 눌러쓴 최의 모습을 보고는 안도의 한숨을 쉬었다.

"그동안 어디 계셨습니까?"

"주변을 돌면서 상황을 좀 살펴봤습니다. 미행은 없는 것 같으니까 천천히 걸으면서 얘기하시죠."

"일이 점점 복잡해집니다."

"어쨌든 일은 해야죠. 며칠 곰곰 생각해봤는데 누가 책을 보냈는지 알 방법이 생각났습니다. 잠깐 귀 좀."

류경호에게 귓속말을 한 최는 주변을 살펴보더니 골목길로 사라져버렸다.

　　　　　　　　• • •

　최남선 사장에게 받은 휴가가 끝난 5월 6일 신문사로 출근한 류경호는 예상대로 책상 위에 놓인 소포를 봤다. 자리에 앉은 류경호는 사무실 입구에 앉아 있던 사환을 불렀다.

　"권동아! 이거 누가 갖다 놨냐?"

　"잘 모르겠는데요."

　권동이는 뒤통수를 긁으며 대답했다. 짐짓 인상을 찡그린 류경호가 소포를 권동이에게 내던지며 소리쳤다.

　"이거 당장 내다 버려라."

　순간 사무실 분위기가 얼어붙었다. 구석의 책상에 앉아서 원고를 쓰던 최남선 사장이 슬쩍 고개를 드는 것이 보였다. 의자를 박차고 일어난 류경호는 단숨에 사장한테 달려갔다.

　"이 일에서 손 떼고 싶습니다."

　"조금만 참아보게."

　최남선 사장이 낮은 목소리로 타일렀지만 그는 개의치 않았다.

　"폭탄이 터졌다고요. 더 이상 못 하겠습니다."

　"사장으로서 지시하는 거야."

　"그럼 관두겠습니다."

　홱 돌아선 류경호는 바닥에 굴러다니는 소포를 쓰레기통에 집어넣고는 의자에 걸쳐놓은 양복 윗저고리와 스틱을 집어 들고 밖으로 나와버렸다. 최남선 사장이 부르는 소리가 들렸지만 뒤도 돌아보지 않았다.

그날 밤, 일을 마친 기자들이 퇴근하면서 사무실 불이 꺼졌다. 건물 밖에서 감시를 하던 이들도 하나둘 자리를 떴다. 잠시 후 동순태 빌딩 앞에 나타난 그림자는 주변을 살펴보더니 안으로 들어갔다. 잠시 후 신문사가 있는 2층의 불이 켜지는 것이 보였다.

길 건너편 선술집에서 그 광경을 지켜보던 류경호는 남은 술잔을 비우고 밖으로 나왔다. 제법 어둡긴 했지만 가로등이 환하게 불을 밝혀서 움직임을 지켜보는 데 별 어려움이 없었다. 잠시 후 2층의 불이 꺼지고 건물 밖으로 나온 그림자의 손에는 아까 낮에 류경호가 버린 소포가 들려 있었다.

그림자는 태평통으로 나와서는 곧장 전차에 올라탔다. 같은 전차에 올라탄 류경호는 머리꼭지만 보이는 상대방을 응시했다. 종로 네거리에서 내린 그림자는 광충교 쪽으로 걸어갔다. 그러더니 빙수로 유명한 환대(丸大)상점을 끼고 돌아서는 무낙헌(無落軒)이라는 카페로 들어갔다.

잠시 숨을 고른 류경호는 뒤쫓아 오는 이가 있는지 살펴보고는 곧장 안으로 들어갔다. 유리문을 열고 안으로 들어서자 담배 냄새가 코를 찔렀다. 목덜미까지 하얗게 화장하고 짧은 서양치마를 입은 모던걸 스타일의 여종업원이 허리를 숙여 인사했다. 입구 쪽 빈자리에 앉은 류경호는 맥주 한 병을 시키고 안쪽을 살펴봤다. 나무로 칸막이를 쳐놓고 군데군데 화분이 놓여 있어서 손님들을 분간하기 힘들었다.

"혼자 오셨나 봐요?"

아사히 병맥주와 빈 잔을 하나 테이블에 내려놓은 여종업원이 말을 건넸다. 화장기 짙은 얼굴은 접대용 미소를 짓고 있었지만 피곤함에 찌들어 보였다. 류경호는 지갑에서 1원짜리 지폐를 꺼내 건네주면서 말했다.

"방금 들어온 맥고모자 쓴 남자 어디 앉았습니까?"

"저쪽이요."

돈을 챙긴 여종업원은 카운터 옆 제일 안쪽 자리를 가리켰다. 류경호는 1원짜리 지폐를 하나 더 꺼냈다.

"몇 명이 있고 무슨 얘기를 하는지 좀 알아봐줄래요?"

"경찰이세요?"

"아뇨, 옛날에 내 돈을 빌려간 사람 같은데 맞나 해서요."

돈을 챙긴 여종업원이 쟁반을 들고 그쪽 자리로 걸어갔다. 맥주 한 병을 거의 비울 무렵 여종업원이 그가 있던 자리로 돌아와서 말했다.

"모두 세 명이고, 다 모던보이들이에요."

"맥고모자를 쓴 사람 말고 두 명은 어떻게 생겼는데요?"

"한 명은 꼭 족제비처럼 생겼고, 다른 한 명은 손님처럼 점잖게 생겼어요."

"고마워요."

남은 맥주를 마신 류경호는 5원짜리를 테이블에 올려놓고 자리에서 일어났다. 밖으로 나온 류경호는 길 건너편 나무 전봇대 아래 서서 카페를 쳐다봤다. 얼마쯤 지났을까? 문이 열리고 한 무리의 사내들이 흘러나왔다. 아까 봤던 여종업원이 따라 나와서는 내일 또 오시라며 허리 굽혀 인사를 했다. 밖으로 나온 그림자들이 뿔뿔이 흩어지는 가운데 류경호는 처음부터 쫓아갔던 맥고모자를 쓴 그림자를 쫓아갔다. 광통교에 거의 도달할 무렵 속도를 높인 류경호는 단숨에 그를 따라잡았다. 때마침 닿기 직전 고개를 돌린 그림자는 어색하게 웃었다.

"어, 어쩐 일이야?"

류경호는 대답 대신 주먹으로 정수일의 턱을 후려쳤다. 쓰러진 정수일의 멱살을 잡아 일으킨 류경호는 그만하라는 말이 들릴 때까지 계속 주먹질을 했다. 정신을 차린 류경호는 피투성이가 된 정수일에게 소리쳤다.

"누구한테 지시를 받고 책을 갖다 놓은 겁니까?"

"잠깐, 말로 하자. 잠깐만."

"말 안 해?"

"내가 시킨 거야."

류경호는 등 뒤에서 들린 낯익은 목소리에 고개를 돌렸다. 달빛을 등진 그림자는 얼굴을 알아보기 힘들었지만 목소리만으로 누구인지 알아차렸다.

"김인?"

"꽤 용감해졌군. 직접 미행을 할 거라고는 생각하지 못했는데 말이야."

"자네가 왜?"

"좀 걷지. 꼬리들도 좀 잘라야 하고 말이야."

옆에 선 김인의 말이 끝나기가 무섭게 한쪽 구석에서 퍽퍽 거리는 소리가 들려왔다. 잠시 후 피 묻은 쇠몽둥이를 든 모던보이가 휘파람을 불면서 걸어 나왔다. 놀란 류경호가 김인에게 물었다.

"경찰인가?"

"아니, 박춘금이라는 악질 친일파의 하수인들이야. 담배 있나?"

류경호는 조끼에서 꺼낸 담배를 건네주고 성냥을 그어서 불을 붙여줬다. 깊게 한 모금 빨아들이고 뱉어낸 김인이 류경호의 어깨에 손을 올렸다.

"상해에서는 담배 한 개비 못 피울 정도로 돈이 없었다네. 그래서 일제에게 폭탄을 던지겠다고 자처한 열사들이 빙수를 팔고 음식 배달을 다녔지."

어두운 종로거리에는 인적이 거의 끊기다시피 했다. 헤드라이트를 환하게 밝히며 달리는 자동차와 인력거들이 거리를 간간히 지나갈 뿐이었다. 담배를 다시 한 모금 빤 김인이 얘기했다.

"어쩔 수 없이 몇 가지를 숨겼네."

"그 책을 찾는 게 아니라 책을 나한테 보낸 장본인이었군."

"자네를 믿지 못한 건 아니지만 우리 일은 보안이 생명이라서 말이야."

"어떻게 그 책을 손에 넣은 거지?"

"홍종우에게서 직접 받았네. 3·1운동이 터진 해에 불란서로 망명하기 위해 상해로 왔었지. 여행 경비를 마련하기 위해 자기 얘기를 책으로 팔려고 쓴 걸 손에 넣은 거야."

"거기서 그냥 터트리지 않고 왜 국내로 가지고 들어온 건가?"

"상해에서는 30년 전에 벌어진 조선인 살인사건에 대해서 관심이 없다네. 큰 파장을 가져오려면 여기가 적격이라는 생각에서 가지고 들어온 걸세."

"그리고 날 이용해서 조금씩 푼 거야? 흥미를 고조시키려고?"

"한 번에 터트리는 것보다 조금씩 흘리는 게 더 효과적인 경우가 있잖아. 지금처럼 말이야."

"날 바보로 생각하는군. 정말 그럴 생각이었다면 더 큰 신문사인 조선이나 동아에 뿌렸겠지."

걸음을 멈춘 김인이 류경호를 쳐다봤다. 몇 발자국 떨어진 곳에서 뒤따르던 모던보이도 걸음을 멈췄다. 갑자기 웃음을 터트린 김인이 다시 발걸음을 떼었다.

"역시 머리 하나는 잘 돌아가는군. 맞아, 목적은 따로 있다네."

"그게 뭔데?"

"감당하기 힘들 거야. 그러니 알려고 하지 말게."

"그럼 이 일에서 손 떼겠네."

"미안하지만 그건 어렵겠어. 일이 너무 커졌거든."

"비밀을 털어놓지 않겠다면 혼자 하게. 꼭두각시 노릇은 사절이야."

다시 걸음을 멈춘 김인이 뒤따르던 모던보이를 쳐다봤다. 모던보이가 징그러운 웃음을 흘리며 다가왔다. 하지만 류경호는 꼼짝도 하지 않고 그 자리에 섰다. 김인이 손을 들어서 코앞까지 다가온 모던보이를 멈추게 했다.

"배짱 하나는 여전하군. 사실 우린 큰 무대를 준비 중일세. 홍종우는 배우들을 무대로 불러들이는 바람잡이 역할을 하는 거야."

"그다음은?"

"무대에 배우들이 많이 올라가면 무너지게 마련이지."

"설마……."

"맞아. 홍종우가 입을 열면 타격을 받을 이들이지. 조선인이 자기 손으로 위대한 혁명가를 죽였다는 거짓말을 숨기고 싶은 사람들 말이야."

"최남선 사장이 일본 총독부 쪽이랑 가깝다는 걸 알고선 우리 신문을 택했군. 그쪽을 통해서 일본 수뇌부를 끌어들이려고 일부러 시간을 질질 끌었던 거야."

그때서야 어느 정도 상황이 이해가 간 류경호가 말했다.

"맞아. 사실은 최남선이 〈동명〉이라는 잡지를 했을 때부터 끌어들이려고 했는데 안 넘어왔어. 그러다 신문을 창간하고 자금난에 시달리니까 이걸 핑계로 총독부에 손을 벌릴 생각이었던 거지."

"그럼 내가 봤던 홍종우는 누군가?"

"그 사람? 지난번에 봤던 그 노인일세. 어수룩해보여도 변장에는 일가견이 있거든. 위조에도 제법 일가견이 있어서 오얏꽃 문장도 그 노인네가 그린 거야."

"잠깐 보고도 나에 대해서 잘 맞춰서 너무 놀랐다네."

"내가 몇 가지 알려줬지. 그런 식으로 얘기를 시작하면 주도권을 잡을 수 있으니까."

"진짜 홍종우는?"

"상해에서 병으로 죽었네."

"정수일 선배는 어떻게 꼬신 거야?"

"우리랑 함께 일하는 여학생이랑 연애를 시켰지. 애를 임신했으니까 책임지라고 윽박질렀더니 시키는 대로 잘하더군."

"그래서 소포를 보낸 주소를 찾아봐도 별다른 게 나오지 않았군."

"그 아이디어는 정수일 기자가 낸 거야. 신문사로 온 소포봉투들을 버리지 않고 모아났다가 그걸로 책을 포장해서 갖다 놓은 거지. 그럼 주소지를 조사하느라 내부자 소행인 걸 눈치채지 못할 거라고 말이야."

"그렇게 힘들게 책을 주고 다시 훔친 이유는 뭐야?"

류경호의 물음에 김인이 피식 웃으면서 대답했다.

"두 번째 책을 받았을 때 바로 사무실 안에서 누가 갖다 놓은 게 아니냐는 의심을 했다고 하더군. 그래서 일부러 책을 훔친 걸세. 그러면 우리도 의심받지 않고 정수일 기자도 안전하고 말이야."

"난 그것도 모르고 어디서 계속 소포가 오는 줄 알았지."

"간단한 속임수였지만 잘 속더군. 만약 소포로 포장하지 않았다면 사무실 사람들을 의심했겠지. 어떻게 눈치챘나?"

"인사사무소에서 고용한 사람이 내부자 소행일 수도 있으니 연극을 한번 해보라고 했네."

"그랬군."

무덤덤하게 대답한 김인이 담배를 힘껏 빨았다.

"그나저나 사람들을 무대로 불러 모아서 무슨 짓을 할 건데?"

"배우들이 한꺼번에 올라오면 무대는 무너지는 법이지."

마지막 한 모금을 빤 김인이 담배꽁초를 길 위에 버렸다.

"침체된 분위기를 일거에 뒤집을 수 있는 기회야."

"그 공작에 나를 이용한 거군."

"최남선 사장이 자네를 끌어들일 줄은 꿈에도 몰랐네. 어쨌든 되돌리기는 너무 늦었어."

"내가 지금이라도 발을 뺀다면?"

류경호의 물음에 김인은 어깨를 으쓱거렸다.

"일이 너무 많이 진행된 상태라 지금 발을 뺀다고 해도 큰 의미는 없네. 일단 최남선 사장이 계속 진행하려고 할 걸?"

"만약 경찰에 알린다면?"

"일이 실패로 돌아가서 누군가 체포되면 자네도 공범자라고 진술하라고 얘기했네. 그게 아니면 밀정한테 슬쩍 흘려도 그만이고……."

"어떻게 해도 빠져나갈 방법이 없군."

"그냥 모른 척하고 우리 일을 도와주게. 어차피 책임은 최남선 사장한테 돌아갈 거야."

류경호는 김인의 대답이 끝나기가 무섭게 멱살을 움켜쥐었다.

"2·8 만세운동에 참가한 전력이 있는데 그냥 넘어갈 것 같아? 네가 그러고도 친구냐!"

김인은 뒤따르던 모던보이에게 멈추라는 손짓을 하고는 여유 있게 그의 손을 비틀어서 바닥에 내팽개쳤다.

"조국의 광복을 위해서 목숨을 바치자고 하던 열정은 어디다 버렸나? 동료들과의 약속은? 최남선 사장이 자네한테 이 일을 시켰을 때 무슨 생각이 든 줄 알아?"

바닥에 쓰러졌던 류경호는 그 얘기를 듣고는 벌떡 일어나서 덤벼들었다. 하지만 한발 옆으로 물러난 김인이 다리를 걸자 다시 넘어지고 말았다. 쓰러진 류경호를 올라탄 김인이 소리쳤다.

"인과응보였어. 그날 일본 경찰이 집회장소인 기독교청년회관에 예상보다 빨리 들이닥쳤지. 그리고 자넨 그 직전에 자리를 떴고 말이야."

"그건 우연의 일치였어."

잊고 싶었던 과거가 떠오른 류경호는 필사적으로 고개를 저었다.

"그러면 이번 기회에 그걸 증명해."

멱살을 푼 김인이 그를 잡아 일으켰다.

"내일 출근해서 최남선 사장에게 미안하다고 해. 그리고 홍종우가 사람들 앞에서 잘못을 뉘우칠 준비가 됐으니까 자리를 주선해달라고 얘기하게. 23일 오후 2시에 종로 YMCA 2층 강당에서 말이야. 그럼 나머진 우리가 알아서 하겠네."

"그다음에 나는?"

"원한다면 상해 임정 쪽에 소개장을 써주지. 일이 벌어지기 직전에 여길 뜨게. 어쨌든……."

류경호의 옷을 털어준 김인이 구겨진 양복칼라를 펴줬다.

"내일 출근 잘하게. 정수일 기자가 자네 일거수일투족을 우리한테 알려줄 거니까 쓸데없는 짓은 하지 않는 게 좋을 거야. 정 안 될 것 같으면 자네와 최남선 사장이 우리 일에 가담했다는 내용의 투서를 종로경찰서에 보낼 거니까."

뒤따르던 모던보이가 날카로운 휘파람을 불었다. 김인이 작별인사를 했다.

"다음에 보세. 참, 책 챙겨가야지."

그의 손에 책을 쥐어준 김인이 모던보이와 함께 피맛골 쪽으로 사라졌다. 두 사람이 사라진 후 포드 자동차 한 대가 우두커니 서 있는 그 앞에 급정거했다. 차에서 내린 박춘금이 가죽장갑을 낀 손으로 류경호의 복부를 때렸다. 강한 충격을 받은 류경호는 그대로 꼬꾸라지고 말았다. 뒤따라 내린 부하에게 리볼버 권총을 넘겨받은 박춘금이 비틀대는 류경호의 뺨에 총구를 들이댔다.

"불령선인 새끼들 어디다 숨겼어?"

"모르겠소."

"대답하지 않으면 뺨에 바람구멍을 내주겠어. 내 부하를 반병신으로 만들어놓은 놈들 내놓으란 말이야!"

박춘금이 구둣발로 그의 정강이를 걷어차며 고래고래 소리를 질렀다.

"나도 갑자기 당해서 무슨 일인지 모릅니다. 경찰에 신고해야 하는데 가까운 경찰서까지 태워주시겠습니까?"

"경찰? 신고? 이 자식이 누굴 핫바지로 알아!"

화가 머리끝까지 난 박춘금이 권총을 턱 밑에 들이대며 당장이라도 방아쇠를 당길 것처럼 으르렁거렸다. 하지만 하루 종일 시달렸던 류경호는 될 대로 되라는 심정으로 박춘금이 쥐고 있는 권총을 턱 밑에 바짝 들이댔다.

"원래 무식한 것들은 말이 많나? 배짱 있으면 당겨봐."

팽팽했던 대치를 깬 쪽은 박춘금이었다. 권총을 턱 밑에서 뺀 그는 류경호에게 단단히 으름장을 놨다.

"너, 이 새끼. 나한테는 기자니 엘리트니 하는 거 안 먹혀. 꼬리를 잡히면 넌 산 채로 가죽을 벗겨버리고 말거니까 조심해."

박춘금이 포드 자동차를 타고 사라지자 류경호는 다시 혼자가 되었다. 자동차가 사라진 방향을 멍하니 쳐다보던 류경호는 옆에 떨어진 책을 집어 들고 터덜터덜 집으로 돌아갔다.

하숙집으로 돌아온 류경호는 대충 씻고 이불에 누웠다. 그대로 잠들려고 했지만 머리맡에 놔둔 책에 신경이 쓰였다. 결국 다시 불을 켜고 책상에 앉아서 책을 펼쳤다. '암살의 날'이라는 제목의 책은 1894년 3월 28일 아침부터 시작되었다.

암살의 날

홍종우의 책 5

아침 식사 내내 침묵이 이어졌다. 천신만고 끝에 목적지라는 곳에 도착했지만 그다음에 뭘 해야 할지 막막한 그런 상황이 침묵을 강요한 것 같았다. 주인장이 직접 차려준 돈가스가 거의 바닥날 무렵 음식을 반이나 남긴 김옥균이 말했다.

"홍 공은 오늘 천풍전장에 가셔서 돈을 찾아와주시기 바랍니다."

예상은 했지만 막상 들으니까 심장이 멎는 것 같았다. 물론 천풍전장은 동창문에 실제로 있었지만 이일직이 준 어음은 가짜였다. 진짜 어음이었다고 해도 만약 돈을 찾아다 주면 그다음에는 나보고 돌아가라고 할 게 뻔했다. 다행스럽게도 김옥균의 시선은 오정헌에게 바로 건너갔다.

"며칠 여유가 있을 것 같으니까 상해 시내나 좀 구경하지. 어떻게 하는 게 좋을까?"

"마차를 빌려서 움직이는 게 나을 것 같습니다."

역시 돈가스가 입에 안 맞는지 절반 가까이 남긴 오정헌이 대답했다.

"그럼 자네가 나가서 마차를 빌려오게. 눈에 안 띄게 옷도 바꿔 입어야 하니까 청국 옷도 네 벌 사오게."

"알겠습니다. 고균께서는 뭘 하실 겁니까?"

오정헌이 묻자 김옥균이 대답했다.

"오전 중에는 잠깐 산책을 나갔다 올 생각이네."

요시지마가 내온 레모네이드로 입가심을 하고 식사를 마친 일행은 자리에서 일어났다. 방으로 돌아온 나는 자기 방으로 돌아가는 김옥균을 총으로 쏴버릴까 궁리했지만 와다 엔지로가 바로 뒤따라가는 바람에 실행에 옮기지 못했다. 할 수 없이 침대 밑에 권총과 비수가 든 상자를 밀어 넣고 밖으로 나왔다.

막상 밖으로 나왔지만 어딜 가야 할지 갈피를 잡지 못했다. 결국 어제 봤던 공원으로 발걸음을 옮겼다. 입구에서 지키고 있던 조계지 경찰이 막아섰지만 예전에 만들어둔 가짜 여권을 보여주고 들어갈 수 있었다.

파리에 있는 뤽상부르 공원이나 튈를리 공원처럼 야트막한 철제 담장 안에는 튤립이나 백합 같은 꽃들이 만발했다. 높다란 실크 햇에 파이프를 문 서양인 남자가 하늘색 드레스를 입은 여인의 팔짱을 끼고 조용히 산책 중이었다. 서늘한 바람을 맞으며 걷자 복잡해진 머리가 한결 가라앉았다. 오늘은 어떤 핑계를 대고 넘어간다고 해도 내일까지 그런다면 분명 의심의 눈으로 바라볼 게 뻔했다.

이런저런 생각을 하면서 공원을 몇 바퀴나 오고 가자 어느덧 점심 때가 가까워졌다. 공원을 빠져나와 동화양행으로 돌아갔다. 마차를 빌리러 갔던 오정헌이 잠시 후에 돌아왔다. 먼저 식탁에 앉아 있던 김옥균이 날 쳐다봤다. 난 아쉽다는 표정으로 말했다.

"주인이 출타 중이라 돈을 못 바꿨습니다. 내일 오랍니다."

"할 수 없지요."

괜찮다고 했지만 김옥균의 표정에는 숨길 수 없는 실망감이 드러났다. 난 미안하다는 말을 연신 하고는 방으로 돌아와서 가방에 넣어 온 도포를 꺼내 입고 갓을 썼다. 몸에 딱 붙는 양복은 권총이나 비수를 몸에 숨기면 금방 티가 나기 때문에 도포의 넉넉한 주머니 안에 권총과 칼을 숨길 생각이었다. 1층에 있는 식당으로 내려가자 이제 막 도착했는지 오정헌이 외출복 차림으로 김옥균에게 얘기하는 중이었다.

"값이 올라서 주신 돈으로는 마차 삯과 옷값으로 부족합니다."

"일단 식사나 합시다."

식탁에 앉은 김옥균은 시킨 일들이 모두 마무리가 되지 않아서 그런지 기분이 안 좋아 보였다. 덕분에 점심때 분위기는 아침보다 더 좋지 않았다. 역시 주인인 요시지마가 만든 요리를 먹는 내내 침묵이 흘렀다. 이번에도 김옥균이 오정헌에게 입을 열었다.

"돈을 더 줄 테니 점심을 먹고 나가서 마차를 빌려가지고 오시오."

"언제 둘러보실 겁니까?"

"점심 먹고 바로 둘러볼 생각이오."

"조계지 건물들은 낮보다 밤에 둘러보는 게 더 좋습니다. 차라리 저녁을 먹고 나가는 게 어떻습니까?"

"그냥 낮에 둘러볼 테니 그리 알고 준비하시오."

딱딱하게 끊은 김옥균의 말에 오정헌은 입을 다물었다. 식사 중간에 폭죽소리가 터졌다. 음식이 든 접시를 내려놓은 요시지마가 얼굴을 찡그리며 말했다.

"며칠 전부터 소주 강에 정박한 정크선에서 시도 때도 없이 폭죽을 터트립니다. 정말 시끄러워 죽겠어요."

점심 식사가 끝나자마자 돈을 받아든 오정헌은 밖으로 나갔다. 잠깐 고민하던 나는 밖으로 나가서 오정헌을 뒤따라갔다.

"이보시오. 마차를 빌리는 데 얼마나 걸릴 것 같소?"

"저 아래 마차 대여소가 있어서 돈만 맞으면 금방입니다."

"부탁이 있는데 저녁 식사 전까지만 끌어주면 안 되겠소?"

"그게 무슨 소립니까?"

"고균에게 긴히 할 얘기가 있는데 도통 틈이 없어서 말이오. 어차피 조계지는 밤에 둘러보는 게 제격이라고 하지 않았습니까?"

나는 수중에 있는 돈을 잡히는 대로 그의 손에 쥐어주며 부탁했다. 돈을 챙긴 오정헌이 대답했다.

"그럽시다. 그럼 저녁때 맞춰서 숙소로 돌아가겠습니다."

콧노래를 부르며 인파의 틈으로 사라지는 오정헌을 보고는 돌아섰다. 내일까지 기다렸다가는 기회가 없을 것 같았다. 김옥균이 숙소에 머무는 동안 암살을 결행하기로 했다. 만약 실패한다면 내일 돈을 찾으러 간다는 핑계를 대고 숙소를 나와서 그대로 일본으로 돌아갈 생각이었다. 동화양행으로 돌아와서 2층으로 올라가 김옥균의 방을 슬쩍 쳐다봤다. 김옥균은 양복조끼 차림으로 창가의 등나무 침대에 누워 책을 읽는 중이었다. 총이 있었다면 바로 쏠 수 있었다고 아쉬워하는데 등 뒤에서 날 선 목소리가 들려왔다.

"뭐하십니까?"

화들짝 놀라서 돌아보자 찻주전자와 찻잔이 놓인 쟁반을 들고 있는 와다 엔지로가 의심스러운 눈초리로 쳐다보고 있었다.

"그, 그냥 문이 열려 있어서……."

나는 대충 얼버무리고는 내 방으로 돌아왔다. 문을 살짝 열어놓고 동정을 살피는데 와다 엔지로가 나올 기미를 안 보였다. 차라리 둘 다 쏴버릴까 생각했지만 한 명도 아니고 두 명이나 맞출 자신이 없었다. 결국 시간만 그렇게 허비했다. 살짝 잠들었던 것일까? 바깥에서 들리는 소리에 퍼뜩 정신을 차려서 내다보자 와다 엔지로가 방을 나오는 모습이 보였다. 뒤따라 김옥균의 목소리가 들렸다.

"내려가서 마쓰모토 사무장한테 조계지 구경을 같이 가겠느냐고 물어보아라."

짧게 대답한 와다 엔지로가 계단을 내려가는 발자국 소리를 확인한 나는 곧장 침대 밑에 숨겨둔 상자에서 권총을 꺼내 들고 밖으로 나갔다. 김옥균이 있는 1호실까지의 몇 걸음이 꼭 천 리 길 같았다. 나무를 깐 바닥에서 소리가 날까 최대한 조심스럽게 걸어갈까 생각해봤지만 그렇게 시간을 지체하다가 와다 엔지로가 올라오면 만사가 끝장이었다. 큰 걸음으로 성큼성큼 1호실로 다가가 반쯤 열려 있는 문을 밀쳤다.

김옥균은 아까 봤던 자세 그대로 침대에 누워서 잠이 든 상태였다. 양복 윗저고리는 의자에 걸쳐놓고 풀을 먹여 다린 하얀 와이셔츠와 조끼, 바지를 입은 채였다. 아까 읽던 책이 활짝 펼쳐진 채 배 위에 놓여 있었다. 불현듯 자치통감이라는 책 제목이 눈에 들어왔다. 이홍장을 만날 때 써먹기 위해 읽고 있던 것일까? 떨리는 손으로 권총을 들어 누워 있는 김옥균을 겨냥했다. 오랫동안 묵혀 있던 빛바랜 과거들이 섬광처럼 스치고 지나갔다. 첫 만남, 그리고 고대수와의 인연, 부스러져가는 혁명을 버리고 떠난 일, 일본에서의 첫 만남, 변해버린 그에 대한 실망. 나는 들쑤시고 일어나는 과거들을 등에 업은 채 소리쳤다.

"김옥균!"

그러자 잠들어 있던 김옥균이 거짓말처럼 눈을 떴다.

홍종우, 영웅이 되기까지

아쉽게도 책은 여기가 끝이었다. 예전에 비해 너무 얇다는 생각에 책을 살펴보던 류경호는 뒤에 몇 장이 뜯겨져 있는 걸 발견했다. 아쉽지만 아마 다음번에 김인이 건네줄 책에 김옥균 암살에 관한 진상이 담겨 있을 것이다. 문제는 김인의 의도대로 따라갈지, 아니면 최남선 사장이나 고등계 형사한테 털어놓을지다.

어느 쪽이든 지금 생활을 그대로 이어가는 건 불가능했다. 김인의 편을 들었다가는 당장 공범자로 몰릴 게 뻔했고, 중간에 알리더라도 의심을 받을 게 분명했다. 거기다 두 번씩이나 배신자 소리를 들을 수도 없는 노릇이었다. 밤새 고민하던 류경호는 새벽 무렵에 겨우 잠이 들었다.

• • •

다음 날 출근한 류경호는 얼굴에 붕대를 감은 정수일 기자 곁을 지나 최남선 사장의 자리로 걸어갔다. 뿔테 안경을 코끝에 걸친 채 원고지에 글을 쓰고 있던 최남선 사장이 힐끔 그를 올려다봤다.

"드릴 말씀이 있습니다."

"어제 일부터 사과하게."

"홍종우를 만났습니다."

류경호는 최남선 사장의 말을 무시하고 얘기했다.

"사람들 앞에서 죄를 고백하고 싶답니다."

"왜 갑자기 마음이 변한 거지?"

"흥미를 끌 만한 얘기들을 조금씩 흘려서 관심을 모은 다음에 모습을 드러낼 생각이었다고 하더군요."

"그래? 언제?"

류경호는 바짝 마른 입술을 움직여 대답했다.

"23일 오후 2시에 종로 YMCA 2층 강당이랍니다."

"알았어. 자리에 돌아가서 일하게. 시말서는 오전 중에 써서 제출하고."

흘러내리는 안경을 끌어올린 최남선 사장이 힐끔 말을 던지고는 다시 원고지를 쳐다봤다. 자리로 돌아온 류경호는 구석에 놓인 원고지를 앞으로 끌어다 놨다. 머릿속은 한없이 복잡했지만 진퇴양난이라는 사실은 변함없었다. 위험천만한 음모의 한복판에 빠져든 것이다. 한숨을 쉰 류경호는 시말서를 써내려 가기 시작했다.

점심시간이 되자 이문옥에서 설렁탕이 배달됐다. 회의실에 모여든 신문사 직원들은 분위기 탓인지 입도 열지 않고 식사를 끝냈다. 식사를 끝낸 기자들은 취재를 위해 자리를 비우거나 제자리에 앉아서 원고를 썼다.

"뭣들 해! 마감시간이 코앞이야!"

이마에 혹이 돋은 염상섭 사회부장의 호통에 늘어져 있던 기자들의 손길이 빨라졌다. 담배를 한 대 입에 꽂은 염상섭이 책상 위에 놓인 원고지들을 들여다보더니 갑자기 인상을 썼다. 지면에 실리기에 부족하다는 뜻이었다.

"여보게, 당신 얼마나 썼소?"

"80줄 썼습니다."

염상섭의 질문을 받은 정수일 기자가 뒤통수를 긁적거리며 대답했다. 기자들에게 차례대로 물어본 뒤 종이에 뭔가를 끄적이던 염상섭이 혀를 찼다.

"200줄이나 부족하군. 어이, 정 기자. 기사 좀 늘려."

"아! 최창학이 광산 매각 협상을 하러 경성에 온다는 데, 그거 쓸까요?"

"그건 어제 냈잖아. 연예란이라도 채울까? 류 기자, 뭐 쓰고 있어?"

"별거 없습니다."

류경호는 힘없이 대답했다. 평소부터 그를 탐탁지 않게 여겼던 염상섭은 마땅찮은 눈길로 그를 쳐다보다가 다른 기자에게 눈길을 돌렸다. 한숨 돌린 그는 아까 가져왔던 설렁탕 빈 그릇을 걷던 이문옥 직원이 낯이 익다 싶어서 빤히 쳐다봤다. 최가 그릇을 집어 들면서 말했다.

"그렇게 뚫어지게 쳐다보지 말아요. 퇴근하고 길 건너편 담배 가게에 잠깐 들르세요."

그릇을 걷어서 나무판 위에 차곡차곡 쌓은 최는 콧노래를 부르면서 계단을 내려갔다. 해가 떨어지자 눈치를 보던 기자들은 최남선 사장이 자리를 뜨자마자 의자에 걸쳐둔 양복 저고리를 입고 서둘러 나갔다. 혼자 남은 류경호는 남은 담배를 한 대 더 피우고 천천히 밖으로 나왔다.

어둠이 깔리기 시작한 거리는 얼마 전 설치한 전기등 덕에 환했다. 담배 가게로 들어가자 구멍이 숭숭 뚫린 망건을 쓴 주인 할아버지가 쪽지를 하나 건네줬다. 쪽지를 받아든 류경호는 가게 문을 열고 밖으로 나왔다.

조선 사람들이 정자옥(丁子屋)이라고 부르는 조지야 백화점(현 롯데백화점 본점 영플라자)은 조선 사람들이 비교적 자주 드나드는 곳이었다. 붉은색 벽돌로 만들어진 3층짜리 백화점 앞에는 종아리가 드러나는 짧은 치마저고리를 입은 여학생부터 시골에서 올라온 티가 역력한 사람들까지 다양한 사람들로 북적거렸다. 인파를 헤치고 안으로 들어가려는데 누군가 팔을 슬쩍 쳤다.

"조금 둘러보고 2층으로 올라오세요."

안으로 들어간 류경호는 구두와 핸드백을 파는 곳을 슬쩍 둘러보다가 2층으로 올라갔다. 입구 옆에 선 백화점 여종업원이 흰 저고리를 입은 조선 사람에게 외쳤다.

"조선 옷감은 2층에 있습니다."

사람들 틈에 쓸려서 2층으로 올라가자 옥양목과 광목 같은 값싼 천을 파는 곳이 보였다. 흥정을 하는 사람들 틈에 최를 발견했다. 갈색 헌팅캡을 푹 눌러쓴 최는 류경호에게 손짓했다.

"꼬리를 어마어마하게 달고 다니시는군요."

"경찰 말고 또 있습니까?"

"두 놈 정도 더 있습니다. 대체 무슨 일입니까?"

최 옆에 선 류경호는 그동안 벌어진 일들을 털어놨다. 지나가는 사람들을 하나씩 뜯어보던 최가 설명을 다 듣고 난 후 휘파람을 불었다.

"그러니까 진퇴양난에 빠진 셈이군요. 상해에서 왔다는 친구 분 부탁을 들어줬다가는 콩밥을 먹는 건 둘째 치고 목숨이 위태로울 겁니다. 반대라고 해도 평생 배신자 소리 들으면서 살겠군요."

"김인은 자기 일을 도와주고 상해로 망명하라고 했지만 말처럼 쉬운 일이 아니오. 그럴 용기가 있었으면 진즉 넘어갔죠."

"그나저나 친구 분은 가짜 홍종우를 내세워서 무슨 일을 꾸미려고 하는 걸까요?"

"무대에 배우가 많이 올라서면 무너지게 마련이라고 했습니다."

"무대의 붕괴라. 하긴 김옥균을 죽인 홍종우가 자기 죄를 고백하는 자리를 마련한다고 하면 호기심에라도 사람들이 몰려들긴 할 겁니다. 그때 일을 벌이겠다는 뜻이군요. 일이 터지든 안 터지든 류 기자님은 곤경에 빠지는 거고요."

"경찰뿐만 아니라 노동상애회 박춘금 회장이란 자와 배정자라는 여자까지 끼어든 상태요."

"어떻게 하실 생각입니까?"

여러 가지 뜻이 담긴 것 같은 최의 질문에 류경호는 벌컥 화를 내
버렸다.

"이봐요. 난 평범한 신문기자란 말입니다. 독립운동 같은 일을 할
만한 용기가 없어요."

"저도 그런 줄로만 알았습니다."

최는 자신의 의수를 내려다보면서 중얼거렸다.

"돈은 달라는 대로 줄 테니 해결방법을 찾아봐주세요."

"23일이라고 했나요? 일단 무대를 마련해주세요."

"그다음은요?"

"시간을 벌어놓고 뭘 할지 생각해봐야죠. 그리고……."

잠깐 머뭇거리던 최가 얘기했다.

"아무도 믿지 마세요. 다른 꿍꿍이속이 있는 사람들이 모여들면
신중하게 움직여야 합니다. 다음에 연락드리죠."

그의 어깨를 툭 친 최는 마침 계단을 내려가는 인파들 틈에 휩쓸
려 사라져버렸다. 홀로 남은 류경호는 맞은편에서 와이셔츠를 고르
며 얘기를 주고받는 모녀를 물끄러미 바라봤다. 그런 그의 어깨를 누
군가 쳤다.

"여긴 웬일이야?"

어제 맞은 상처가 아직 아물지 않은 정수일 기자가 조심스럽게 물
었다.

. . .

　화동 끝자락에 있는 황추탕집은 사람들로 북적거렸다. 겨우 비집고 들어가 구석 자리에 앉은 두 사람은 추어탕을 주문했다. 오지뚝배기 그릇에 담긴 추어탕이 나올 때까지 류경호는 입을 다물었다. 막걸리도 주문한 정수일이 애써 웃으며 말했다.

　"지나간 일은 지나간 일이고 한잔하자."

　"선배한텐 끝난 일이겠지만 나한테는 아직입니다."

　"나도 안 끝났어, 인마. 이달 안에 끝내준다고는 했지만 말이야."

　숟가락으로 추어탕 국물을 떠먹은 정수일이 풀 죽은 목소리로 대꾸했다.

　"그러게 여자 조심하라고 했잖아요."

　기분이 풀어진 류경호가 빈 잔에 막걸리를 채우면서 대꾸했다.

　"그러게, 내가 지난번에 갈보우동집에서 된통 당했잖아. 그래서 조심조심했는데 조선극장에서 나오는데 바로 옆에 찰싹 붙으면서 애교를 떠는데 그냥 넘어가버렸지. 그나저나 말이야."

　주변을 슬쩍 살펴본 정수일이 낮은 목소리로 말했다.

　"요즘 무슨 일이 벌어지고 있긴 한 것 같은데, 대체 무슨 일이야?"

　"알아서 뭐하게요?"

　가시 돋친 류경호의 대답에 정수일이 어깨를 으쓱거렸다.

　"나도 발을 담근 셈이잖아. 요즘 어떻게 돌아가는지 도통 모르겠어. 그나저나 지난번에 내가 소개시켜준 인사사무소 있잖아. 거기 다시 취재 갈 일이 있어서 그쪽 사무원한테 일 잘 처리했느냐고 물으니까 이상한 소리를 하더라고."

"이상한 소리요?"

"응, 그때 네가 찾아왔냐고 물어보니까 와서 소개시켜달라고 했다는데 말이야."

침을 꿀꺽 삼킨 정수일 기자가 덧붙였다.

"네가 간 다음에 누가 바로 찾아와서는 뭘 물어보고 갔는지 꼬치꼬치 캐물었다는 거야."

정수일 기자의 얘기를 듣는 순간, 가슴이 철렁 내려앉았다. 애써 태연한 척 순가락으로 추어탕을 휘저었다.

"그래서 그 사람이 그걸 왜 물어보느냐고 했더니 순사 신분증을 보여줬다는 거야."

"그게 누구였데요?"

참다못한 류경호가 물었다.

"그러니까 워낙 빨리 보여줘서 이름은 못 봤데. 대신 한쪽 손이 의수라고 했어. 근데 요즘 외팔이도 순사를 할 수 있나?"

류경호는 '글쎄요'라고 대꾸하면서 최와의 첫 만남을 떠올렸다. 그가 최를 믿은 것은 첫 만남 때 일본 순사들의 미행을 눈치채고 대처해준 것 때문이었다. 하지만 애초부터 그것이 계획된 것이었다면 그정도 일은 아무것도 아니었다. 그것도 모르고 김인과의 일을 다 털어놨다는 사실에 망연자실했다.

얘기를 다 들은 최가 아무도 믿지 말라고 했던 말을 떠올렸다. 그에게 비웃음을 당했다는 사실과 이 일에 더 깊이 빠져들었다는 두려움에 온몸이 오싹했다. 곰곰이 생각해보던 류경호는 정수일 기자에게 말했다.

"선배, 그 사람을 만나야겠어요."

서소문정(西小門町:현재의 서소문동)의 중국인촌은 대낮에도 어두컴컴했다. 석가탄신일이라 군데군데 걸어놓은 연등이 바람에 흔들렸다. 낡은 청천백일기가 펄럭거리는 좁은 골목 안에는 대파와 마늘 냄새가 코를 찔렀다. 미로 같은 뒷골목에는 얼굴이 누렇게 뜬 아편쟁이들이 어슬렁거렸다.

"여긴 작은 해방구 같은 곳이지. 왜놈 순사들은 물론 앞잡이들도 쉽게 못 드나들거든."

중국인이 길거리에서 파는 꼬치를 하나 사든 김인이 여유롭게 말했다.

"할 얘기가 있네. 내 일을 도와주던 최라는 사내가 있는데 말이야……"

"지난번 그 친구? 기억나네."

"일본 순사 앞잡인 것 같아. 모르고 자네와 했던 얘기들을 다 털어놨네."

"그런 얘길 하는 걸 보니까 우리 쪽 일을 도와줄 생각이 있는 모양이군."

"친구를 배신하고 싶지 않을 뿐일세."

류경호의 말에 김인이 큰 소리로 껄껄거렸다.

"그 문제까지 염두에 두고 했던 얘기니까 너무 염려 말게. 최남선 사장은 뭐라고 그러던가?"

"알았다고만 했네."

"그대로 진행하게. 뭔가 얘기가 나오면 정수일 기자한테 바로 얘기하면 돼."

"진짜 무슨 일을 벌일 생각인데?"

"침략자들의 심장에 비수를 꽂을 생각이야. 절대로 낮지 않을……."

차갑게 대꾸한 김인이 골목 입구에서 들려오는 휘파람 소리를 듣고는 류경호에게 말했다.

"자넬 찾고 있는 모양이군. 오늘은 이만 헤어지는 게 좋겠네. 참, 이건 선물일세."

품속에서 작게 접은 종이를 몇 장 꺼낸 김인은 손가락을 들어 앞쪽을 가리켰다.

"저쪽으로 나가면 큰길이야. 잘 가게."

몸을 돌린 김인은 방금 전까지 걸어왔던 골목길 안으로 사라졌다. 그가 사라진 방향을 쳐다본 류경호는 종이를 양복 안주머니에 쑤셔넣고 다시 터덜터덜 걸어서 골목길을 빠져나왔다.

전차가 땡땡거리며 지나간 길 건너편에는 건장한 사내들을 대동한 배정자의 모습이 보였다. 하얀색 원피스에 트레머리를 한 그녀는 가죽으로 만든 핸드백에 레이스가 달린 양산 차림이었다. 비록 늙기는 했지만 웬만한 모던걸 못지않았다. 다정스럽게 그의 팔짱을 낀 배정자가 말했다.

"요즘에는 남자랑 산책해주는 스트리트걸이라는 게 있다면서요. 우리도 좀 걸어요."

도박장에서 본 것 같은 사내들은 몇 걸음 뒤에서 천천히 따라왔다.

"난 류 기자님한테 호의를 베풀고, 기회를 줬다고 생각했어요. 안 그런가요?"

"물론입니다."

"그런데 류 기자님은 저한테 아무것도 안 주는군요. 전 분명 원하는 게 있다고 했을 텐데요."

"그렇긴 합니다만 제가 그걸 해드린다고 대답하지는 않았습니다."

"물론 그렇죠. 하지만 그걸 안 해주면 류 기자님의 알량한 기자생활도 끝이에요. 잘 끝나봤자 그렇다는 뜻이고 실제로는 더 안 좋은 일을 당할 수도 있다는 얘깁니다."

"무슨 얘긴지 모르겠습니다."

배정자가 걸음을 멈추자 뒤따라오던 사내들도 걸음을 멈췄다.

"홍종우가 갑자기 나타난 이유 말이야!"

"얘기 안 해줬습니다. 다만 이번 달 23일 오후 2시에 종로 YMCA에서 고백회를 한다고 하더군요."

"고백회?"

"네, 아마 자기 죄를 자백하고 용서를 구하는 자리가 될 것 같아요."

"그럼 총독부의 고관들이 참석하겠군요."

"그건 잘 모르겠습니다."

"무슨 꿍꿍이속인지 대충 짐작이 가네요. 문제는 그렇게 뻔히 예측 가능한 일을 벌이려고 이 난리를 쳤느냐에요."

부채를 쫙 펼친 배정자가 천천히 부채질을 하면서 눈을 깜빡거렸다. 인력거가 거리를 지나가면서 낸 먼지가 뿌옇게 피어올랐다가 내려앉았다.

"전 더 아는 것도 없고, 낄 생각도 없습니다. 홍종우가 그때 나온 다고 했으니까 나머진 알아서 하세요."

"어머, 화났나 보군요. 하지만 아직 안 끝났어요. 난 거기까지 일 을 끌고 갈 생각이 없으니까요."

류경호의 팔을 꽉 움켜잡은 배정자가 속삭였다.

"홍종우에게 다시 만나자고 해요. 그리고 우리 애들한테 홍종우 를 넘겨주면 당신 할 일은 끝이에요."

"그쪽에서 필요하면 저한테 연락이 옵니다. 시간이나 장소는 제가 정할 수 없어요."

"반드시 그렇게 하세요. 안 그러면 당신도 한패라고 다 얘기할 거 예요."

웃으며 협박한 배정자가 양산을 접었다. 그게 신호인 것처럼 뒤따 라오던 사내들이 지나가던 인력거를 세웠다. 치마를 살짝 걷어 올리 고 인력거에 올라탄 배정자가 말했다.

"선택권을 가지고 있다는 생각은 버려요. 조선 사람들은 늘 그게 문제였다니까요. 내 가게 알죠? 연락 오면 바로 사람을 보내요. 이번 에도 내 얘길 무시하면 종로경찰서에 가서 당신이 불령선인들과 접 촉하고 있고 일을 꾸미고 있다고 얘기할 거예요. 그럼."

인력거의 차양이 내려지고 천천히 바퀴가 굴러갔다. 건장한 사내 들이 호위하듯 인력거 뒤를 따랐다. 홀로 남은 류경호는 하숙집으로 돌아와서는 김인이 건네준 종이를 꺼냈다. 지난번 받은 책의 뜯겨진 부분이었다.

・・・

눈을 뜬 김옥균이 나를 쳐다봤다. 그리고 내가 겨누고 있던 권총을 바라봤다. 얼핏 그의 얼굴에 서린 것은 절망감이었다. 죽음이 두렵다기보다는 할 일을 끝맺지 못한다는 그 절망감.

심호흡을 하고 방아쇠를 당겼다. 화약이 터지는 소리와 함께 김옥균이 움찔했다. 하지만 철컥하는 소리와 함께 공이가 빈 약실을 때렸고, 창밖에서 들려온 폭죽소리는 짧은 여운과 함께 사라졌다. 나는 다시 방아쇠를 당겼다. 빈 총소리가 났다. 천천히 권총을 내리고 말했다.

"당신은 내 손에 죽은 거요."

그리고 어리둥절해하는 김옥균을 바라보면서 오늘 겪은 일을 떠올렸다.

결행의 시간이 눈앞에 다가왔기 때문일까? 산책을 끝낼 즈음 머리가 점점 아파왔다. 시간이 좀 남아서 동화양행 건너편에 있는 천후묘에 들려보기로 했다. 변발을 한 중국인들 틈에는 양복과 드레스 차림의 동양인들도 적지 않아 보였다. 사당 안은 참배객들과 그들을 상대로 하는 장사꾼들로 북적였다. 처마를 맞댄 상점들은 향과 꽃 따위를 팔았다.

향냄새가 코를 찌르는 가운데 할 일 없이 돌아다니던 내 눈에 사이쿄마루에서 봤던 그 일본인이 보였다. 잿빛 양복 대신 중국인들이 입는 치파오 차림이었지만 인상적인 카이저수염 덕분에 어렵지 않게 알아봤다. 그 옆에는 동화양행의 주인인 요시지마가 서 있었다. 체구가 큰 요시지마가 굽실거리는 걸로 봐서는 높은 지위에 있는 것 같았다.

그런데 왜 숙소를 놔두고 이런 곳에서 얘기를 나누고 있는 것일까? 뚫어지게 쳐다보는 와중에 요시지마의 입 모양이 김옥균이라고 움직이는 걸 발견했다. 호기심에 못 이긴 나는 마침 본당으로 향하는 중국인들 틈에 껴서 그들 옆으로 다가갔다. 붉은색으로 칠한 기둥 뒤에 몸을 숨겼다. 중국인들이 떠드는 소리와 상인들의 호객소리에 둘이 무슨 얘기를 나누는지 전부 들리지는 않았지만 토막토막 알 만한 단어들이 들렸다.

"김옥균……."

"감시……."

"시내 관광……."

"조선인……암살."

요시지마가 사이쿄마루에서 봤던 그 사내에게 김옥균의 일정과 내 암살 계획에 대해서 보고하는 것 같았다. 김옥균이 가명까지 쓰면서 비밀리에 상해로 왔지만 일본은 이미 그의 동정에 대해 낱낱이 파악하고 있다는 얘기였다. 그리고 내가 김옥균을 죽이려고 한다는 사실도 이미 눈치챈 것 같았다. 갑자기 김옥균에게 동정심이 생겼다. 더불어 나의 암살 계획도 이미 눈치채고 있다는 사실에 경악했다. 그러자 머릿속에 한 단어가 떠올랐다.

'희생양.'

내가 김옥균을 죽이고 현장에서 체포된다면 일본은 조선정부가 배후에서 사주했다고 주장할 게 뻔했다. 조정에서는 부인하든지 침묵을 지킬 테고 그렇게 되면 나는 중간에서 희생양이 될 게 자명했다. 잠시 더 얘기를 나눈 두 사람은 따로따로 헤어져 천후묘 밖으로 나갔다. 잠시 후 동화양행으로 돌아온 나는 침대 밑에 숨겨둔 리볼버 권총의 탄약을 전부 빼버렸다.

나는 어리둥절한 표정으로 침대에서 몸을 일으킨 김옥균에게 말했다.

"어서 여길 빠져나갑시다. 여기 주인이 당신을 감시하고 있었어요."

김옥균은 무슨 얘긴지 대번에 눈치챈 듯했다. 문가에 선 나는 계단 쪽을 쳐다봤다. 아래층으로 내려간 와다 엔지로가 당장이라도 올라올 것 같았다. 침대에서 일어난 김옥균이 옷걸이에 걸린 양복 윗저고리를 집어 들려는 게 보였다.

"시간 없소. 어서 나갑시다."

양복을 놓은 김옥균이 침대 아래 넣어둔 책을 움켜쥐고 내 뒤를 따랐다. 1층으로 내려가서 밖으로 나가는 건 불가능했다. 2층 복도 끝에 있는 창문을 열고 밖으로 나가는 수밖에는 없었다. 김옥균이 뒤따라오면서 물었다.

"왜 안 쏜 겁니까?"

"불쌍해서."

뒤따르던 김옥균이 내 어깨를 움켜잡았다.

"날 죽이면 부귀영화를 누릴 텐데 고작 그 이유로 살려준 거요?"

걸음을 멈춘 나는 홱 돌아서서 쏘아붙였다.

"아까 산책에서 돌아오다가 엿들었는데 일본인들이 당신을 감시하고 있는 중이었습니다."

"하긴 내 청국행이 성공한다면 곤란해질 게 뻔하니까 그랬을 겁니다."

"내가 당신을 죽이기로 결심한 건 부귀영화를 누리기 위해서가 아니라 함께 정변을 일으킨 동료들을 배신했기 때문입니다. 하지만 다시 기회를 줄 테니 반드시 조선으로 돌아가서 동료들의 꿈을 이루세요."

"그러겠습니다."

비로소 표정이 풀어진 김옥균이 말했다.

"혹시 모르니까 이건 홍 공이 가지고 계십시오."

"뭐요?"

"내가 쓴 책《동양삼화론》입니다. 공한테 맡길 테니까 잘 챙겨주십시오."

그렇게 얘기를 나누느라 8호실 문이 살짝 열린 것을 눈치채지 못했다. 활짝 웃던 김옥균의 얼굴은 8호실에서 발사된 총구의 화염에 휩싸여버렸다. 화염이 사라지고도 김옥균은 여전히 웃는 눈으로 왼쪽 팔을 내려다봤다. 하얀 와이셔츠의 겨드랑이가 피로 물들어갔다. 뒤늦게 총성이 귀청을 울렸다.

반사적으로 고개를 오른쪽으로 돌리자 반쯤 열린 8호실의 문틈으로 권총의 총구와 뒤에 숨은 무표정한 카이저수염의 남자가 보였다. 휘청거린 김옥균이 8호실의 반대쪽 벽에 쿵하고 부딪쳤다. 카이저수염의 남자가 총구를 내 쪽으로 겨누면서 말했다.

"바보 같은 놈. 우리가 김옥균을 곱게 보내줄 줄 알았나?"

그때서야 내 어리석음을 깨달았다. 김옥균을 이토록 치밀하게 감시하던 그들이 내가 암살하지 않을 때를 대비한 계획을 세워놓았을 것쯤은 눈치챘어야 했다. 어쨌든 김옥균을 겨눈 총구는 나한테 옮겨졌다. 죽음을 각오한 순간 벽에 기대 있던 김옥균이 괴성과 함께 카이저수염에게 덤벼들었다. 다시 총성이 들렸고 왼쪽 뺨을 움켜잡은 김옥균이 푹 주저앉았다. 그렇게 쓰러지면서도 카이저수염의 팔을 잡고 놓지 않았다.

뒤로 돌아선 나는 곧장 계단으로 도망쳤다. 단숨에 계단을 뛰어 내려가서 밖으로 나가자 와다 엔지로가 의심스러운 눈길로 쳐다보다가 뒤쫓아왔다. 하지만 사람들로 가득한 강남로와 왼쪽으로 뻗은 북소주로의 길을 정신없이 뛰어가자 와다 엔지로는 뒤쫓는 걸 포기하고 동화양행으로 발걸음을 돌렸다.

북소주로의 가로등에 기댄 채 숨을 몰아쉬던 나는 이제는 자그맣게 보이는 동화양행을 바라봤다. 김옥균의 어이없는 죽음이 가져올 파장은 짐작조차 가지 않았다. 숨이 어느 정도 제자리를 찾아갔다. 움직일 기운이 돌아오자 다시 움직였다. 어디로 가야 하고 뭘 해야 할지 몰랐다. 다만 그의 죽음에서 멀리 도망치고 싶다는 생각뿐이었다.

걷다가 지친 나는 어느 농가에 들어가 가지고 있는 돈 몇 푼을 쥐어주고 하룻밤 묵기로 했다. 지칠 대로 지친 나는 주인이 내준 침대 위에서 그대로 잠들었다. 얼마나 지났을까? 시끄러운 소리에 눈을 뜨니 조계지 경찰들이 권총을 겨누고 있는 게 보였다. 일으켜 세워져 몸수색을 받고 양손에 수갑이 채워졌다. 그리고 밖에 세워진 창

248

살 달린 마차에 태워져서 조계지로 돌아왔다. 아직 해가 뜨기 전 새벽이라 거리는 고요했다.

홍국순포방이라는 감옥에서 남은 밤을 보내고 29일 아침에 동화양행으로 끌려갔다. 구경꾼들이 구름처럼 몰려든 가운데 10여 명이 넘는 서양인 경찰들이 동화양행을 빈틈없이 둘러쌌다. 동화양행 안에는 청나라 관리와 일본 영사관 관리, 통역, 조계지 경찰 관계자들로 빼곡했다.

2층으로 올라가서 김옥균이 머물던 1호실로 들어갔다. 침대 위에는 하얀 천으로 덮인 김옥균의 시신이 보였다. 변발을 한 청국 관리가 천을 걷자 일본옷으로 갈아입혀진 김옥균의 모습이 보였다. 청국 관리가 동화양행 주인인 요시지마와 와다에게 질문을 했다. 사망자가 김옥균이 맞느냐고 묻는 내용 같았다. 질문을 끝낸 청국 관리는 구석에 서 있는 나에게 다가왔다.

"왜 김옥균을 죽였느냐?"

그 질문을 받는 순간 모든 걸 깨달았다. 8호실의 카이저수염이 내가 김옥균을 죽이고 도망쳤다고 얘기했던 것이다. 와다 엔지로는 내가 도망치는 것만 봤으니 그의 말을 그대로 믿었을 것이고 말이다. 하지만 나는 진범이 따로 있다는 말대신 엉뚱한 얘기를 했다.

"김옥균은 조선의 관리로서 반역을 저질러 수많은 사람들을 죽이고 내 친척도 죽였다. 그런데 일본으로 도망친 그는 지금까지 잘못을 깨닫지 못하고 같은 짓을 반복하려고 했다. 그래서 나는 그를 죽여서 친척의 원수를 갚고 임금의 마음을 위로해드리려고 했다."

밤새 고민했던 것은 어떻게 하면 살아남느냐였다. 유일한 방법은 내가 김옥균을 죽였다고 거짓말을 하는 것뿐이었다. 그렇게 하면 조정에서는 어떻게든 나를 귀국시키려고 할 것이기 때문이다. 일본 역시 내가 김옥균을 죽였다고 하면 굳이 손을 쓰지 않을 것이라고 확신했다.

금줄을 단 붉은색 제복 차림의 공부국(工部局:상해의 외국인 조계지를 관리하는 행정기관) 관리와 청국 관리가 귓속말로 얘기를 주고받았다. 잠시 후 공부국 관리는 자리를 떴다. 그가 열고 나간 문이 닫히면서 밖에 서 있던 카이저수염의 모습이 언뜻 보였다. 히죽 웃은 그의 얼굴은 삐걱대며 닫히는 문과 함께 사라져버렸다.

• • •

그렇게 나는 대역죄인 김옥균을 죽인 영웅이 되어 금의환향할 수 있었다. 북양대신 이홍장이 제공한 군함 위정을 타고 조선으로 돌아왔다. 같은 배에 김옥균의 시신이 담긴 관이 실렸다. 한양에 도착한 다음에야 이일직이 권 씨 형제들과 함께 박영효를 암살하려다가 실패했다는 사실을 알았다. 박영효를 운래관으로 유인해서 살해하고 트렁크에 시체를 넣어서 조선으로 실어오려고 했던 것이다.

하지만 낌새를 챈 박영효가 움직이지 않자 계획을 바꿨다. 자신이 친린의숙을 직접 찾아가서 박영효의 시선을 끄는 사이 권 씨 형제가 습격하기로 한 것이다. 하지만 권 씨 형제는 조선 영사관으로 줄행랑을 쳤고, 대리 영사 임기환의 신고를 받고 출동한 경찰이 친린의숙에서 박영효와 이일직 등을 체포했다.

예상대로 일본은 조선의 선구자인 김옥균을 청과 조선이 야만적으로 암살했다고 떠들었다. 그리고 몇 달 후 동학교도들의 반란을 평정한다는 구실로 조선으로 진출한 일본군과 청군이 전쟁을 벌였다. 그렇게 역사는 진실을 감추고 흘러갔다.

형식상 본 과거에 합격한 나는 권동수와 함께 임금의 밀서를 갖고 아라사의 블라디보스토크에 갔다. 독립협회가 한참 기세를 떨칠 때는 보부상들을 이끌고 만민공동회를 습격하기도 했다. 평리원 판사로 있을 때는 만민공동회를 주최한 죄목으로 갇혀 있다가 탈옥을 시도한 이승만을 재판했다. 외국에 있을 때 병으로 죽은 아내와 어린 딸을 뒤로 하고 재혼을 해 아이도 낳았다.

그러는 사이 청나라와 아라사를 물리친 일본은 조선을 집어삼킬 야욕을 숨기지 않았다. 1905년 5월 제주목사에서 해임된 나는 경성으로 올라와서 뮈텔 신부를 만나 앞으로의 일을 상의했다. 불란서나 아라사로 다시 떠날 생각도 해봤지만 늙은 나이에 타국에서 삶을 마감하고 싶지는 않았다.

그렇게 시간이 흐르면서 조선이 대한제국이 되고 일본의 식민지가 되었다. 세월이 흘러가는 걸 지켜보던 나는 궁금해지고 두려워졌다. 김옥균을 죽인 암살자라는 오명은 두렵지 않았다. 하지만 역사의 진실을 숨겨야만 한다는 사실은 항상 가슴을 무겁게 만들었다. 지금도 저들은 김옥균을 기리는 행사와 비석들을 세우고 추모행사를 연다. 먼발치에서 그것을 볼 때마다 묻힐 수밖에 없는 진실을 일깨워야 한다는 생각이 든다. 그것이 내가 용서받을 수 있는 유일한 길이라고 믿는다.

고백회

쪽지에 적힌 내용은 이게 끝이었다. 류경호는 뒤통수를 세게 얻어 맞은 것 같아 아무것도 할 수 없었다. 총독부에서 왜 이렇게 기를 쓰고 홍종우의 입을 막으려고 했는지 비로소 이해가 갔다. 그리고 자신이 얼마나 위험한 일 한복판에 떨어졌는지도 피부에 와 닿았다. 만약 약속된 날짜에 무대에 올라선 홍종우가 그런 얘기를 꺼내서 소문이라도 난다면 김옥균을 추모하던 조선총독부는 큰 곤경에 처할 게 뻔했다.

문제는 김인이 그 정도만 노리는 게 아니라는 것이다. 눈을 감은 류경호는 무대에 선 가짜 홍종우의 얘기에 귀를 기울이는 조선총독부의 고관들을 떠올려봤다. 그리고 누군가가 모여 있는 그들을 향해 던진 폭탄이 터지면서 아비규환의 현장으로 변한 모습까지 머릿속에 그랬다.

초조함을 못 이긴 류경호는 벽에 걸린 달력을 쳐다봤다. 창문에서 똑똑 거린 소리가 들려온 것은 쪽지를 다 읽은 류경호가 막 잠에 들려던 무렵이었다. 골목길로 난 창문을 열자 만주 장사로 변장한 최가 보였다.

. . .

아침 무렵부터 종로 한복판에 자리 잡은 YMCA는 사람들로 북적거렸다. 지난주부터 시대일보에서 대대적으로 홍보한 홍종우의 고백회를 보러 온 사람들 때문이었다. 하지만 건물 앞에는 이미 순사들이 진을 친 상태였다.

1916년에 한 번 증축한 3층짜리 YMCA 건물은 높은 건물이 별로 없는 종로에서 가장 눈에 띄었다. 아침 일찍 신문사를 나선 류경호는 앞을 가로막는 순사에게 기자증을 보이고 페디먼트(pediment:기둥으로 지탱되는 현관 위에 만들어진 삼각형 지붕 형태의 장식물로 그리스 신전의 지붕에서 유래되었다)가 올려진 현관을 통해 2층으로 올라갔다.

강당에는 이미 종로경찰서에서 나온 고등계 형사들이 진을 친 상태였다. 낯익은 하야시 곤스케 경부와 박이라는 보조원의 모습도 보였다. 그를 발견한 하야시 경부가 가까이 다가왔다.

"협조를 해주셔서 고맙소."

"별 이상은 없던가요?"

"어제부터 샅샅이 살펴봤습니다만 별다른 이상은 없었소."

"총독부 고관들은요?"

"별도의 안전조치를 취해놨지. 경성 시내에 비상령을 내리고 이 일대에 순사들을 집결시켰소. 이 일대에서는 쥐새끼 한 마리 못 빠져 나갈 거요."

"비상령까지 내렸다고요?"

"소동을 벌일지도 모르니까."

"그렇군요. 어쨌든 골치 아픈 일이 끝나서 다행입니다."

"그나저나 며칠 동안 안 보였던데 무슨 일 있었소?"

회심의 미소를 지은 하야시 경부가 얘기했다.

"그냥 귀찮게 하는 사람들이 좀 많아서요."

웃으며 대답한 류경호는 강당 안을 슬쩍 살펴봤다. 하얀색 기둥들 사이로 가지런히 놓인 의자에는 참석자들의 이름이 적힌 종이가 붙어 있었지만 실제로 그 자리에 앉은 사람들은 가짜일 것이다. 역시 가짜인 홍종우는 아마 무대에 올라서지도 못하고 체포될 게 뻔했다. 슬쩍 상태를 확인하고 밖으로 나온 류경호는 밖에서 기다리고 있던 정수일 기자에게 다가갔다.

"경계가 삼엄해요. 포기하라고 해요."

"그게, 연락이 안 되고 있어. 그냥 강행할 생각인가 봐."

"시도도 못해볼 게 뻔해요. 참석자들도 전부 가짜라고요."

"미안하지만 난 이 일에 더 끼고 싶지 않아. 신문사에도 사표를 냈으니까 더 이상 나한테 채근하지 마."

"선배!"

류경호의 팔을 뿌리친 정수일 기자는 웅성대는 인파의 틈으로 사라져버렸다.

같은 시각, 배가 불룩 나온 노인은 거울을 보면서 옷맵시를 살폈다. 하얀색 양복에 검은 천을 두른 밀짚모자를 쓴 노인은 검정 뿔테 안경을 쓰고 흑단으로 만든 스틱을 쥐었다. 옆에 서 있던 김인이 말했다.

"오늘 동지의 희생으로 조선의 독립은 한 발짝 가까워질 거요."

노인은 아무 말 없이 김인과 악수를 나누고 앉은뱅이책상 위에 놓인 가방을 집어 들고 밖으로 나왔다. 골목길을 지키고 있던 모던보이가 괜찮다는 신호를 보냈다. 노인은 가방을 단단히 움켜쥐고 골목 입구에서 기다리고 있던 포드 자동차에 탔다.

모던보이까지 뒤따라 조수석에 타자 회색 조끼에 장갑을 낀 운전수가 곧바로 차를 출발시켰다. 한숨을 쉰 노인은 가방을 열고 안에 든 폭탄을 확인했다. 큰길로 나온 포드 자동차가 운전석 옆에 달린 고무 클랙슨을 빵빵거리자 흰 두루마기를 입은 노인 둘이 깜짝 놀라서 옆으로 피했다.

시계가 오후 1시를 가리켰다. 달아오른 햇빛 탓에 포장이 안 된 종로거리는 인력거와 우마차들이 지나다니면서 내는 마른 먼지가 가득했다. 종로 YMCA 맞은편 망건상점의 처마 밑에 선 류경호는 드나드는 사람들을 뚫어지게 쳐다봤다. 한 칸 건너 모자상점 앞에는 곰방대를 물고 물장수로 변장한 하야시의 조수 박이 서 있었다.

잠시 후 인파를 헤치고 포드 자동차 한 대가 다가오는 게 보였다.

YMCA 앞에서 멈춰선 포드 자동차를 본 조선 사람들이 하나둘 모여드는 바람에 금방 사람들로 가득 찼다. 모여드는 사람들을 지켜보던 박이 사람들을 헤치고 멈춰선 자동차 쪽으로 다가갔다. 그러고는 쥐고 있던 곰방대로 운전석 쪽 창문을 두드렸다.

"이봐! 차 빼!"

"아니, 당신이 뭔데 차를 빼라 마라야. 차 더러워지니까 썩 꺼져."

운전수는 오히려 물장수 차림의 박에게 호통을 쳤다. 그렇게 옥신 각신하는 사이 구경꾼들은 더 몰려들었다. 말다툼을 하던 박이 호루라기를 꺼내서 불자 YMCA 안에 있던 순사들이 우르르 몰려나왔다. 놀란 운전수가 굽실거렸다.

"죄송합니다. 손님이 여기 차를 대고 있으면 나오겠다고 하셔서요."

"그런 거 없으니까 썩 꺼져!"

박의 호통에 운전수는 죄송하다는 말을 하면서 얼른 차를 출발시켰다. 화가 머리끝까지 난 박이 구경꾼들을 헤치고 나가는 포드 자동차를 향해 소리쳤다.

"빠가야로!"

순사들을 본 구경꾼들도 슬금슬금 흩어졌다. 다시 제자리로 돌아온 박은 방금 전까지 망건상점의 처마 밑에 서 있던 류경호가 온데간데없이 사라져버린 걸 눈치챘다.

점심시간이 되자 조선호텔은 식사를 하러 들어온 손님들과 체크 아웃을 하는 사람들로 북적였다. 로비의 직원들이 땀을 뻘뻘 흘리며 손님들을 맞이하는 사이에 포드 자동차 한 대가 호텔 입구에 멈춰

섰다. 무심코 그쪽을 쳐다본 벨보이는 차에서 내린 순사들을 보고는 그대로 얼어붙었다. 순사들과 함께 내린 회색 양복 차림의 남자가 벨보이를 다그쳤다.

"방금 여기로 들어온 노인 어디로 갔어?"

"노인이요?"

놀란 벨보이가 머뭇거리자 회색 양복 차림의 남자는 품에서 권총을 뽑아들었다. 팔짱을 끼고 회전문을 나오던 남녀가 비명을 질렀다.

"그래, 폭탄을 가진 불령선인이 여기로 들어왔다는 정보가 방금 입수됐단 말이다!"

권총을 본 벨보이가 바짝 얼어붙어서 뒷걸음질 쳤다. 혀를 찬 회색 양복 차림의 남자가 순사들에게 손짓을 하고는 회전문을 밀고 안으로 들어갔다. 로비를 지나쳐 선룸으로 향했다. 선룸 안을 두리번거리던 회색 양복 차림의 남자는 원구단이 보이는 창가 쪽에 앉은 하얀 양복 차림의 노인을 발견하고는 그쪽으로 성큼성큼 걸어갔다. 노인 뒤에 서 있던 모던보이가 앞을 막아섰지만 권총을 들이대자 꼼짝도 하지 못했다. 하얀 양복의 노인과 마주앉아서 차를 마시고 있던 중년의 남자는 깜짝 놀란 표정을 지었다. 회색 양복의 남자가 그에게 물었다.

"최 상?"

"맞소. 내가 최창학이오."

"난 종로경찰서 고등계 하야시 곤스케 경부요. 이자는 상해에서 김구가 보낸 테러리스트요."

회색 양복의 남자가 노인의 어깨에 권총을 꾹 누르며 얘기하자 중년의 남자는 믿을 수 없다는 말투로 대답했다.

"테, 테러리스트라고요? 이 사람은 미쓰비시사의 대리인 마쓰모토 상입니다."

"미쓰비시 본사에 직접 확인했습니다만 마쓰모토 상이라는 사람은 없답니다. 이자는 가짜요. 어이."

하야시 경부의 손짓에 순사 한 명이 노인이 가지고 있던 가죽가방을 빼앗았다. 구석에 몰린 모던보이가 잠시 저항했지만 순사들에게 붙잡혀 꼼짝도 못했다. 가방을 건네받은 하야시 경부가 안에 든 폭탄을 최창학에게 보여줬다.

"최 상에게 자금을 강탈하려다가 실패로 돌아가니까 아예 폭사를 시키려고 한 겁니다. 다행히 긴급한 제보 전화를 받아서 이렇게 올 수 있었죠."

"이런, 그런 것도 모르고 전 계약서에 도장까지 찍으려고 했지 뭡니까?"

최창학이 말을 하는 사이 잠자코 있던 노인이 갑자가 하야시 경부에게 덤벼들어 가방을 뺏으려고 했다. 한 발 뒤로 물러난 하야시 경부가 들고 있던 권총으로 노인의 뒤통수를 내리쳤다. 노인이 피를 흘리며 선룸 바닥에 쓰러지자 손님들이 비명을 질렀다.

"뭣들 하고 있어! 이자들 끌어내지 않고!"

순사들이 피를 흘린 채 쓰러져 있는 노인과 모던보이를 끌고 나갔다. 하야시 경부는 엉거주춤 일어나다가 털썩 주저앉은 최창학에게 말했다.

"힘드시더라도 저랑 같이 경찰서에 가서 진술해주셔야겠습니다."

"그, 그럽시다."

"밖에 차를 대기시켜 놨습니다."

하야시 경부는 최창학을 부축해서 호텔을 빠져나왔다. 회전문을 빠져나온 두 사람은 대기하고 있던 포드 자동차 뒤에 올라탔다. 반대쪽 문으로 모자를 푹 눌러쓴 순사 한 명이 타자 하야시 경부가 운전수에게 소리쳤다.

"종로경찰서로!"

부릉거리며 출발한 차는 조선은행과 경성우체국이 있는 장곡천로를 빠져나와 곧장 북쪽의 태평로로 향했다. 한숨을 돌린 하야시 경부는 손으로 콧수염을 뜯어내 창밖으로 날려버렸다. 그리고 웃으며 최창학에게 말했다.

"만나서 반갑소. 최창학 선생."

"당, 당신 누구요?"

"상해 임정에서 일하는 김인이라고 하오. 일전에 예고한 독립운동 자금을 받으러 왔소."

김인이 이빨을 드러내며 웃자 최창학은 하얗게 질려버렸다. 푹 눌러쓴 순사 모자를 벗은 모던보이가 최창학의 목덜미에 칼을 들이댔다. 최창학이 애써 침착한 목소리로 말했다.

"경성 한복판에서 날 납치해서 어쩌자는 얘기요? 이번에는 협상을 하러 와서 돈도 가지고 온 게 없소."

"물론 알고 있소이다. 최 선생께서 경성에 오신 건 삼성금광 매각 협상 건도 있지만 은행 예금 문제 때문이란 것도 알고 있소."

"그…… 그건."

"일은 간단히 끝날 거요. 시내 한 바퀴 드라이브하고 아까 나온 조선호텔 옆에 있는 조선식산은행(朝鮮殖産銀行:일제시대 설립된 은행으로 해방 후에는 한국산업은행이 되었다)에 들러서 돈을 인출해서 나한테 건네주면 끝이오."

김인의 말에 최창학이 코웃음을 쳤다.

"그 은행에 내가 가면 귀빈실에 혼자 들어간다오. 조선호텔처럼 어설픈 순사 노릇을 한다고 먹힐 줄 아시오? 지금이라도 조용히 물러나면 거마비 정도는 챙겨드리리다."

최창학의 말에 김인이 너털웃음을 지었다.

"오늘 경성 시내에 비상령이 떨어진 상태라서 돈 많고 독립군의 표적이 된 당신에게 신변 보호를 요청받았다고 하면 의심하진 않을 거요."

"도착했습니다."

핸들을 잡은 운전수가 말했다. 그들이 탄 포드 자동차는 작년에 2층에서 3층으로 한 층을 높이고 좌우를 넓힌 증축 공사를 한 조선식산은행 옆에 있는 주차장으로 들어갔다. 장작을 가득 실은 우마차가 일본어가 적힌 플랜카드가 펄럭거리는 전기등 아래를 느릿하게 지나갔다. 차에서 내리기 직전, 김인이 최창학에게 말했다

"20만 원을 인출하시오. 허튼 짓 하면 오늘이 당신 제삿날이 될 거요."

순사복 차림의 모던보이가 최창학의 뒷덜미를 잡아서 끌어냈다. 최창학과 김인, 그리고 순사 복장의 모던보이가 은행 안으로 들어서자 접수대의 행원이 엉거주춤 일어나 인사를 했다. 최창학의 앞을

가로막은 김인이 일본어를 쏟아냈다.

"난 종로경찰서 고등계 하야시 곤스케 경부다. 최 상께서 예금 인출 건으로 상담이 있으니 귀빈실로 안내하게."

"우리 은행 규칙상 귀빈실에는 예금주만 들어가실 수 있습니다."

행원의 말에 김인이 발을 쾅하고 구르면서 호통을 쳤다.

"지금 불령선인이 잠입했다는 첩보 때문에 경성 시내에 비상령이 떨어진 거 모르나? 쓸데없는 소리 하지 말고 얼른 안내해!"

김인의 말에 행원이 파랗게 질린 채 2층 계단을 가리켰다.

"저쪽으로 가시면 됩니다. 부행장님께 전화 드리겠습니다."

김인이 최창학의 팔을 잡고 2층으로 올라가는 계단 쪽으로 잡아끌었다. 그 순간 대기석의 손님들 틈에 앉아 있던 류경호가 벌떡 일어나 다가왔다. 함께 있던 사진사가 사진기를 펑 하고 터트리자 하얀 섬광이 은행 안에 가득 찼다. 류경호가 수첩을 꺼내 들고 질문 공세를 펼쳤다.

"경성에 무슨 일로 오셨습니까? 최근 독립군을 자처하는 단체에게 협박을 받으셨는데 대책은 세워놓고 계십니까?"

류경호의 얼굴을 알아본 김인의 얼굴이 흙빛이 되었다. 순사로 변장한 모던보이가 소매에서 칼을 꺼내려고 하다가 김인의 제지를 받았다. 김인이 류경호의 팔을 움켜잡고 구석으로 끌고 갔다.

"도와주기로 해놓고서 이게 무슨 짓이야!"

"지금 밖에 누가 기다리고 있는 줄 알아? 배정자가 하수인들을 거느리고 있는 중일세. 자네가 돈을 찾아서 나오면 덮치려고 말이야."

"거짓말!"

"길 건너편 제과점 옆 골목을 봐. 양복 입은 사내들이 보일 거야. 못 믿겠으면 확인해봐."

류경호의 말에 김인은 모던보이에게 턱짓을 했다. 정문 옆 창문으로 바깥을 살펴본 모던보이가 돌아와서는 고개를 끄덕거렸다. 얼굴이 굳어져버린 김인에게 류경호가 말했다.

"다음 기회를 노리고, 오늘은 일단 피하게."

류경호의 말에 김인의 표정이 일그러졌다.

"나옵니다."

골목 입구에서 망을 보던 남자의 말에 배정자가 말했다.

"가서 잡아!"

그녀의 말이 떨어지기가 무섭게 골목에 있던 10여 명의 건장한 남자들이 우르르 달려나갔다. 최창학을 부축하고 나오던 류경호는 깜짝 놀란 얼굴로 배정자를 쳐다봤다.

"여긴 웬일이십니까?"

낭패스러운 얼굴의 배정자가 류경호의 뺨을 때렸다.

"날 방해하면 가만 안 놔둔다고 했지?"

"신문기자를 폭행하다니, 미쳤소?"

뺨을 맞은 류경호가 느물거리며 대답했다. 배정자가 남자들에게 호통을 쳤다.

"그깟 조선인 신문기자가 대수라고, 뭣들 해!"

배정자의 호통에 남자들이 덤벼들려던 찰나, 다른 목소리가 들렸다.

"이봐, 손 떼지 못해!"

지저분한 저고리에 밀짚모자 차림의 남자들을 이끌고 온 박춘금을 본 배정자가 얼굴을 찡그리며 말했다.

　"무슨 일로 왔는지 모르겠지만 이 일은 상관하지 마."

　"흥, 먼저 발을 담갔다고 자기 일이라는 말이야? 나 노동상애회 회장 박춘금이야! 흑치마 벗겨지고 싶지 않으면 썩 물러가."

　둘의 말씨름이 끝나자마자 양쪽 남자들이 뒤엉켰다. 길을 가던 기모노 차림의 일본 여인이 비명을 지르며 걸음을 재촉했다. 그 와중에 한발 뒤로 빠진 류경호는 뒤따라 나온 최에게 신호를 보냈다. 사진기를 든 최가 플래시를 터뜨렸다.

사건은 파묻히고

지난 23일 장곡천정 조선식산은행 본점 앞에서 일어난 난투극은 본정 파출소의 순사대가 출동해서 겨우 진정시켰다. 이 난투극으로 인해 장정 10여 명이 크게 다쳤으며, 취재 중이던 본지 류경호 기자 역시 경미한 상처를 입었다. 대낮에 경성 한복판에서 때아닌 난투극을 벌인 주인공들은 고(故) 이토 히로부미 공작의 양녀인 배정자 씨와 노동상애회 회장 박춘금 씨의 부하들로 알려져 있다. 이들이 난투를 벌인 이유는 명확히 밝혀지지 않았으며 이들을 연행한 본정 파출소에서도 아는 바가 없다고 말하고 있다. 배정자 씨와 박춘금 씨 역시 두문불출하는 중이다. 본정 파출소는 조만간 본 건을 경성 재판소에 넘긴다고 밝혔다.

"결국 남은 건 이 기사 하나뿐이군."

씁쓸하게 웃은 최남선 사장이 이제 막 나와서 석유 냄새가 풀풀 나는 신문을 책상 위에 던지며 말했다.

"결국 진실이 이렇게 묻혀버리는군요."

류경호의 말에 담배를 한 대 문 최남선 사장이 성냥불을 붙이며 대답했다.

"진실? 그건 홍종우의 일방적인 주장일 뿐일세."

최남선 사장의 말에 발끈한 류경호가 반박했다.

"지금까지 어느 기사나 책에서도 김옥균이 8호실 앞에서 죽었다고 하지 않았습니다. 그리고 그 8호실에 묵었던 시마무라 대좌가 일본 해군 군령부 제2국장이라는 사실은 더더욱 알려지지 않았죠."

"그런 사소한 점만 가지고는 홍종우의 무죄를 주장할 순 없네. 그 당시는 그렇다고 쳐도 홍종우가 조선으로 돌아온 후에는 얼마든지 진실을 털어놓을 수 있었잖아."

"그걸로 출세를 했는데 아니라고 얘기는 못 했겠죠."

"진실은 믿고 싶은 마음속에서 찾는 게 아닐세. 자넨 이미 홍종우가 무죄라는 생각을 가지고 물증들을 끼워 맞추고 있잖아. 하지만 그 물증이라는 건 고작 가해자의 주장일 뿐일세. 믿고 싶은 자네 마음은 이해하네만 그 홍종우의 일기라는 건 자네 친구가 총독부와 경찰의 관심을 돌리기 위해 만든 가짜였어."

최남선 사장은 서랍에서 편지 한 장을 꺼내서 류경호에게 건넸다. 겉봉에 쓰인 이름을 본 류경호가 대답했다.

"김인이 보낸 편지군요."

"내용을 읽어보게. 자네한테 쓴 거니까."

최남선 사장의 재촉에 류경호는 편지를 읽어내려 갔다.

"친애하는 친구에게. 자넬 속여서 미안하네. 홍종우가 상해에 왔던 것은 사실이지만 회고록은 내가 만든 가짜일세. 홍종우는 술에 취하면 자신이 범인이 아니라는 말을 하긴 했지만 임정 사람들조차 믿지 않았네. 최창학을 납치해서 자금을 구하려고 계획한 순간부터 어떻게 하면 성공할 수 있을까 고민하다가 홍종우를 떠올렸네. 자네가 이 일에 개입될 줄은 몰랐어. 그냥 떠나기 미안해서 몇 글자 적네. 훗날 해방된 조국에서 만나세."

편지를 다 읽은 류경호에게 최남선 사장이 물었다.

"그 친구 필체가 맞나?"

"제 책상에 그 친구한테서 옛날에 받은 엽서가 하나 있습니다. 그거랑 맞춰봐야 하긴 하는데 맞는 것 같습니다."

"그걸로 홍종우 얘기는 없던 걸로 하지. 정간보다 더 두려운 건 오보니까."

"그럼 왜 저에게 홍종우를 만나보라고 하신 겁니까? 정말 총독부에 홍종우를 팔아넘기려고 한 겁니까?"

"신문을 살리려고 욕심을 부린 건 인정하네. 그걸 빌미삼아 총독부의 보조금을 받으려고 했지. 어쨌든 이 얘기가 사실이라는 확신이 들었다면 정간 따위는 두려워하지 않고 신문에 실었을 걸세."

최남선 사장이 풀 죽은 목소리로 덧붙였다.

"그나저나 홍종우를 바람잡이로 내세우고 최창학을 납치하려고 했던 독립군의 계획은 어찌 알아차린 건가?"

담배 연기를 한 모금 내뱉은 최남선 사장이 물었다.

"저도 며칠 전에야 알았습니다."

어깨를 으쓱거린 류경호는 며칠 전 얘기를 털어놨다.

· · ·

주변을 살펴본 최는 만주가 든 종이봉지를 내밀었다.

"할 얘기가 있습니다."

"더 듣고 싶지 않아요."

벌떡 일어난 류경호는 창문을 닫으며 소리쳤다. 놀란 표정의 최가 뭔가 짚이는 표정으로 말했다.

"들으셨군요."

"당신은 누구 밑에서 일합니까? 종로경찰서? 노동상애회? 아니면 배정자?"

"진정하고 제 말 좀 들어보세요. 아시다시피 제 손이 이 모양이라서 일거리를 못 찾아서 인사사무소 직원을 속인 겁니다."

"미안하지만 얘기 끝났소. 돌아가시오."

억지로 창문을 닫은 류경호는 불을 끄고 잠자리에 들었다. 아무도 믿을 수 없다는 두려움 탓인지 쉽게 잠이 들지 않았다.

다음 날 아침에 눈을 뜬 류경호는 출근 준비를 서둘렀다. 가방과 스틱을 챙겨서 허겁지겁 하숙집을 나오는데 문밖에 쭈그리고 앉아서 꾸벅꾸벅 졸고 있는 최가 보였다. 문 여는 소리에 눈을 뜬 최는 류경호 뒤에 바짝 붙었다.

"5분만 시간을 주시면 제가 다 설명하겠습니다."

"듣지 않겠소."

들으라는 하소연과 듣지 않겠다는 대답이 오가는 가운데 류경호와 최는 종로거리까지 나왔다. 직장으로 출근하는 양복쟁이들과 학교에 가는 학생들로 가득했다. 최가 류경호의 어깨를 잡아당겼다.

"계획이 탄로 난 거나 다름없는데 계속 밀어붙이는 이유가 궁금하지 않습니까?"

"전혀."

"일이 잘못되면 다칩니다."

"일이 잘돼도 다치는 건 마찬가지예요."

"정자옥에서 얘기를 듣고 돌아가면서 내내 고민했습니다. 계획이 들통 났는데 계속 밀어붙이는 건 그게 가짜이기 때문이죠. 그래서 경성도서관으로 가서 신문들을 뒤졌죠. 그날 무슨 일이 있을지 말입니다. 그러다가 이걸 봤습니다."

최가 쪽지를 하나 내밀었다. 류경호는 못 이기는 척 쪽지를 받아서 폈다.

"최창학이라면 평안도 제일의 금광부자 아닙니까?"

"맞습니다. 이 사람이 캐낸 금을 팔아서 번 돈만 수백만 원이라고 합니다. 이 사람이 금광 매각 협상 겸 돈을 저금한 은행들을 둘러볼 요량으로 22일 경성에 도착해서 조선호텔에 머물 계획입니다."

얼마 전 정수일에게서 들은 얘기를 떠올린 류경호가 대답했다.

"그날은 홍종우가 나타날 날이라 순사들이 쫙 깔릴 텐데요?"

"제가 지난번에 독립군 아지트에서 순사복 비슷한 걸 봤다는 얘기

268

기억하십니까? 뭔가를 숨기려면 은밀한 곳에 꽁꽁 숨기는 것도 좋지만 반대로 같은 무리들 사이에 던져놓는 것도 효과적입니다."

"순사들 천지인 곳에서 순사 차림으로 돌아다닌다……."

걸음을 멈춘 류경호는 최의 얘기를 곱씹었다.

"그래서 몇 가지 더 조사를 했습니다. 지난달 28일에 최남선 사장과 함께 차를 타고 가다가 폭탄 세례를 받으셨죠? 그때 폭탄을 던진 자들이 탈취한 차종이 종로경찰서에서 쓰는 것과 같은 겁니다. 저들은 홍종우를 내세워 조선총독부의 고관들을 공격하려는 게 아니라 순사로 변장해서 최창학을 납치하려는 계획입니다."

"맙소사, 그럼 홍종우를 앞세운 건 미끼였단 말인가요? 하지만 경성 한복판에서 최창학을 노려서 어쩐답니까?"

"저도 그게 의문입니다. 광산이 있는 평안도 구성이라면 금고라도 털겠지만 경성에는 돈이 다 은행에 들어 있는 걸로 알고 있는데요."

전차 정거장 앞까지 걸어온 류경호는 최의 말을 듣고 걸음을 멈췄다.

"은행?"

그날 점심 무렵 잠깐 짬을 낸 류경호는 경성 시내의 은행을 돌아다니면서 몇 가지를 조사했다. 기자증을 본 행원들은 그에게 흥미로운 얘기를 해줬다. 퇴근하고 이문옥에서 최와 만난 류경호는 낮에 은행에서 들었던 얘기를 했다.

"조선식산은행에 몇 십만 원이 들어 있고, 한일은행에는 몇만 원밖에 없답니다. 물어보니까 최창학 같은 거물이 오면 바로 귀빈실로 안내해서 행장이나 부행장이 응대를 한다는군요. 귀빈실 안에는 두 사람만 들어갈 수 있답니다."

숟가락으로 설렁탕 국물을 떠먹으며 류경호의 설명을 듣던 최가 물었다.

"순사가 동행하면요?"

"보통 때라면 신분을 확인하고 경찰서에 확인 전화를 하겠지만 비상령이 떨어진 상황이라면 얘기가 달라질 겁니다."

"홍종우의 등장이 그 비상령을 부르겠군요."

류경호는 설렁탕 국물을 휘휘 저으면서 대답했다.

"아마도요."

"저한테 좋은 생각이 있습니다."

최가 눈을 반짝거리며 말했다.

. . .

"그렇게 되었군."

마지막 한 모금을 빨고 꽁초를 재떨이에 비빈 최남선 사장이 말했다.

"마지막으로 배정자랑 박춘금한테 살짝 정보를 흘리긴 했습니다. 홍종우가 고백회 전에 조선식산은행에 저금해둔 돈을 찾을 때 동행한다고 말이죠. 그리고 며칠 동안 휴가를 내서 숨어 있었던 겁니다."

"그러니까 독이 오를 대로 오른 양쪽이 치고받고 싸웠군. 자네 친구는 상해로 잘 돌아갔나?"

"체포되었다는 소식이 없으니 잘 돌아갔을 겁니다."

"이걸로 홍종우 소동은 마무리된 셈이군."

"그리고 이거……."

류경호는 사표라고 쓰인 봉투를 최남선 사장에게 건넸다. 물끄러미 내려다보던 최남선 사장이 서랍에 밀어 넣으며 말했다.

"신문기자라는 직업이 없어지면 누가 해코지를 할지 모르니 당분간 다니게. 일이 대충 마무리되면 얘기하세."

"이제 홍종우와 김옥균을 암살했다는 소문은 움직일 수 없는 사실이 돼버렸군요."

"그들이 꿈꾼 나라는 이제 영영 오지 않는 걸까요?"

"내가 어릴 때 말이야. 설마 왜놈들한테 나라가 통째로 넘어갈 거라고 믿은 사람은 얼마 없었네. 뒤집어보면 천년만년 이어질 것 같은 이 시대도 언제 뒤바뀔지 아무도 모르는 걸세. 그만 나가서 일 보게."

· · ·

"일을 이렇게 복잡하게 할 필요가 있었습니까?"

남산 왜성대에 있는 조선총독부 2층 회의실에 모인 사람들을 향해 아리요시 주이치 정무총감이 물었다. 아무도 대답하는 이가 없자 깊은 한숨을 쉬며 덧붙였다.

"그까짓 신문은 폐간시켜버리고 기자라는 놈도 감옥에 처넣으면 끝인 것을 뭐가 무섭다고 이 난리를 피웠답니까? 덕분에 총독부와 경찰만 바보가 되지 않았습니까? 아무것도 모르는 저 조센징들은 우리를 속여 넘겼다고 자축하고 있을 테고 말입니다."

"도쿄에 계신 그분의 뜻이 그런 걸 어쩝니까?"

마루야마 쓰루키치 경무국장이 어쩔 수 없다는 표정으로 대답했다. 자리에서 일어난 아리요시 주이치 정무총감이 창가로 다가갔다. 창밖으로 동본원사의 넓은 기와지붕과 명동성당의 뾰족한 첨탑이 보였다.

"뭐가 헛수고란 말이요. 덕분에 홍종우가 김옥균의 살인범이라는 사실은 이제 아무런 의심도 받지 않을 거요."

도쿠토미 소호의 일갈에 아리요시 주이치 정무총감이 고개를 돌렸다. 잔기침을 한 도쿠토미 소호가 아무 말 없이 앉아 있는 사람들을 쭉 돌아보며 말했다.

"조선을 총칼로 지배할 수는 있어도 그건 한순간뿐이오. 여기 있는 사람들 중에 3·1폭동 같은 게 일어날 거라고 믿은 사람이 과연 몇 명이나 있습니까? 이들의 마음속에 패배주의를 깊이 심어놓지 않으면 이들은 언제고 다시 일어설 겁니다."

도쿠토미 소호의 말에 미노베 도시키치 경성일보 고문이 맞장구를 쳤다.

"만약 그 일기가 공개라도 되었다면 김옥균을 추켜세우던 우리 일본은 비웃음거리가 되었을 겁니다. 강제로 막았다면 당장은 모르겠지만 언젠가는 다시 터트렸을지 모릅니다. 도쿠토미 소호 선생의 의견대로 홍종우의 일기가 가짜라고 믿도록 만드는 게 이 문제를 영원히 잠재울 수 있는 방법이었습니다. 위기가 몇 번 있기는 했지만 우리 의도대로 되지 않았습니까?"

"하긴, 이렇게 되면 최남선 사장이나 류경호 기자는 홍종우의 일기가 김인이 최창학을 납치하기 위해 만든 가짜라고 믿을 겁니다. 이제 마음 놓고 김옥균을 띄우면 됩니다. 그자를 띄울수록 조선인은 그런 위대한 선구자를 죽인 파렴치한 민족이 되는 것이지요."

마루야마 쓰루키치 경무국장이 너털웃음을 지으며 말했다. 수긍한다는 표정으로 고개를 끄덕인 아리요시 주이치 정무총감이 자리에 앉으며 물었다.

"김인이라는 자는 잘 처리했습니까?"

"시대일보 기자 앞으로 가짜 편지를 쓰게 하고 쥐도 새도 모르게 없앴습니다. 가담자들도 전부 물고기 밥이 되었죠. 아리마 군의 공이 컸습니다."

아리요시 주이치 정무총감이 문가에 서 있는 남자를 턱으로 가리키며 말했다. 의수인 오른손을 등 뒤에 감춘 남자는 코가 땅에 닿도록 고개를 숙였다.

"아리마 군이 류경호의 신임을 받은 덕분에 김인의 계획을 눈치챌 수 있었습니다. 그래서 뒤에서 지켜보다가 개입할 수 있었던 거죠. 김인의 계획대로 최창학을 납치해서 돈을 강탈하는 것도 막았고, 홍종우의 일기가 가짜라고 믿게 만드는 데도 성공했습니다. 만약 시대일보가 홍종우의 일기를 보도했다면 조선이나 동아도 뒤를 따랐겠죠."

"생각만 해도 등골이 오싹해집니다. 그나저나 김인이 최창학을 납치하려는 계획은 어떻게 눈치챈 겁니까?"

미노베 도시키치 경성일보 고문이 마루야마 쓰루키치 경무국장에게 물었다.

"계획이 탄로 났는데도 불구하고 계속 진행하는 게 이상하다 싶어서 고민하다가 23일이라는 날짜에 주목한 것이죠. 그러다 최창학이 조선호텔에 투숙한다는 보고를 받고 제가 직접 전화를 걸어서 통화를 하다가 미쓰비시와 교섭을 한다는 얘기를 들었습니다. 그래서 도쿄의 미쓰비시 본사에 확인 전화를 했더니 최창학을 만날 계획이 없다고 하더군요. 거기다 아리마 군이 김인의 은신처에서 순사 복장을 봤다는 보고를 하면서 전체적인 계획을 눈치챈 겁니다."

"역시 대단하십니다."

미노보 도시키치 고문의 칭찬에 마루야마 쓰루키치 경무국장이 손사래를 쳤다.

"그 후에 아리마 군이 류경호에게 자연스럽게 이 사실을 흘렸고, 계획을 눈치챈 류경호는 친구를 위한답시고 나선 것이죠. 애초 계획대로 돈을 인출해서 나오는 김인을 체포하고 류경호까지 공범으로 몰지 못한 게 아쉽지만 말입니다."

"그나저나 김옥균이 쓴 《동양삼화론》은 찾지 못했답니까?"

잠자코 듣고 있던 도쿠토미 소호가 끼어들자 마루야마 쓰루키치 경무국장이 대답했다.

"아리마 군이 김인을 심문했지만 모른다고 했답니다. 애초부터 손에 넣지 못한 것 같습니다."

"아쉽긴 하지만 그건 다음 기회를 노려야겠군요."

"모두들 고생했습니다. 잔을 높이 들고 축배를 듭시다."

아리요시 주이치 정무총감의 말에 모두 샴페인 잔을 높이 들었다. 도쿠토미 소호가 큰 목소리로 외치자 모두가 한목소리로 외쳤다.

"조선이 영원히 일본의 식민지이기를……."

"건배!"

· · ·

자리로 돌아온 류경호는 의자에 털썩 주저앉았다. 그러고는 서랍을 뒤적거려서 옛날에 김인에게서 받은 엽서를 꺼냈다. 엽서와 편지를 나란히 놓고 글씨를 꼼꼼히 살펴본 그는 한숨을 쉬고는 엽서와 편지를 서랍에 쑤셔 넣었다. 더위 탓에 활짝 열어둔 창문 밖에서 유성기를 타고 간드러지는 엔카 소리가 들려왔다. 갑자기 밀려온 더위에 넥타이 끈을 느슨하게 한 그는 의자에 기댄 채 깊은 한숨을 쉬었다. 그런 그의 책상 위에 사환 권동이가 소포를 올려놨다.

"뭐냐?"

"방금 온 소포에요."

별 생각 없이 소포에 쓰인 이름을 바라보던 류경호는 깜짝 놀라 눈길을 멈췄다. 김인이라는 이름을 확인한 류경호는 주변을 한 번 둘러보고는 소포를 뜯었다. 종이에 둘둘 싸인 책에는 '동양삼화론'이라는 글씨가 보였다.

저자 후기

1884년 갑신정변이 일어났고, 김옥균의 암살은 1894년에 벌어졌다. 그리고 그가 죽은 해에 청일전쟁이, 전쟁이 끝나고 10년 후에는 러일전쟁이, 그리고 다음 해인 1905년에는 러일전쟁이 끝나면서 을사늑약이 체결되었다. 을사늑약이 체결되고 5년 후인 1910년에는 대한제국의 국권이 일제의 손에 넘어가게 된다.

이처럼 김옥균이 살았던 시기는 우리 역사상 보기 드문 격동기이자 전환기였다. 그는 이 시기를 온몸으로 겪으며 치열하게 살았던 인물이었고, 풍운아라는 타이틀에 걸맞은 최후를 맞았다.

지금까지 이러한 김옥균의 암살범이 홍종우라는 사실은 단 한 번도 의심받은 적이 없었다. 범행 현장을 목격한 사람은 없지만 여러 가지 정황상 홍종우가 김옥균의 암살자인 것은 명백한 사실이다. 하지만 우리는 김옥균의 죽음에 대해서 모르는 부분이 많이 있다. 지금까지 김옥균은 동화양행 2층 1호실에서 낮잠을 자다가 홍종우의 총격을 받고 암살당한 것으로 알려져 있다. 하지만 매천 황현 선생이 쓰신《매천야록》에는 암살 당시의 광경이 이렇게 적혀 있다.

······ 옷을 갈아입은 홍종우가 신시(申時:오후 3시)에 김옥균이 머무르고 있는 방으로 갔다. 이때 김옥균은 마침 침대에서 낮잠을 자고 있었다. 홍종우가 권총을 쏘았는데 왼쪽 뺨에 맞았다. 총알을 맞은 뺨에서 피가 솟구치고 김옥균이 고통에 못 이겨 비명을 지르자 홍종우가 다시 총을 쏘았다. ······

이것이 우리가 알고 있는 김옥균의 암살 당시 모습이다. 하지만 직접 현장에 있었던 와다 엔지로의 증언은 약간 다르다.

······ 그때서야 김옥균 선생님의 신변에 무슨 변고가 생긴 것 같아서 2층으로 올라갔는데 마침 위에서 시마무라 해군대좌가 내려오면서 '지금 김옥균이 총에 맞아 죽었다'고 했다. 이제 다 끝이로구나 하는 생각을 하면서 2층으로 뛰어 올라갔는데 과연 그러했다. 선생님은 시마무라 대좌가 머물던 8호실 앞에 거꾸러져 있었다. ······

김옥균은 자신의 방에서 잠이 들었다가 암살을 당한 게 아니라 2층 8호실 복도 앞에서 죽임을 당했다. 그런데 우연찮게도 8호실에 머물고 있던 인물은 당시 일본 해군 군령부 제2국장이다. 그는 지금껏 김옥균의 암살을 다룬 어떤 책에서도 모습을 드러낸 적이 없는 인물이다. 게다가 일본은 홍종우와 이일직이 김옥균을 암살하려고 했다는 사실을 이미 알고 있었다. 1894년 1월 31일 홍콩 주재 일본 영사 나카가와 고타로(中川恒太郎)에게 민영익이 찾아와서 1월 23일 오사카에 거주하는 이세직이라는 자에게서 온 편지를 건네주었다. 조만간 동지들과 함께 역적 김옥균을 처단할 것이며 성공하면 암호를 전보로 전하겠다는 내용이었다. 이세직은 일본에서 김옥균의 암살을 주도하던 이일직의 가명이다. 하지만 민영익은 자신에게도 불똥이 튈까 두려워한 나머지 직접 찾아와 편지를 보여준 것이다.

나카가와 영사는 곧장 도쿄에 있는 외무대신 무쓰 무네미츠(陸奥宗光)에게 전보를 보냈다. 그가 보고한 내용 중에는 홍종우의 이름도 들어 있었다. 보고를 받은 무쓰 외무대신은 상해로 떠나는 김옥균을 밀착 감시하고 동화양행 주인인 요시지마에게도 동정을 주의해서 살펴보라고 지시했지만 정작 김옥균에게는 아무런 경고도 하지 않았다.

이는 일본정부가 김옥균의 죽음을 방조했다는 명백한 증거인 동시에 깊숙하게 개입되어 있다는 추측을 가능하게 한다. 이렇게 김옥균의 죽음을 한 꺼풀 벗겨내 보면 조선을 둘러싼 복잡한 음모와 모략으로 점철되어 있다. 그런데 슬프게도 조선의 지배자들은 이런 상황에 대해서 아무것도 몰랐고, 알려고 노력하지도 않았다.

흔히 역사는 반복된다고 한다. 이때의 비극이 지금 되풀이될지 모른다는 걱정과 우려가 이 글을 쓰게 만든 가장 큰 원동력이었음을 밝힌다.

원래는 홍종우라는 인물에 관한 얘기를 쓰고 싶었다. 최초의 프랑스 유학생이면서 《춘향전》과 《심청전》을 프랑스에 소개했던 인물, 위조 여권까지 만들어서 프랑스에 갔던 그는 돌연 김옥균의 암살자로 역사에 이름을 남긴다.

그가 왜 김옥균을 암살하려 했는지에 의문을 품고 조사하던 중 김옥균의 죽음에 좀 더 복잡한 내막과 음모가 숨어 있지 않았을까 하는 상상의 날개를 펼치게 되었다. 어쩌면 홍종우가 아닌 다른 암살자가 존재했을지도 모른다는 엉뚱한 생각에서 시작된 얘기는 일제 식민지시대의 암울한 상황에 처한 지식인으로 옮겨졌고, 김옥균이 주창한 동양삼화론에 관한 책이 존재했을지도 모른다는 식으로 이어졌다.

많은 분들이 남겨놓은 자료의 도움을 받았지만 재일교포 사학자 고(故) 금병동 교수님이 쓰신 《김옥균과 일본(金玉均と 日本)》의 도움이 절대적이었다. 언젠가 이 책이 국내에도 소개될 날이 있기를 바란다. 아울러 번역을 도와준 이노우에 히로미 씨와 이유진 양에게 진심으로 감사하다는 말을 남긴다. 글이라는 바다를 헤엄칠 수 있게 해준 배상열과 최혁곤 두 스승님께도 머리 숙여 감사의 인사를 드린다.

일찍 돌아가신 아버지 몫까지 대신해서 우리 집안을 지켜주신 존경하는 어머니와 물심양면으로 도와주는 사랑하는 아내, 멀리 터키에 사는 누나와 매형 그리고 귀여운 두 조카들, 동생 부부에게도 고마움의 뜻을 전한다.

2012년 1월 정명섭

KI신서 3533

김옥균을 죽여라

1판 1쇄 인쇄 2012년 1월 16일
1판 1쇄 발행 2012년 1월 20일

지은이 정명섭
펴낸이 김영곤 **펴낸곳** (주)북이십일 21세기북스
부사장 임병주 **PB사업부문장** 정성진
편집1팀장 정지은 **책임편집** 임후성 박혜란 박효진
디자인 표지 모리스 **본문** 네오북
MC기획1실장 김성수 **BC기획팀** 심지혜 양으녕 **해외기획팀** 김준수 조민정
마케팅영업본부장 최창규 **마케팅** 김현섭 김현유 강서영 **영업** 이경희 정병철
출판등록 2000년 5월 6일 제10-1965호
주소 (우 413-756) 경기도 파주시 문발동 파주출판문화정보산업단지 518-3
대표전화 031-955-2100 **팩스** 031-955-2151 **이메일** book21@book21.co.kr
홈페이지 www.book21.com
21세기북스 트위터 @21cbook **블로그** b.book21.com
ⓒ정명섭, 2012

ISBN 978-89-509-3289-3 03810
책값은 뒤표지에 있습니다.

이 책 내용의 일부 또는 전부를 재사용하려면 반드시 (주)북이십일의 동의를 얻어야 합니다.
잘못 만들어진 책은 구입하신 서점에서 교환해 드립니다.